U0451562

汉译世界文学名著丛书

伪币制造者

［法］安德烈·纪德 著

盛澄华 译

商务印书馆
The Commercial Press

André Gide
LES FAUX-MONNAYEURS
根据 Gallimard 出版社所出版本译出

汉译世界文学名著丛书
出版说明

1902年，我馆筹组编译所之初，即广邀名家，如梁启超、林纾等，翻译出版外国文学名著，风靡一时；其后策划多种文学翻译系列丛书，如"说部丛书""林译小说丛书""世界文学名著""英汉对照名家小说选"等，接踵刊行，影响甚巨。从此，文学翻译成为我馆不可或缺的出版方向，百余年来，未尝间断。2021年，正值"汉译世界学术名著丛书"出版40周年之际，我馆规划出版"汉译世界文学名著丛书"，赓续传统，立足当下，面向未来，为读者系统提供世界文学佳作。

本丛书的出版主旨，大凡有三：一是不论作品所出的民族、区域、国家、语言，不论体裁所属之诗歌、小说、戏剧、散文、传记，只要是历史上确有定评的经典，皆在本丛书收录之列，力求名作无遗，诸体皆备；二是不论译者的背景、资历、出身、年龄，只要其翻译质量合乎我馆要求，皆在本丛书收录之列，力求译笔精当，抉发文心；三是不论需要何种付出，我馆必以一贯之定力与努力，长期经营，积以时日，力求成就一套完整呈现世界文学经典全貌的汉译精品丛书。我们衷心期待各界朋友推荐佳作，携稿来归，批评指教，共襄盛举。

商务印书馆编辑部
2021年8月

谨以这第一本小说献给罗什·马丁·杜·伽尔①，作为我们深切的友情的纪念。

——A. 纪德

---

① 罗什·马丁·杜·伽尔（1881—1958），法国作家。

目　　录

第一部　巴黎…………………………………………1
第二部　沙费…………………………………………171
第三部　巴黎…………………………………………233

第一部　巴黎

一

"这该是听到走廊上脚步声的时候了。"裴奈尔自语着。他抬起头，静听。但不，他父亲和他哥哥还在法院办公，他母亲访客去了，他姊姊在听音乐会，至于那顶小的，小卡鲁，在学校寄宿，不能每天出来。裴奈尔·普罗费当第留在家里拚命准备他的会考，他眼前已只有三个礼拜。他家里人尊重他的孤独，可是魔鬼不答应。裴奈尔虽已解开上衣，但他依然透不过气。从那靠街的窗口直一阵阵地冒进热气来。他额上已成水流。一粒汗珠直沿着他的鼻子滚下来，快要掉在他手中的一封信上。

"简直像在装哭，"他想，"但流汗总比流泪强。"

是的，那发信的日期是个明证，不容置疑，信中所指的必然是他自己——裴奈尔，信是写给他母亲的，一封十七年前的情书，而且是未经署名的。

"这缩写究竟是什么意思？一个V，但也可认作是N……如果直接问我母亲是否妥当呢？……不如给她留个面子吧！我不妨任意想象就说这人是个王子。再说，纵使我打听到我自己是个穷汉的儿子，那于我又有什么相干呢！不知道自己的父亲是谁，正足消除自己怕像父亲的顾虑。一切探究徒添麻烦，只要能求解脱，别的全可不管。别再问根究底。再者，我今天所知道的也已足够了。"

裴奈尔把信叠起。这信和一束中的其余十二封同样大小。他不必把那扎信的红丝带解开，他只把抽出的信重又插入原来的位置。他把这束信重新放回盒子中，把盒子收在柜子的抽屉中。抽屉未经打开，他刚才是把抽屉中的秘密从顶上取出的。裴奈尔重把柜面断了的铰链放正，轻轻地，小心地，把原有的那块沉重的白石台面盖上，又把台面上的两盏水晶烛台以及他方才拿来修理着玩的大摆钟放好。

摆钟正敲四下。他已把时间拨准。

"六点钟以前咱们这位大法官和他的少爷大律师是不会回来的。我还可以有时间来安排。必须使咱们这位大法官到家就发现他写字台上这封漂亮的信，这封我通知他出走的信。但未动笔以前，我必须先把精神振作一番——同时必须找到我亲爱的俄理维，为的使我至少暂时能有栖身之所。俄理维，我的朋友，这正是时候让我来一试你的诚意，同时对你也正是向我表白的一个机会。已往在我们友情中可喜的是我们始终用不着彼此借助。当然！他人能愉快地为你效劳的事，求之自不难启齿。麻烦的是俄理维不会是单独在那里。不管，我总有方法把他引开。我要用自己的镇静使他吃惊，只在最奇特的境遇下我自己才感到最为自然。"

裴奈尔·普罗费当第住的那条 T 街贴近卢森堡公园。每星期三下午四时至六时他的几个同学惯在公园中那条临美提契①喷泉的小道上见面。他们谈论艺术、哲学、运动、政治与文学。裴奈尔走得很快，但当他经过公园的铁栅时，瞥见俄理维·莫里尼哀，

---

① 现译为"美第奇"。——编者注

他立刻就把脚步放慢了。

无疑由于天气太好的缘故,那天聚会的人数比平时更多,有些新参加的裴奈尔还不认识。这些年轻人当着别人面前,没有一个不显得像在做戏一样,几乎完全失去自然。

俄理维看见裴奈尔走近就脸红起来,赶紧离开和他谈天的一位少妇,独自躲远了。裴奈尔是他最亲密的朋友,因此他特别不愿显出自己专在找他,有时他竟装作没有瞧见他。

裴奈尔要接近俄理维必须遇到好些熟人,他也不愿显出专在找他,便滞呆起来。

他同学中有四位正围着戴夹鼻眼镜、留着一撮小胡子的杜尔美。后者显然比他们年长,他手上拿着一本书。

"你说怎么办?"他像特别在对其中之一说话,但因为其余的人也都听着,自己显然觉得非常得意,"我已念到第三十页,但竟不曾发现一种颜色或是一个描写的字。作者在讲一个女人,但我连她穿的衣服是红色还是蓝色都不知道。在我,很简单,如果没有颜色,我就看不到什么。"为了夸张起见,同时更由于感到别人对他已不像刚才那样认真,他就坚持着说:"绝对看不到什么。"

裴奈尔已不再注意这位滔滔谈论的人,但觉得立时跑开也不相宜,便听着另一些在他身后的人争论,其中之一坐在长凳上看《法兰西行动报》①。俄理维离开那年轻的女人以后也已加入到这个集团来。

在这一群中间,俄理维·莫里尼哀是显得多么严肃!可是他

---

① 《法兰西行动报》系当时法国最右倾的报纸。

却是他们中最年轻的一个。他那几乎还带孩子气的脸和他那目光，衬托出他早熟的思想。他容易脸红。他是温柔的。虽然他对任何人都很和气，可是总有某种内在的缄默与腼腆使他的同学们不易接近。这使他很感痛苦。没有裴奈尔，也许他会更感痛苦。

像裴奈尔一样，俄理维，出于礼貌起见，对同学中的每一群敷衍了一阵，实际一切他所听到的全引不起他的兴趣。

他靠在那个在看报的肩上，裴奈尔并未回头，但听他在跟那人说：

"你不该看报，那会使你头胀。"

那人嘲讽地说：

"在你，人一提到莫拉①的名字你就头痛。"

于是第三个人嘲弄地问道：

"你觉得莫拉的文章有趣吗？"

先说话的那一个就回答：

"使人头痛！不过我认为他是对的。"

于是，是第四个人，那人的语声裴奈尔辨别不出来：

"在你，只要一切不使你头痛的东西，你就认为不够高深。"

先说话的那一个反诘说：

"如果你认为笨货就配跟人开玩笑的话！"

"来吧！"裴奈尔突然拉住俄理维的手臂低声地说。他把他带开几步：

"快回答我，我还急着有别的事呢。你不是对我说过你和你家

---

① 莫拉，《法兰西行动报》主编。

里人不住在同一层楼吗？"

"我曾告诉过你我的房门正对扶梯，在到我家的半楼上。"

"你说你弟弟也睡在那儿？"

"乔治，是的。"

"就只你们两人吗？"

"是的。"

"那小东西能不作声吗？"

"当然可以办到。但究竟是什么事？"

"告诉你！我已脱离家庭，或者至少今晚我就离开家里，我还没有打算究竟上哪儿去。就只今天一个晚上，你能留我住宿吗？"

俄理维脸色变得非常苍白，他的情绪是那样紧张，竟使他不敢正视裴奈尔。

"是的，"他说，"但不要在十一点以前来。妈每晚下楼来跟我们说晚安，以后就把我们的房门上锁。"

"那怎么办呢？……"

俄理维微笑……

"我另外有一把钥匙。要是乔治已经睡了，你就轻轻敲门，免得把他惊醒。"

"门房肯让我通过吗？"

"我先关照他。啊！我和他处得很好。我那房门的钥匙也是他给我的。回头见吧。"

他们也不拉手便各自跑开。裴奈尔一面走远，一面想着他那封待写的信，那封法官回家时就会发现的信。这方面俄理维就去寻找吕西安·贝加，因为他不愿别人只看到他和裴奈尔单独在一起。人们都和吕西安相当疏远,俄理维要不更爱裴奈尔的话,一定会很喜欢他。裴奈尔与吕西安两人的性格适恰相反,前者勇毅,后者畏缩。他看去很柔弱,他像只凭借情感与精神去生活。他很少敢自己先找别人,但一见俄理维走近,他的欣喜实难言喻。若说吕西安能诗,别人一定怀疑;我相信只有对俄理维,他才肯透露他自己的计划。两人并肩跑到公园的石阶边。

"我想写的是叙述一个故事,"吕西安说,"但并不是关于某一人物的故事,而是关于某一地点的故事,——就以这公园中的一条小道作例吧,叙述这儿自清晨至黄昏所发生的一切,最先进来的是那些保姆,那些结着丝辫的奶妈……不,不……最先是那些不分性别不辨年龄的灰色的人们,他们在公园的铁门未开之前扫除道路,灌溉草地,更换盆景,最后准备场面与布景。你懂得我的意思吗?于是那些奶妈入场。那些小东西们用沙土做泥饼,相互争闹;那些保姆就饷以耳光。以后,小学生们散学出来——接着就是工人们散工出来。一些穷人就在公园的长凳上啃起面包来。稍迟,一些少男少女上公园来相互寻找;有一些相互躲避;另一些,梦幻者,独自跑在一边;再是,有音乐会的时候或是大公司上门的时候,成堆的人群……此刻是学生们;傍晚相互拥抱的情人们;另一些,流着眼泪各自离去,最后,日暮时分,一对老夫妻……而突然,公园闭门的击鼓声响了,所有人一齐散去,这幕戏就此终场。我的意思是:给人一种万象皆空的印象,一种死灭的印象……自然,并不提到'死'字。"

"唔,我很懂你的意思。"俄理维顺口回答,实际他一心只惦念着裴奈尔,对吕西安所说的一字未听。

"但还有呢,还有呢!"吕西安热心地继续说,"我还想取一种尾幕的方式写出这同一小径在黄昏的光景。当所有的人们已都离去,留下一片荒凉,但比白天显得更美。在庞大的岑寂中,开始大自然的欢声:喷泉的水声,树叶间的风声,以及一只夜鸟的歌声。我原想在这一切之间放入一些来回梭巡的黑影,或者利用公园中的那些雕像……但那样也许会显得更俗气。你的意思以为怎么样?"

"不,不必用那些雕像,不必用那些雕像。"俄理维心不在焉地反对着说。但在对方忧郁的目光下,他又赶紧热烈地鼓励说:"真的,朋友,如果你能写成的话,那一定是惊人的。"

二

在普桑①的书简中,绝无对他父母感恩的痕迹。此后在他生命中也从不曾因远离他们而自悔前非。自愿地移居罗马以后,他失去一切归思,或竟一切怀念。

——保罗·德雅尔丹②:《普桑》

普罗费当第先生急于回家,而在圣日耳曼大街同行的他那位同事莫里尼哀却走得太慢。阿尔培利克·普罗费当第今天在法院的工作特别繁重,右胁上的某种滞重使他焦心;由于肝脏柔弱,疲劳每积聚在那一部分。他惦念着回家入浴,没有再比一次痛快的沐浴更能使他安息日间的操劳。因此,他连午茶也不用,认为如果不是空着肚子,纵使用温水洗澡,也是不谨慎的事。归根说,这也许只是一种成见,但文化的基石就是由成见堆积成的。

俄斯卡·莫里尼哀已尽力加步以免落后,但他的身躯比普罗费当第矮得多,而腿部尤其不发达,又因心脏的脂肪层太厚,所以最容易喘不过气。普罗费当第才五十五岁的中年,身轻步健,

---

① 普桑,法国十七世纪画家。
② 保罗·德雅尔丹,法国伦理学家。

想把莫里尼哀撒开自非难事,但他很注重礼貌,他的同事年龄比他大,地位也比他高,他理应对他表示敬意。同时他更自惭经济地位的优越,因为自他岳父母过世以后,曾遗下一宗可观的财产;而莫里尼哀先生则除了他那笔菲薄的法院院长俸给以外,一无所有。这俸给实在和他的高位不成比例,虽然他态度的尊严倒足以掩藏他的低能而有余。普罗费当第不愿显露出自己的不耐烦。他回顾莫里尼哀,后者正满头大汗。莫里尼哀和他所谈的问题很吸引他的兴趣,但他们各人的观点不同,辩论也就开始了。

"把那所房子监视起来,取得门房与那假冒女仆者的口供,这一切都很对。"莫里尼哀说,"但您得当心,如果您把这件案子想再进一步去查究,事情就会弄糟了……我的意思是:您会被牵入到您事前所没有想到的境地去。"

"但这些顾虑与正义毫不相干。"

"当然啰!朋友,您跟我,我们都知道正义应该是什么,而实际上所谓正义又是什么。我们尽我们的力量做去,那是一定的;但不拘我们怎样尽力,我们所能做到的也就是一种'差不多'的地步。今天在您门下的这桩案子特别应该审慎。十五个被告中,或是,只要您一句话,明天他们就可以成为被告,其中有九个是未成年的孩子。而您知道这些孩子们中有些都出自极有身份的家庭。因此我认为目前如果一出拘票,事情就弄得很棘手。一些有背景的报纸立刻会抓住这桩案子,而您反给他们大开敲诈与毁谤之门。这是没有办法的,不拘您如何谨慎,您总没有法子不使这些被告的名字宣布出去……自然我不配给您出主意,相反,您知道我更希望接受您的意见,您为人的正直,您的睿智卓见，是一向为我所钦佩的……但是，站在您的地位，我会这样做。我一定先设法把那四五个唆使者逮捕起来，使这可鄙的恶例告一段落……当然，我也知道这并非容易的事。但谁让我们吃这碗饭呢。我会把那幢房子，那纵乐的场所，封闭起来，而一面设法和缓地，秘密地，关照那些犯案的孩子们的家长，意在不使他们此后再犯。唉！譬如说，拘留那些女人，那我和您完全同意；我觉得我们如今所做的只是替社会上肃清这一批祸深莫测的败类。但我再次声明，切勿把那些孩子们逮捕起来；威吓他们一下已很可以，然后就用'无知误犯'等字了此公案，而这些孩子们受惊以后又被开释定会恍然神失。试想其中三个竟还不到十四岁，不必说，他们的父母还把他们看作是天真纯洁的小天使。话可说回来，朋友，——自然这只能在您我间说的——我们在他们那样年龄难道也已经想女人了吗？"

他站住了，他的雄辩可又比行路更使他喘不过气来，他拉着普罗费当第的衣袖，迫使后者也不能不停止下来。

"或是如果我们那时也想女人，"他又继续说，"那只是带着一种理想的意味，神秘的意味，或是我可以那样说的话，一种宗教的意味。而现在这些孩子们，您看，他们已再没有所谓理想……说回来，您的那几位怎么样？自然，刚才我说的话并不是对他们而发的。我相信在您的家教之下，加以您给他们所受的教育，自然不必顾虑到他们会误入类似的歧途。"

的确，直到如今普罗费当第对他自己的孩子们颇堪自豪；但他不作妄想，天下最好的教育不足以战胜天然的劣根性。感谢上帝，他的孩子们身上并无劣根性，正和莫里尼哀的孩子们一样，所以他们都能自动远避可疑的场所、不良的书籍，因为无法阻拦的事纵使禁止又能有什么效果呢？人禁止他阅读的书籍，孩子可以自己偷偷地暗中去念。普罗费当第，他的方法很简单：对于不良的书籍，他并不禁止孩子们阅读；但他设法使他们不想去阅读。至于眼前的这桩案子，他一定要再加考虑，并答应如有任何动作，一定事先通知莫里尼哀。既然这恶习已经三月之久，当然还会继续几天或是几个礼拜，暂时只能不断地暗中加以监视。而且暑假期间，这些罪人们也会自动地分散，好吧，再见。

普罗费当第终算可以加紧步子了。

一到家，他就跑入盥洗室，把浴盆的自来水打开。安东尼早在伺探他主人的回来，但装作像在走廊上偶然遇到他。

这忠仆在这家庭中已有十五年的历史，他眼看这些孩子们长大起来。他曾见过很多事情，他更猜疑到好些别的，但别人不愿让他知道的他都装作不知道。裴奈尔对安东尼不能没有好感。他不愿对他不辞而别。也许由于对他家里人的反感，他宁愿把他出走的事告诉一个普通的仆人而他自己的亲属倒反不知道。但我们应替裴奈尔辩护的是当时他家中人无一在家。而且，如果裴奈尔向他们告别，他们也决不能放他走的。他怕解释。对安东尼情形就不一样，他很可直截地说："我走了。"但其时他伸出手去，那神情的庄严竟使这老仆人惊讶起来。

"少爷不回来吃晚饭吗？"

"不，也不回来睡觉，安东尼。"由于对方犹疑着不知应把这话作何解释，更不知是否应该作进一步的追问，裴奈尔便故意重复着说："我走了。"但又加上一句："我有一封信留在……"但他又不想说"爸爸"的公事房里,于是又接下去说,"……在公事房的书桌上。再见。"

和安东尼握手的时候,他感动得像立时他已和他整个的过去永诀;他赶快重复说句再见,随即径自离去,以免哽在喉间的呜咽夺腔而出。

安东尼怀疑任他这样离去在自己是否应负一种严重的责任——但他又如何能阻拦他呢?

裴奈尔的出走对全家会是一件突兀而骇人的事变,这一点安东尼很明白,但他站在一个十全十美的仆人的地位理应不表惊奇。普罗费当第先生所不知道的事他就不该知道。当然他可以很简单地对他说:"老爷知道少爷已走了吗?"但这样他就失去自己有利的地位,而且也显得毫无意义。如果他那么焦心地等着他主人回来,原为从旁用一种平淡的、恭敬的语调,好像仅是裴奈尔嘱他转达似的,说这一句他花了长时间所准备的话:

"少爷出走以前在老爷的公事房中留下一封信。"如此平淡的一句话也许有被忽视的危险;他枉然思索着一句更有力量而同时不失为自然的句子,可总想不出有合适的。但由于裴奈尔从没有不在家的时候,所以安东尼在眼角边已观察到普罗费当第先生不自禁地猝然起惊:

"什么!在……"

但他立刻又恢复镇静。他知道不该在一个下人面前显露自己的惊讶,以致失去为主人者的尊严,他用很沉着的、几乎是倨傲的语调说:

"知道了。"

但一面跑向公事房,又追问说:

"你说的那封信,你说放在哪儿?"

"在老爷的书桌上。"

一跑进室内,普罗费当第果然看到一个信封很明显地放在他平时写字坐的靠椅前。但安东尼怎能轻易放手。普罗费当第先生还未念上两行信,就听到有人敲门。

"我忘了告诉老爷有两位客人在小客厅中等着呢!"

"什么客人?"

"我不知道。"

"他们是同来的吗?"

"不像是。"

"他们要见我做什么?"

"我不知道,他们要见老爷。"

普罗费当第觉得不能再忍耐。

"我已经不知说过多少次我不愿别人到家里来打扰我——而尤其在这时候;我有我法院会客的时间和日期……你为什么让他们进来呢?"

"他们两位都说是有要事和老爷商谈。"

"他们来了很久了吗?"

"快有一小时了。"

普罗费当第在室内踱了几步,一只手放在额上,另一手拿着裴奈尔的信。安东尼侍立门前庄严而不动声色。终于,他欣喜地看到这位法官失去镇静,在他有生以来第一次听到他跺脚骂道:

"请他们滚吧!请他们滚吧!告诉他们我忙得很,请他们改天再来。"

安东尼才回头,普罗费当第又赶到门口。

"安东尼!安东尼!……把浴盆的自来水关上。"

原因还是洗澡问题!他跑近窗口,读信:

先生:

　　由于今天下午我偶然获得的某种发现,我知道此后我不应再把您认作我的父亲,而这在我是一种莫大的慰藉。自觉对您一无情感可言,很久我就猜想我不是您的亲子;而我更愿知道我根本不是您的儿子。也许您以为我受您的恩惠,因为您把我看作和您自己的孩子们一样。但一来我始终觉得在他们与我之间您的观点不同,二来我对您认识得很够清楚:您所做的一切只为不令家丑外扬,只为掩饰对您自己不很体面的一种境遇——最后也因为您想不出更好的办法。我宁愿对母亲不辞而别,因为我怕当我向她作最后的告别时,我会丧失自己的勇气,同时在我面前,她也会感到处身在一种难堪的境地——而这对我并不是愉快的事。我怀疑她对我会有热切的爱念,因为平时我总在学校寄宿,她就很少能有认识我的机会,更因为我的存在会不断提醒她过去生命中的遭遇,而这正是她愿意遗忘的,所以我相信我的出走会使她感到快慰。如果您有勇气的话,不妨告诉她,说我并不怀恨她使我成为一个私生子;相反,我认为这比当您自己亲生的儿子更强。(原谅我的率直,我写这信并不想侮辱您,但这儿我所写的已尽够使您憎恨我,借此反能使您得到一点慰藉。)

如果您愿意我把出走的原因保守秘密,就请千万别设法使我回来。我离开您的决心可说绝无挽回的余地。我不知道过去您为扶育我花了多少钱;但在我没有今天的发现以前,我自然有权利接受您的供给,不用说,在将来我是决不愿再受您的接济的。受您任何恩惠,这观念已足使我难堪,我相信如果将来再有这样一天的话,我宁愿饿死也决不跑上门来求食。幸而我似乎记得听人说过,我母亲嫁您的时候比您富有。所以我很可假设我过去仗她生活。我感谢她。旧事也不必重提,但愿她永远忘怀我。对那些因我的出走而引起惊讶的人们您尽可找一个借口给以解释。我允许您尽管把一切过失推在我身上(但我很知道您不待我的允许也会那样做的)。

我信末的署名带着您那滑稽而为我所不齿的姓,深愿从此一并奉还。

裴奈尔·普罗费当第

再启:我留下一切可供卡鲁用的物件,但愿他比我更有资格,这是我对阁下的希望。

普罗费当第先生蹒跚地向一张靠椅走去。他想细加思索,但千头万绪萦绕他的脑际。尤其,他感到右胁上,正好在肋骨下,一种轻微的疼痛。这是他的肝病发作,不易立刻止住的。是否家里还留有维希①矿水呢?啊!至少要是他太太已回来的话!但他将

---

① 维希是法国城市,以矿泉闻名。

用什么方法告诉她裴奈尔的出奔呢？他应该把信拿给她看吗？这信太不合理，实在太不合理。他理应愤慨。他愿把自己的悲痛权作愤慨。他用力呼吸，而每吐一口气时发出一种简捷而微弱的叹息："唉！天哪！"他胁上的痛楚和他的悲哀混杂在一起，使他的悲哀凝固而更显得真切。在他，这悲哀像已跑到肝上。他倒在靠椅上，重读裴奈尔的信。他无可奈何地耸一耸肩。不用说，这信对他实在是太残酷了；但同时他在信中察觉出怨恨、挑衅与傲气。他别的那些孩子们，他自己亲生的那些孩子们中，决找不出一个能写那样的信，他自己也决写不上来。这点他很明白，因为一切在他们身上所能找到的，他已在他自身中认识得很清楚。他常想到应该申斥裴奈尔那种独特的、雄劲的、倔强的脾气，但这种想法总是枉然。他自己很明白正由于这一切，他才爱裴奈尔远胜于爱他自己的孩子们。

赛西尔从音乐会回来，已在邻室弹奏了好一会她的钢琴，尤其固执地重复那意大利舟子曲中的某一乐句。最后，阿尔培利克·普罗费当第实在忍不住了。他半开客厅的门，用着凄恻的，几乎是哀求的语调，因为他肝部的痛觉已开始剧烈起来（加以他在他女儿面前总显得有点胆怯）：

"我的小赛西尔，请你去看一下家里还留下维希矿水没有；没有的话，让他们去买一点来。而最好你能停一会再弹琴。"

"你难受吗？"

"不，不。我只是想在开饭以前略作思索，而你的音乐打扰我。"

由于想委婉一点，因为在痛苦中他变得更为体贴，他就加上一句：

"你刚才弹奏的可真好听。这是什么曲子?"

但他未待回答就退出客厅了。其实他女儿很知道他根本不懂音乐,而把《小亲亲,来吧!》和《汤豪舍》①中的进行曲混作一谈(至少这是他女儿所说的),所以原也无意去回答他的问题。但他又把门推开了:

"你母亲还没有回来吗?"

"不,还没有。"

真是荒谬。她会回来得那么晚,在开饭前恐怕他来不及和她有密谈的机会。他能造一些什么话来暂时解释裴奈尔的失踪?至少他不能提到事实的真相,以致孩子们知道他们母亲一时失足的秘密。唉!一切已被原宥,遗忘,补偿。小儿子的出世已使他们重复旧好。而突然从过去中跃出这个冤鬼,这由浪花带回的尸体……

真怪!又是什么事?他公事房的门无声息地开了。赶快,他把手上的信塞入上衣贴身的口袋里。门帘轻轻地撩起。这是卡鲁。

"爸爸,告诉我……这句拉丁文是说什么呢?我真一点不懂……"

"我已屡次告诉过你,进来时须先敲门。而且我也不愿意你这样不断地来打扰我。你已养成让别人帮忙的习惯,自己不用心,而尽依赖别人。昨天是你的几何题目,今天又是……你那句拉丁文是谁的呢?"

卡鲁把练习本递过去:

---

① 十九世纪德国作曲家瓦格纳所作歌剧。(现译为《汤豪塞》。——编者注)

"他并没有告诉我们;但,你瞧,你一定知道是谁的。他让我们默写下来的,也许我默得不对。至少我想知道我默的对不对……"

普罗费当第先生接过练习本,但他肝痛得难受。他轻轻地把孩子推开:

"慢慢我告诉你吧。我们快吃晚饭了。查理回来了没有?"

"他跑回他的办事室去了。"(这位律师的事务所设在楼下。)

"你去告诉他让他到我这儿来。快去!"

有人按铃。普罗费当第太太终于回来了。她道歉回来已晚,因为她不得不有很多的拜访。她担忧她丈夫又病了。能给他想点什么办法呢?真的面色太坏。——他恐怕不能用饭了。好吧,那就不必等他。但饭后她会带孩子们去看他。——裴奈尔?——唉!对啦,他那朋友……你一定知道,那位替他温习数学的朋友带他出去吃饭了。

普罗费当第略觉轻松。最初他怕痛楚太剧而不能说话。但他必须把裴奈尔的失踪加以解释。如今他知道他应说些什么话,虽然这对他是万分痛苦的事。他自己感到非常坚决。他唯一的恐惧是怕他太太会用眼泪或是惊号打断他,也许她会昏晕过去……

一小时以后,她和三个孩子一同进来。她走近他身边。他让她面对他的靠椅坐下。

"勉力抑制你自己。"他用威压的语调低声对她说,"别说话,你懂我的意思吗?以后我再和你细谈。"

而当他说话时,他把她的一只手握在他自己的手掌中。

"孩子们，坐下吧。你们在我面前那么站着，像是应考似的，反使我感到拘束。我有一件很伤心的事要告诉你们。裴奈尔已离开我们，而最近……恐怕我们不能再见到他。今天我必须说明一向我隐瞒着你们的，原因是我希望你们爱护裴奈尔像是自己弟兄一样；因为你们的母亲和我，我们爱护他也像爱护自己的孩子一样。但他并不是我们的孩子……他母亲临终时把他托付给我们，但今天他的一位舅舅……来把他领走了。"

一片沉痛的岑寂紧接着他的语声，人们听到卡鲁的啜泣。每人等待着，以为他还有话说。但他做了一个手势：

"如今，回去吧，我的孩子们！我需要和你们母亲谈话。"

他们走后，普罗费当第先生很久不发一言。他手中是他太太那只冰冷得像是死人的手。她用另一只手把手绢蒙着眼睛。她靠在大书桌上，背面饮泣。从那断续的呜咽声中，普罗费当第听到她低声怨语：

"啊！你真残酷……啊！你把他赶走了……"

刚才他已决意不把裴奈尔的信拿给她看；但在这种冤屈之下，他只好递过去：

"好，你自己念吧。"

"我不能。"

"你非念不成。"

他已忘了他自己的痛楚。他瞪着眼看她逐行地念。适才和孩子们说话时他自己也几乎忍不住掉下眼泪。这时，他连情感也已消失；他正视着他的妻子。她想着什么呢？用着同一凄恻的语声，她依然且泣且诉：

"啊！为什么你告诉他呢……你不应该告诉他的。"

"但你很可以看出我并没有告诉他……你再仔细念念他的信吧。"

"我已仔细念了……但他怎么会发觉的呢？谁对他说的呢……"

什么！原来她所想的尽是这些！她所伤心的就是为这！这哀讯原应使他俩融成一体。可悲的是普罗费当第惶惑地感觉到他俩的思想竟各趋一端。当她一面哭诉、一面争理的时候，他设法想把这一种执拗的意气引向更虔敬的情感去。

"这算是赎罪。"他说。

他站起身来，本能地需要表示出自己的威势。这时他屹然挺着腰，忘却自己身体上的痛楚，严肃地，体贴地，威武地，把手按放在玛格丽特的肩上。他很知道她从不曾真正忏悔过她自己的过失——这在他始终愿意看作是一时的过失。这时他想对她解释：今日的悲剧正是赎回她昔日的罪恶。但他徒然思索着一种能使他自己满意而同时也能使对方接受的语气。玛格丽特的肩膀忍受着他手掌温和的压力。玛格丽特很知道她生活中的任何细故会引起他那一套挂在口边令人难耐的道德教训来。他用他自己的定理来阐明一切，解释一切。他靠在她身上。下面是他所想对她说的：

"我可怜的朋友，你看，从罪恶中决不会产生出好结果来。仅仗隐藏你的过失终归是无用的。唉！我对这孩子已算尽了最大的可能；我待他像我自己的孩子一样。如今上帝指示我们过去想借……总是一种错误……"

但一言未竟他已顿住。

无疑，她一定理会这几个字中深重的含意。无疑，它们已透入她的心头，因为刚才她已止泪，这时却更伤心地呜咽起来。她屈身像是预备跪在他的跟前，他弯腰把她搀住。和着眼泪她在说些什么呢？他一直俯身到她唇边。他听到：

"你自己明白……你自己明白……唉！你为什么原谅我……唉！我根本就不应该再回到你的家来！"

他几乎不能不猜透她的语意。随即她又默然无言。她已不能再作更进一步的表明。她怎么能对他说他所苛求于她的这种德行，使她像幽囚在牢狱之中，使她感到窒息；她怎么能对他说如今她后悔的并不是她当日的过失，而是后悔她当日所作的忏悔。普罗费当第重又挺起腰。

"可怜的朋友，"他用一种庄重而严正的口气说，"我怕今晚你有点闹着脾气。时间也不早了，我们还是去睡吧。"

他搀她起来，陪她到她的卧室，在她的额上亲了吻，才又回到他的公事房，倒在一张靠椅上。说也奇怪，他的肝痛竟和缓了，但他已觉心碎。他用双手托着头，悲痛得已流不出眼泪。他没有听到有人在敲门，但门开的声音使他抬起头来。进来的是他的长子查理。

"我来向爸爸请晚安。"

查理走近。他想让他父亲知道一切他都明白。他想对他父亲表示他的同情、他的真诚、他的忠恳，但谁能相信一个律师会像他那么不善辞令；也许正因为他情感的真挚，才更使他讷讷难出。他拥抱他的父亲，他依恋地把头倚靠在他父亲的肩上，使后者相信他很了解。过分的了解使他禁不住抬起头来，笨拙地，像他所

做的一切事情一样,问道,——他的内心是那样痛楚,他不能不问道:

"那么卡鲁呢?"

这问题显然是荒谬的,因为,正像裴奈尔和别的孩子们大有差别,在卡鲁身上亲族间的类似是很显著的。普罗费当第拍拍查理的肩头:

"不,不,你放心好了。只是裴奈尔一人。"

于是查理俨然地:

"上帝驱逐出捣乱者为的……"

"闭口!"普罗费当第阻止他,试问他何须别人对他说这些话呢?

父子间已再无话可说。我们不如离开他们吧。时间已快十一点。让我们把普罗费当第太太留下在她的卧室内。她坐在一张不很舒服的小椅上,不哭,也不想。她也希望跑掉,但她是不会的。当她从前和她情人——也就是裴奈尔的父亲——在一起的时候,她常对自己说:"回去吧,一切都是枉费,你永远只能做一个贤妻良母。"她怕自由,怕罪恶,怕安逸,这使她在十天之后竟又忏悔地回到她丈夫家里。从前她父母跟她说的很对:"你永不知道自己所要的是什么。"让我们离开她吧。赛西尔已睡觉。卡鲁绝望地看着他那快灭的蜡烛,它已支持不到让他看完那本冒险小说,这书使他把裴奈尔出走的事也忘了。我很好奇地想知道安东尼又会对他的朋友女厨子谈些什么,但人不能事事都听到,如今已是裴奈尔去找俄理维的时候了。我不很知道他今晚是在哪儿吃的饭,也许根本他就没有吃饭。他顺利地通过门房,他轻轻地跑上扶梯……

三

富有与升平产生懦夫;忧患乃坚韧之母。

——莎士比亚

俄理维已上床等着他母亲,因为她每晚总下楼来跟她两个就寝的小儿子亲吻,道晚安。他很可以再把衣服穿上等待裴奈尔,但他怀疑他是否会来,而一面也怕把他的小兄弟闹醒。乔治平时很快就睡熟,早上醒得很迟,也许他根本不会注意到有什么变故。

听到有人在轻轻抓门的声音,俄理维跳出床来,匆忙地套上他的拖鞋跑去开门了。一无点灯的必要,室内有着月光。俄理维把裴奈尔紧紧抱在怀中。

"啊!我真等得心焦,我不能相信你竟会来。你父母知道你今晚不在家睡吗?"

在黑暗中,裴奈尔的目光凝视着。他耸一耸肩膀。

"你以为我得先请求他们的同意吗,嗯?"

他的语调是那样冷酷地带着讽意,俄理维立刻感到自己发问的荒谬。他还不懂裴奈尔的出走是为"上进",他以为他只打算一晚不回家,而想不出他出奔的动机是什么。他问:——裴奈尔打算什么时候再回家呢?——永不!这时俄理维心中才明白过来。他尽力想显出自己的严肃,不因任何意外而愕然起惊,但一句"你在做的事简直是了不起的！"不自主地从他口中吐出。

他朋友的惊愕并不使裴奈尔不悦。他尤其暗喜这惊叹中所含的敬慕之意，但他重又耸耸肩膀。俄理维握着他的手，他非常严肃。他殷切地问道：

"但……为什么你要走呢？……"

"唉！老朋友，那，那是家庭间的事。我不能对你说。"不想使自己的态度太显严重，他用鞋头戏弄着俄理维脚尖摇晃着的那只拖鞋，使它落到地上，因为他们两人并肩坐在床边。

"那么你上哪儿去生活呢？"

"我不知道。"

"靠什么生活呢？"

"瞧着看吧。"

"你有钱吗？"

"够明天吃中饭的。"

"以后呢？"

"以后就得想法去找，不管它！我总可以有办法。你瞧着吧，以后我再告诉你。"

俄理维非常佩服他的朋友。他知道他性格的刚强；可是，他还怀疑，万一他经济断绝，为环境所迫，那时他是否会寻回家去呢？裴奈尔向他保证：他什么都干，但决不再回家去。因为他反复地说，而且愈来愈残酷：什么都干——俄理维心头感到一种无限的惨痛。他想说话，但又不敢。最后，低着头，带着一种犹豫的语调，他开始说：

"裴奈尔……至少你不会……"他停住了。他的朋友抬起眼睛，朦胧地看出俄理维惶惑的神情。

"不会什么呢？"他问，"你想说的究竟是什么呢？说吧。当小偷吗？"

俄理维略一摇头。不，他指的并不是那个。突然他呜咽起来；他痉挛地抱住裴奈尔。

"允许我至少你不……"

裴奈尔抱住他，随又笑着把他推开。他已懂了。

"那，那我一定可以答应你的。不，我不会那样冒失。"但他又接着说，"不过也得承认那倒是最简便的办法。"俄理维安心了，他很知道最后这句话只是一种有意的讥嘲。

"你的考试呢？"

"对了，就是这事使我心烦。至少我不愿意把它牺牲。我自信已有准备，问题只要那天不太疲累就成。我必须很快想个办法。这当然是相当冒险的，但……我想不成问题。你瞧着吧。"

他们间有霎那的沉寂。第二只拖鞋又已落地。裴奈尔说：

"你会受凉的。睡吧。"

"不，该睡的是你。"

"别开玩笑了，快，睡吧！"他把俄理维推入散乱的床上。

"但你，你在哪儿睡呢？"

"不拘哪儿，地上也成，屋角也成。我必须使自己习惯。"

"别那样，听我说吧。我还有点儿事情想告诉你，但你如果不在我身边，我就不能说。到我床上来吧。"当裴奈尔解衣上床以后，他说，"你记得那次我对你说的……成了，我已干过了。"

裴奈尔会意。他把他朋友更拉近一点，后者继续说：

"老裴，说来那真令人作呕。那简直是骇人的……事后，我真想呕吐，撕去我的皮囊，自杀。"

"那你也过甚其辞了。"

"或是把她杀掉……"

"女的是谁呢？至少你不至于太不谨慎吧？"

"那倒没有，杜尔美跟那女的很熟，是他给我介绍的。但尤其是她的谈吐使我恶心。她不断地饶舌，而你说多蠢！我真不懂在那种时刻何以还不闭口。我真想堵住她的口，把她缢死……"

"我可怜的朋友！可是你早该想到杜尔美最多只能替你找个笨家伙……但至少，她长得怎么样呢？"

"你以为我会抬起头来看她吗？"

"你真是个小傻瓜。你真是个小爱神。我们睡吧……那么至少你总已……"

"可不是吗！就是那事最使我作呕，就是说我仍一样的……干的正好像我对她很有热情似的。"

"老俄，那可了不起。"

"别胡扯！如果所谓爱情就是那么回事，我可早受够了。"

"你真可谓初出茅庐！"

"我倒想看看你在那情景中。"

"啊！我，你知道，我不追女人。我已告诉过你：我等着奇遇。那样，冷冰冰的，那对我一点没有意思。自然，如果我……"

"如果你？……"

"如果她……不说了。睡吧。"突然他转过背去，和俄理维的身子远离一点，因为热气使他难受。但俄理维过了片刻又说：

"你说……你相信巴雷士①会当选吗?"

"天晓得!……那使你脑胀!"

"我才不睬呢!喂……告诉你……"他攀在裴奈尔的肩上,后者回过身来,"我兄弟有一个情妇。"

"乔治吗?"

那小的,假装入睡,原在黑暗中耸耳细听,这时听到人提到他的名字,就赶紧屏住呼吸。

"你真傻!我说的当然是文桑。"(比俄理维年长,文桑正念完医科前期。)

"他自己告诉你的吗?"

"不,他并不知道我知道这件事。我的父母也一点不知道。"

"如果他们知道了,他们会说什么呢?"

"我不知道。也许妈会非常失望。爸爸一定会叫他和那女的断绝关系或是正式结婚。"

"天晓得!这些正人君子们不懂得别人可以不和他们一样,而仍不失其为君子。但你怎么知道这事的呢?"

"事情是这样的:近来文桑每在我父母上床以后,夜间出去。他下楼时尽量小声,但我辨得出他走在街上的脚步。上礼拜,我想是礼拜二吧,夜间天气热得使我不能睡在床上。我就跑到窗口透透气。我听到楼下开门与关门的声音。我就伏在窗口,而当他在路灯旁经过时,我认出果然是文桑。那时已是十二点以后。这是第一次。我的意思是,这是第一次我注意到他。但自从我有过

---

① 巴雷士,法国小说家。此处指当选法兰西学院院士。

这发现以后,我就监视他——啊!自然并不一定是有意的……而几乎每天晚上我听他出门去。他自己有钥匙,而我父母又把以前我和乔治住的那间房子给他改作了诊察室,为的预备将来他开业以后用。他的卧室正在进门的左手,而其余的房子则都靠右手。因此他可以随意进出不为别人知道。平时我没有听到过他回来的声音,但前天晚上,那是礼拜一晚上,我不知道什么缘故。我想着杜尔美出版杂志的计划……就一直睡不熟,我听到扶梯上有说话的声音,我当时就猜想一定是文桑。"

"那是几点钟?"裴奈尔问。其实他并不真想知道时候,不过要表示出他对这事极感兴趣而已。

"早晨三点钟,我想。我就起来,我把耳朵贴在门上细听。文桑在和一个女人说话。或者不如说那女的一个人在那儿说话。"

"那你怎么知道那男的一定是文桑?别的房客也都从你门口经过。"

"有时的确非常麻烦。这些房客回来愈晚,上楼时声音愈大;他们才不顾别人的睡觉呢!……但那次决不是旁人,我听到那女的一再叫他的名字。她叫他……啊!我都不便说,说起来会令人作呕……"

"说吧。"

"她说:'文桑,我的亲亲,我的情人。唉!您别走!'"

"她称他用'您'吗?"

"对呀!你说怪不怪?"

"说下去吧!"

"'您现在已没有权利把我抛弃了。您要我怎么办呢?您让我上哪儿去呢？告诉我！啊！告诉我．'——于是她又重复地叫他：'我的亲亲，我的亲亲．'而那声音愈来愈凄惨，愈来愈微弱。以后我就听到一种声音（他俩应该是在扶梯上）——一种像是什么东西落下去的声音。我想一定是她跪下了。"

"但他呢，他一句话也不回答吗？"

"他一定已跑上扶梯，我听到房门关上的声音。以后她就一直在我门口，而几乎是靠在我门上。我听到她呜咽的声音。"

"那你应当给她开门。"

"我不敢。文桑如果知道我知道他的事情一定会大发雷霆。而且，我怕她在哭时被人发觉反显得挺不好意思，何况我也不知道应该对她说什么话好。"

裴奈尔向俄理维转过身来：

"我要是你，我一定给她开门。"

"啊！天晓得，你总是什么都不怕，只要闪过你脑筋的事，你没有一件干不出来。"

"你是责备我吗？"

"不，我羡慕你。"

"那你看那女的究竟是谁呢？"

"那我怎么知道？晚安。"

"说……你敢担保乔治一定不会听到我们所说的吗？"裴奈尔在俄理维的耳边低声说，两人细听了一阵。

"不会的，他已睡了。"俄理维很放心地说，"况且他也听不懂。你说那天他问爸爸什么来，他说……'为什么……'"

这次乔治可真忍不住了。他在床上抬起头来，打断他哥哥的话：

"笨伯，"他叫着说，"我那天故意问爸爸，这你也看不出来？……我敢打赌，你们刚才所说的我全听到了，我犯不上和你们作对。至于文桑的事我老早就知道了。只是，伙计们，现在你们说话可该小声点了，因为我真困了。或是，闭口吧。"

俄理维翻过身去。裴奈尔还不睡，他默然注视着这间房子。月光使它显得比平时更大。实际上，他对这间房子并不熟悉。白天俄理维一向不在室内。裴奈尔难得到他家去看他，偶有的几次，俄理维都在楼上的房子内招待他，如今月光已照在乔治的床脚上，这孩子终于睡熟了。刚才他哥哥所谈的，他几乎全都听到，他已不乏入梦的资料。在乔治的床边墙上，可以看到一个双格的小书架，上面放着一些教科书。在俄理维床边的一张桌上，裴奈尔瞥见一本版本很大的书；他伸出手去，抓住那本书，想看看是什么书名：托克维尔①。但当他想再把它放回时，书掉在地上，那声音把俄理维惊醒了。

"近来你念托克维尔吗？"

"这是仲巴借给我的。"

"你喜欢吗？"

"相当乏味。但有些地方写得很好。"

"听我说，明天你预备做什么呢？"

第二天是礼拜四，中学校向例是无课的。裴奈尔在想或许还可以看到他的朋友。他计划以后不再到学校去，最后的几课也不

---

① 托克维尔，法国十九世纪政治家、作家。

上了，打算单独预备他的考试。

"明天，"俄理维说，"十一点半我到圣拉萨耳车站去接我的舅父爱德华，他从英国回来，乘第厄普开来的车子。下午三点钟杜尔美在卢佛①美术馆等我。其余的时间我必须预备功课。"

"你舅父爱德华？"

"是的，他是我母亲的异母兄弟。他离开这儿已有半年，虽然我只见过他几面，我却很喜欢他。他不知道我会去接他，我怕在车站上不一定认识他。他和我家里其余的人完全不一样，他是一个很杰出的人。"

"他是做什么的？"

"他写作。他的书我几乎都看过。但近来他很久没有发表什么东西了。"

"是小说吗？"

"是的，也可说是小说。"

"为什么以前你从没有向我提起过呢？"

"因为提了你就会去念，而如果你念了不喜欢……"

"说吧！"

"那就，那就会使我难受。所以我不提。"

"为什么你说他是个杰出的人？"

"我也回答不出来。我已对你说过，我几乎不认识他，所以这也许只是一种预感。我觉得他对很多事情都感兴趣，而这些事情都不是我父母所感兴趣的，对他你可以什么都谈。有一天，那是

---

① 现译为卢浮。——编者注

在他动身之前不久,他在我家吃饭。他一面在和我父亲谈天,但我感到他目光却始终注视着我,那使我局促起来。我正想跑出那间房子——那是餐室,进咖啡后大家总在那儿闲谈,但他却向我父亲问起我来,这使我显露得更局促。而爸爸突然站起来去找那时我才写成的诗,这些诗我以前很傻地竟拿给他看过。"

"你写的诗?"

"是呀,你知道,正是那一首,你说很像波德莱尔的《眺台》①。我自己知道那些诗全无价值或是不值什么,所以爸爸去把那些东西拿出来使我非常生气。但当爸爸在找那些诗的时候,好一会,就只爱德华舅父和我两人单独在室内,而我知道自己满脸涨得通红,我想不出什么话可以对他说。我只好把头别转——而且,他也和我一样,他开始卷他的烟卷,无疑是为使我安心起见,因为他一定看到我通红着脸,以后他就站起来看着窗外。他低声地吹着口哨。突然他对我说:'我比你还局促呢。'但我相信这是完全出于好意。最后爸爸进来了,他把我的诗拿给爱德华舅父,他就开始读起来了。那时我已忍无可忍,如果他再恭维我一阵的话,我相信我一定会对他做出非礼的举动来,自然爸爸正等着他的恭维,而看到我舅父什么话也不说,他就问:'你看怎么样?'但我舅父笑着对他说:'在你面前我不便说话。'于是爸爸也笑着跑掉了。而当只有我们两个人的时候,他就对我说,他认为我的诗很要不得,但听他这样说,反使我心中很痛快,更使我高兴的是当

---

① 波德莱尔,法国十九世纪诗人。《眺台》(现译为《灯塔》。——编者注)见他的诗集《恶之华》(现译为《恶之花》。——编者注)

他突然用手指点着两行诗，而那正是全诗中我自己唯一认为得意的两行时，他微笑地看着我说：'这是好的。'你说这可不是了不起的？而如果你知道他说那话时的语调！我真想拥抱他。以后他又对我说，我的错处在于从一种观念出发，而不够让字句作我的前导。最初我不很理解他的意思，但我相信现在我已懂得他指的是什么——而我相信他是对的。这一点我以后再和你解释。"

"现在我懂得何以你要上车站去接他。"

"啊！我刚才对你谈的都没有什么。我也不懂为什么我要对你谈这些。我们还说了很多别的。"

"你说是十一点半？你怎么知道他乘这班车到站呢？"

"因为他给我母亲写了一张明信片，而以后我又查了时间表。"

"你打算和他一同吃中饭吗？"

"啊！不，我必须在十二点回家。我只有和他握一握手的时间，但那对我已很满足……唉！在我还没有睡熟以前，告诉我：什么时候我再和你见面呢？"

"至少不在这几天。至少到我有了办法。"

"但无论如何……如果我能帮你点忙。"

"你帮我点忙！——不，那就没有意思了。我会觉得我在舞弊。安睡吧！"

四

> 我父亲是个笨伯，但我母亲是有头脑的人。这温柔的小妇人是个静寂主义者，她常对我说：孩子，你会入地狱的。但这并不使她悲伤。
>
> ——封特奈勒①

不，文桑·莫里尼哀每晚出门并不是上他情妇家去。虽然他走得很快，让我们紧随着吧。从他所住的圣母院路顶头，文桑一直走尽连接着的圣布拉西路，以后转到伯克路，那儿还有一些迟归的行人来往。他在巴比伦路一家大门前停住，门开了。这儿是巴萨房伯爵的住宅。如果他不常在这儿出入，他不会那么昂然地跑进这富丽堂皇的爵府，给他开门的侍役很知道在类似的假装镇静中所隐藏的胆怯。文桑故意不把帽子交给他，而随手扔在一张靠椅上，可是文桑在此出入还是不久以来的事。如今自称是他朋友的罗培耳·德·巴萨房原是逢人成朋友的那种人，我不很知道他们两人间究竟是怎么认识的。无疑是在中学的时候，虽然巴萨房显然比文桑年长得多。他们几年不见，最近，有一天晚上，很

---

① 封特奈勒（现译为丰特奈尔。——编者注），法国十八世纪作家。

难得,俄理维陪他哥哥去看戏,偶然在戏院中遇见。在休息的时候巴萨房请他们两位吃冰淇淋。那天晚上他才知道文桑正念完医科前期,而尚在犹疑是否再进后期,实在说,自然科学比医学更使他感兴趣,但为谋生起见……总之,文桑欣然接受了罗培耳·德·巴萨房不久向他提出的有利的建议,即是每晚去诊视他那位因手术后尚未复原的年老的父亲:无非是洗涤、检验、注射之类,反正是需要一个专手才能担任的。但,除此之外,这位伯爵想接近文桑还别有内幕,而后者接受他的建议其中也另有原因。罗培耳的内幕,我们以后再来探究;至于文桑的即是:需钱孔亟。当你是一个心地正直的人,而自幼受教育的灌输,知道什么叫作责任,你不会使一个女人有了孩子,尤其这女人是为你抛弃了她的丈夫,而你自己则丝毫不感到你对她所应尽的义务。直到那时,文桑所过的是一种纯洁的生活。他和萝拉的关系,有时在他觉得很平常,有时却觉得是骇人的。很多琐细的事情,如果一一分列,往往显得很简单很平常,但加在一起却凑成一个骇人的总数。他方才一面走一面就那样想,但这对他无济于事。自然他从不曾打算把这女人完全由他来负担或是在她离异以后娶她,或是和她同居。他不得不自认对她并无强烈的爱,但他知道她在巴黎一无接济,而是他自己使她落入这种困境,他想对她至少应负起初步援助之责,可是他很知道这援助是朝不保夕的——今天比昨天不如,比最近几天更不如。因为在上星期他还有他母亲克勤克俭为他开业而积贮下来的五千法郎,这五千法郎应该足够他情妇分娩、住院,以及婴儿出世后最初的费用。但他竟受了什么魔鬼的唆使?——这一笔早为这女人打算好的款子,这一笔奉献给她而他自己再无权动用的款子，有一天晚上，也不知由于什么魔鬼的耳语，他认为这数目也许是不够的。不，这并不是罗培耳·德·巴萨房。罗培耳从不曾说过类似的话，但他建议文桑上俱乐部去恰正落在那一天晚上，而文桑接受了他的建议。

这种赌场中最危险的是只要赌友就是朋友。罗培耳把他的朋友文桑介绍给所有的人，文桑因为事前没有准备，所以那一天晚上不能尽兴下注。他身边几乎什么也没有，伯爵想借给他的一点筹码他又不肯接受。但，因为他赢了钱，他就后悔不曾多冒险一下，便答应第二天再去。

"现在这儿的人都认识您了，以后我就用不到陪您同来。"罗培耳对他说。

这一切发生在彼尔·德·勃鲁维家，人通称他为彼特罗。自从这第一晚上以后，罗培耳·德·巴萨房就把自己的汽车供给他的新交使用。每晚十一时文桑到罗培耳家，和他闲谈一阵，随即上楼，看老伯爵当时的心境与病状决定他逗留的久暂，以后汽车就送他到圣佛罗朗丹路彼特罗家，一小时后又接他回来，但车子并不直接送他到家而是停在最近的十字路口，因为他怕引人注意。

前天晚上，萝拉·杜维哀坐在通莫里尼哀家的扶梯上，守候文桑一直到早晨三点钟，那时他才回家。而且，那天晚上文桑并没有上彼特罗家去。他已无钱可输。两天以来，他那五千法郎已分文不剩。他把经过写信通知了萝拉，告诉她他再不能替她想办法，并劝她回到她丈夫，或是她父亲那儿去，直认一切。但这在萝拉已绝不可能，她对这事根本无法加以冷静的考虑。他情人的谴责只引起他的愤怒，而这愤怒徒使他沉入绝望的境地，文桑遇到她就在这种情况之下。她想把文桑拖住,但他撒手就跑。无疑,那一刻他只能忍心,因为他并非无情的人,但在他,欲胜于情,因此他很容易把这种冷酷也看作是他的一种义务。他完全不理会她的祈求、她的哀诉,正和俄理维对裴奈尔所说的一样,文桑把他房门关上以后,她倒在扶梯上,独自在黑暗中呜咽不止。

自从那晚以后又已过了四十多小时。前夜文桑并没有上罗培耳·德·巴萨房家去,他父亲的病状似乎已转好。但这天晚上一道电信把他找去。罗培耳想见他。当文桑踏进罗培耳常在的那间房子——这房子他自己特意布置作书室,而同时也是他的吸烟室,罗培耳并不起立,随便从肩头向他伸出手去。罗培耳正在写作。他坐在一张堆满着书的写字台前。正面,一扇大玻璃窗正对花园中的月色敞开着。他伏在案上对文桑说话:

"您知道我在写的是什么?……但您不会告诉别人吧!……您答应我。……这是给杜尔美所办的杂志的卷头语。反正以后别人一定会发现这杂志的后台是我,不过至少我不愿立刻让人知道我自己也在其中执笔。所以,千万别声张!但我正在想:您不是对我说过您的二弟也能写点东西?他叫什么名字?"

"俄理维。"文桑说。

"对了,俄理维,我倒忘了,别那么站着。坐在这张靠椅上吧。您不冷吗?您愿意我把窗关上吗?……他能写诗,对不对?他很应该拿到我这儿来。自然,我不能答应一定会用他……不过我相信总不至于太令人失望。他看来长得很聪明,您的二弟。而且,他对文坛的情形似乎很熟悉。我很想和他谈谈。您告诉他什么时候来看我,好不好?这事我拜托您。来根烟吧?"他把他那银质的烟盒递过去。

"好。"

"文桑,现在您听我说,我有几句很恳切的话要告诉您。那天晚上,您的举动真像是个孩子……而且我也一样。我并不是说我不该带您上彼特罗那儿去,但我觉得您输的钱我多少应该负一部分责任。我总想要是没有我,您是不会输这笔钱的。我不知道这是否就是人所谓的'内疚',但相信我,我为这事开始失眠并且患起消化不良症来,而我又想起您对我说过的那个可怜的女人……但那,那是另一回事;而且这种神圣的事,不如回避为妙。我想对您说的是,我很希望,我很愿意,是的,绝对愿意交给您一笔相等于您所输的款子,是五千法郎,对不对?而您再去冒一次险。我再说一遍,这款子,我自认是我让您输的,所以我应该偿还给您,您用不到感激我。如果这次您赢了的话,您就还我。如果又再输了,顶好!我们间算是清了账。过去一笔勾销,今晚您再上彼特罗那儿去。汽车把您送到以后,就来接我上格里菲斯夫人家去,而您回头就上她那儿去找我。说定了,对不对?汽车会上彼特罗家去接您的。"

他打开抽屉,取出五张票子交给文桑:

"快去吧。"

"但您父亲……"

"唉!我忘记告诉您了:他故世已有……"他取出表,喊道:"不得了,那么晚啦!都快十二点了……快走吧。——是的,他故世已差不多四小时了。"

这一切他说得丝毫不带慌张,反倒是泰然不以为意。

"而您不在家里守……"

"守灵吗?"罗培耳打断他,"不,我的小兄弟在那儿照料。他和那老女仆都在楼上,他和死者比较契合,而我……"

他看文桑总是不动,就接下去说:

"听我说吧,朋友,我不愿使你以为我冷酷不近人情,但我痛恶现成的情感,我曾在心中对我父亲假设了一种亲子之爱,但不久我发现我假设的尺度还嫌太宽,因此我不得不把它收紧一点。我一生中受惠于老人的唯有烦扰、敌对与拘谨。如果在他心中也有一点温存的话,至少他决没有用在我身上。我早年对他的怀慕,那时还是一片赤子之心,结果只受到他的厉声呵斥,从此我就得了教训,您自己总已亲眼见到,当人看护他的时候……他几曾对您说过一声谢谢?他几曾对您有过最低度的敬意,或是瞬间的微笑?他始终以为他对一切受之无愧。啊!这就是人所谓一个有气概的人。我相信他曾使我母亲很受痛苦,而这也算是他所爱的人,要是他真爱过什么人的话,我相信他使他周围的一切人痛苦,他的用人、他的狗、他的马、他的情妇;只有他的朋友是例外,因为根本他没有一个朋友。他的故世让每个人舒一口气。他正是,我相信,人所谓在'某一方面'有特长的人,但我从不曾发现是哪一方面。他很有才智,那是真的。说回来,我曾对他相当钦佩,即在今日仍然一样。但至于说猫哭老鼠,至于要我流点眼泪……不,我已早不在这种年龄。好吧!还是赶快走,一点钟后上莉莉安家来找我。——什么?您没有穿晚礼服不好意思吗?傻小子!什么?没有别人。好吧,我也穿便服就是。知道了。出门以前点上一根雪茄吧。赶紧让汽车开回来,回头再去接您。"

他看文桑出门后，耸一耸肩，跑入卧室去换衣服。他的晚礼服已平直地在沙发上等着他了。

在楼上的一间房子内，老伯爵躺在那张临终的床上。人在他胸前放上一个十字架，但忘了把他的双手按在上面。几天不剃的胡子使他下颔峻峭的角度变得柔和一点。横在额上的皱纹在他耸立的灰发下已不显太深，而且好像松弛了。眼珠深陷在满覆浓眉的眼眶中。正因为以后我们不会再见到他，所以我特别向他端详一番。那年老的女仆赛拉菲坐在床头的一张靠椅上。但她站起身来，跑近一张桌子去。桌上一盏旧式的油灯发着黯淡的光，灯芯已不够了。灯上的灯帽使光正照在年轻的龚德朗在念的一本书上……

"您累了，龚德朗少爷。您不如先去睡吧。"

龚德朗抬起头来，用极温柔的目光看着赛拉菲。他撩开散在他两鬓的金栗色的头发，他才十五岁，他那几乎还带女性的脸上只充满着爱与柔情。

"你呢！可怜的菲，"他说，"该去睡的还是你，昨夜你已一夜没有休息。"

"啊！我已习惯，在我算不得什么，而且我白天睡了，而您……"

"不，你去睡吧。我并不觉得累，而且我留在这儿看书或是默想对我很有好处。我对爸爸认识太浅，我相信如果我不乘这机会细细瞻仰一番，我会完全把他忘了的，我要看守他直到天亮。菲，你在我家已有多久了？"

"我是在您出世前一年来的,如今您快十六岁了。"

"你还记得我妈吗?"

"记得您妈?您问得真有意思!这正好像您问我我叫什么名字。自然,我怎么不记得您妈呢?"

"我也记得一点,但不很清楚……她去世那年我才五岁……告诉我……是不是爸爸常和她说话?"

"那就得看什么日子,您爸爸向来是很少说话的,而他也不喜欢别人先和他说话。但无论如何,那时比近来总还更多说一点,——而且,往事最好不提,让仁慈的上帝去审判这一切吧。"

"好菲菲,你真相信仁慈的上帝会去管这些事吗?"

"如果不是仁慈的上帝,那还有谁呢?"

龚德朗把嘴唇贴在赛拉菲赤红的手上。

"你知道你应该做什么吗?你去睡。天一亮我就一定叫你,那时我就去睡。去睡吧,我恳求你。"

赛拉菲留他一人在室内以后,龚德朗立刻跪下在床前。他的前额隐没在褥单中,但他哭不出眼泪,他心中一无情感的冲动。他的眼睛是绝望地干涸的。于是他又站起身来,他看着这已失去知觉的遗容。在这庄严的瞬间,他想认识不知何种崇高与稀有的情感,倾听从另一世界传来的消息,把自己的思想超升到一种超感觉的灵妙的境界去——但他的思想却始终羁住在尘俗的现世。他凝视着死者苍白的手,而自问死人的指甲还能长多长。他惊骇于这两只拆散的手。他想把它们拿近去,联在一起,握住十字架。这倒是个妙计。他想赛拉菲回来时看到死人的手已联在一起一定会大吃一惊,他想象她的惊奇自己觉得非常得意。但立刻他又鄙视自己的举动。他依然俯在床上。他把死人离他较远的那只手臂抓住。手臂已很僵硬，龚德朗要把它勉强弯曲过来，结果使整个尸体移动了。他又抓住另一只手臂，这一只似乎比较柔顺。他几乎已把它拉在适当的位置。他拿起十字架，想把它放在死人的大拇指与其余的手指间，但一接触到这冰冷的尸体使他心寒起来。他自觉已将昏晕。他想把赛拉菲叫醒。他放弃一切——十字架倾倒在折皱的褥单上，死人的手臂重又僵硬地落回原处。在这骇人的肃静中，他突然听到一声粗暴地呼唤"上帝"的声音，使他毛骨悚然，像是有人在……他惊惧地回过头去，但不，室内只有他独自一人。这大声的诅咒无疑出自他自己的口中，出自从不曾亵渎过神明的他。于是，他又坐下，沉湎在他的阅读中。

五

刺从来进不到这一具灵魂与身躯中去。

——圣佩韦[①]

莉莉安支起半截腰身,用指尖抚摸着罗培耳棕褐色的头发。

"朋友,您开始脱头发了。您得当心点呀,您才不到三十岁。秃头对您太不好看。您把生活看成太严肃了。"

罗培耳向她抬起脸来,微笑地看着她。

"我担保您,至少在您跟前我并没有把生活看成太严肃。"

"您已告诉莫里尼哀来找我们吗?"

"是的,既然您那么要求。"

"而……您借他钱了吗?"

"我已对您说了:五千法郎——还不是再上彼特罗那儿去输个精光。"

"为什么您愿意他输呢?"

"那是一定的。第一天晚上我就看出来。他完全外行。"

"他还可以慢慢地学……您愿意和我下赌他今晚准赢?"

[①] 圣佩韦,法国十九世纪文学批评家。

"随您便。"

"啊!但我请求您不必把这看作是一种惩罚。我最不爱勉强人。人喜欢做什么就做什么。"

"别生气。就这样吧:如果他赢的话,他就把五千法郎还给您;但如果他输的话,那您得替他还我这笔钱。成吗?"

她按电铃:

"拿托卡依酒①来,要三只杯子。——而如果他回来仍是不多不少的五千法郎,那我们就把那笔钱算是他的了,对不对?就是说如果他不输不赢……"

"那决不会的。我奇怪您怎么对他那么感兴趣。"

"我奇怪您怎么会对他不感兴趣。"

"您对他感兴趣因为您爱上了他的缘故。"

"亲爱的,那倒是真的!对您,我很可以这么承认。但我对他感兴趣并不因此。相反,通常在我脑筋中如果有了某人的影子的话,倒反会使我冷下去。"

一个仆人进来,托盘上放着酒和杯子。

"我们先为东道庆祝,以后我们再和得胜者共饮。"

仆人把酒倒在杯中,他们举杯相庆。

"在我,我觉得他令人生厌,您的那位文桑。"罗培耳接着说。

"啊!'我的'那位文桑!……好像最初并不是您自己把他带来似的!而且我劝告您别再逢人便说他使您讨厌。人很容易明白为什么您要接近他。"

---

① 一种匈牙利出产的葡萄烧酒。(现译为托卡伊。——编者注)

罗培耳略偏身子，把自己的嘴唇印在莉莉安赤裸的脚上，后者赶紧缩回脚去，隐匿在她的扇子下面。

"我应该害羞吗？"他说。

"对我就用不到，您也不会的。"

她干杯以后说：

"亲爱的，您愿意不愿意我告诉您：您有文人所有的一切习气：您好虚荣，又虚伪，又有野心、朝三暮四、自私自利……"

"您把我抬得太高了。"

"是的，这一切都是动人的，但您永远不能当一个小说家。"

"因为？……"

"因为您不懂得听别人说话。"

"我自己觉得很能听您说话。"

"唉！他，他不是个文学家，但他更能听我说话。但当我们在一起时，倒总是我听他说话。"

"他并不善于说话。"

"那因为您不断地演说。我很知道您：您绝不让他有插言的余地。"

"他能说的我预先已都知道。"

"真的吗？他和那女人的故事您都知道吗？"

"啊！别人的恋爱史，那我认为是世上最乏味的事！"

"我也很喜欢听他讲自然科学。"

"自然科学，那就比恋爱史更乏味。那么说，他倒给您上了一堂课？"

"啊！如果我能把他所说的都讲给您听……亲爱的，那简直是引人入胜的。他告诉我很多关于海中水族的故事。而我,我一向对于生长在海中的一切都感兴趣。您知道如今在美国,他们造一种两面都用玻璃的船,可以看到在海底的一切。那一定是可惊的。人看到活的珊瑚,以及……以及……那叫什么来啦?——以及石蚕、海绵、海藻、成群的鱼类。文桑说有几种鱼在太咸或太淡的水中就不能生存,而另几种鱼正相反,它们能适应水的各种咸度,它们就守候在咸度较低的水流边,等着那些不能支持的鱼类过来时全把它们吞了。您应该让他给您讲……我担保您那是顶有意思的。当他讲那些故事的时候,那简直是了不起的……您不再认识是他……但您不知道让他讲……这正像当他谈起他和萝拉·杜维哀的历史一样……是的,这是那女的名字……您知道他是怎么认识她的?"

"他也和你讲了吗?"

"人没有什么不对我说的。险恶的人,您很知道!"于是她用折扇上的羽毛戏弄他的面庞,"您可疑心到自从那天晚上您带他到这儿来以后,他就天天来看我?"

"天天!不,真的,我可真没有想到。"

"到第四天,他已禁不住,他就什么都说了。但以后每天,他总再加上一点细节。"

"而那不使您讨厌!您可真是了不起的。"

"我不是对您说过我爱他。"她添势地抓住他的臂膊。

"而他……他爱那个女人?"

莉莉安笑了:

"他曾爱过那个女人。——啊!最初我必须装作对那女人非常关心。我还不得不陪着他流眼泪。但我心中却异常妒忌。现在我已不。你听我讲那是怎么开始的。他们两人都被认为患肺病，不约而同地被送到波城①的一个肺病疗养院。实际上，一个也不是。但他们两人都自以为病势很重。那时他们还各不相识。他们第一次见面是在疗养院花园的阶台上，他们两人恰好躺在并列的两张躺椅上，旁边还躺着很多别的病人，都整天在露天疗养。因为他们自信已都是命定了的人，所以觉得自己一切行动不会再生后果。他时刻向她诉说他们两人最多也只留下一个月的生命，而那正是春天。她在疗养院只是孤单的一人。她丈夫在英国当一个法文教员，她离开了他跑到波城去。那时她结婚才三个月。自然他得费尽心血才能供给她在那儿的费用。他每天给她写信。这年轻的女人出自一个很有名誉的家庭，很有教养，很沉默，很胆小。但在那儿……我也不很知道文桑究竟对她说了些什么，总之第三天她就向他直认，虽然和她丈夫同床，而且也发生关系，但她始终不知道乐趣是什么。"

"而他，他当时说什么呢？"

"他就握住她悬靠在躺椅旁的那只手，紧紧地按在他自己的唇边。"

"而您，当他对您讲到这些，您说了什么呢？"

"我！那可真够瞧……替我想想我竟大笑起来。我忍不住，而我又止不住……并不是他所说的使我觉得可笑，而是我自己想使他再继续说下去，因而不能不装出那副又关心而又惊惶的神情。

---

① 波城是法国一城市。

我又怕自己显得太感兴趣。其实，这的确是很美而又很凄惨的。他对我说时他自己非常感动。他从没有对别人谈过这一切。他家里人自然完全不知道。"

"这样说来，您倒配写小说。"

"对呀，亲爱的，如果我要能知道用什么文字来写！……用俄文，用英文，用法文，我永远决不定。——终于，第二天晚上，他就找到他新认识的朋友的卧室去，而授给她一切她丈夫所未曾教她的，而我想他的教授法一定很高明。只是，他们既然认为可活的时间已经很短，自然双方都没有防备，而自然，有着爱情作助力，不久他们两人的健康也大大进步了。当她发现自己已有身孕，两人就都惊慌了。这是上一个月的事。天气已开始热了。在夏天，波城那地方是不能住的。他们就同回巴黎来。她丈夫以为她已回到她父母家里，他们在卢森堡公园附近办有一所补习学校，但她自然不敢去见他们。而她父母，他们倒以为她还在波城，但一切不久自然都会拆穿。最初，文桑向她发誓决不把她抛弃，他愿意和她跑到天涯海角，上美洲去，上大洋洲去。但那就非钱不可。就在那时他遇到了您，他开始赌博起来。"

"他从来没有和我谈到这一切。"

"尤其别告诉他是我说的！……"她停住了，倾听。

"我以为是他回来了。……他又告诉我，说从波城到巴黎的那段旅程中，他几乎以为她疯狂了。她才明白她已开始有孕。在车厢中她坐在他对面，车厢中就只他们两人。自从早晨起她就没有说过一句话，关于起程的一切全得他去照料。她任人替她布置，她似乎对一切已都失去知觉。他握着她的手，但她像是不曾意识到他就在眼前，带着怒容，目不转睛地看着前面，嘴唇微微颤动。他靠近她身边。她不住地说：'一个情人，一个情人，我有了一个情人。'她用同一的语调反复地说，总不出这几个字，像是她已不知道再有别的……亲爱的，相信我，当我听到这一段故事的时候，我再也笑不出来。我一生中，没有听到过比这更动情的。但他愈说下去，我愈明白他自己在和这一切逐渐脱离关系。人可以说他的情感随着他的语声同时消失了。人可以说他感激我替他作了传达他情绪的媒介。"

"我不知道这一长篇你用俄文或是英文应该怎么说，但我保证您用法文倒的确说得顶流利。"

"谢谢，我知道。这以后他才和我谈起自然科学；而我尽力勉励他不要为爱情而牺牲他的前途，否则真是太可惜了。"

"换句话说，您劝他牺牲爱情。而由您来替他补足这份爱情？"

莉莉安不答。

"这次我相信是他了，"罗培耳说，一面站起身来，"……在他没有进来以前，让我再说一句话：我父亲刚过世了。"

"噢！"她淡然回答。

"当巴萨房伯爵夫人对您不算一回事吗？"

莉莉安立时仰身大笑。

"但是，亲爱的……因为我似乎记起我还忘了一位丈夫在英国。什么！我以前没有对您说过？"

"恐怕没有吧。"

"总之在某处还有一位格里菲斯男爵。"

巴萨房伯爵从不曾相信他这位朋友的头衔能有几分可靠,他微笑了。女的接着说:

"告诉我,您想对我做这建议是否就为使您的生活多一重点缀?别那样,亲爱的。我们还是各守现状,做朋友,好不好?"于是她伸出一只手去让他亲吻。

文桑一跑进门就喊着说:

"好,我早料到,这奸贼准穿上了晚礼服。"

"是的,为不使他丢面子,我曾允许他我也穿便服,"罗培耳说,"朋友,真对不起,但我在出门前突然记起我在居丧呢!"

文桑昂着头,全身显露出胜利与喜悦。莉莉安看他进来已早跳起来了。她对他凝视一阵,就雀跃地奔向罗培耳,围着他跳着,舞着,叫着,一面用拳捶他的背(莉莉安这种撒痴撒娇的举动让我讨厌):

"他的东道输了!他的东道输了!"

"什么东道?"文桑问。

"他打赌,说您准又是输的,快说:赢了多少?"

"我真算有莫大的勇气赢到五万时居然脱身。"

莉莉安快乐得大叫起来:

"真成!真成!真成!"她嚷着,跳在文桑颈上。文桑全身感到这一个带着檀香味的、火样热的、柔软的身躯的接触。莉莉安吻他的前额,他的双颊,他的嘴唇。文桑摇摇欲坠地摆脱出来。他从口袋中掏出一大卷钞票。

"把您借给我的拿走吧。"他说着把五张票子递给罗培耳。

"这钱已不是我的,您还给莉莉安夫人好了。"

她把罗培耳递给她的票子扔在沙发上。她喘息着。她跑到阳台上去舒一口气。这正是夜阑人静魔鬼作法的扑朔迷离的时刻。四围一无声息。文桑已坐在沙发上。莉莉安对他回过头来，第一次用"你"称呼他：

"如今，你想怎么办呢？"

他用双手支着头，呜咽着说：

"我不知道。"

莉莉安走近他，把手按在他的额上。他抬起头来，他的目光锐利而炽烈。

"好吧，让我们三人先来举杯相庆。"她说，一面把三只杯中注满托卡依酒。

酒喝尽了。

"如今，离开我吧。时候不早了，我已不能支持。"她送他们到前厅，趁罗培耳走在前面，她就赶紧把一样金属的小物件塞在文桑手中，耳语说：

"先和他一同出去，一刻钟后你再回来。"

在前厅睡着一个仆人，她推醒他。

"照先生们下楼吧。"

扶梯是暗的，其实一按电灯是最省力不过的事，但莉莉安一向坚持着让一个仆人把她的客人送到门口。

仆人把一个大烛台上的蜡烛点上，高高地擎在手中，在扶梯上引着罗培耳与文桑。罗培耳的汽车等在门口，仆人把门关上。

当罗培耳把汽车的门打开让文桑上去，后者回答说：

"我想我还是走回去吧。步行一阵可以使我的神志清醒清醒。"

"您真不愿意我送您吗？"突然，罗培耳抓住文桑紧握着的左手，"撒开，给我看您手中是什么。"

文桑还带着这点纯直，他怕罗培耳妒忌。他红着脸把手指展开。一个小小的钥匙掉落在行人道上。罗培耳立刻把它拾起，看了一下，笑着交还给文桑。

"原来如此！"他耸一耸肩，随即跳上汽车，回头对那木立着的文桑说道：

"今天是礼拜四。告诉您二弟说我下午四点起就等着他。"不让文桑有回答的时间，他就赶紧把汽车门关上了。

汽车开走了。文桑沿塞纳河走了几步，穿过河上的桥，进入砖场花园不围在铁栏内的那一部分，跑近一个小水池，用手绢浸湿了水，覆在他的前额与双鬓上。于是，他又慢慢地走向莉莉安的住宅去。让我们离开他吧，当魔鬼津津有味地看着他把一个小小的钥匙轻轻地塞入锁孔去……

在小旅馆的一间阴凄的斗室中，萝拉——他昨日的情妇，长时间地痛哭流涕以后，这时正待入眠。在那只把他载回法国的船上，爱德华在晨光熹微中在甲板上重读萝拉给他的那封信，那封凄楚地向他求援的信。晨雾中，可爱的祖国的海岸隐约在望。不带片云的苍穹行将透露上帝的微笑。天边已出现红色的光芒。巴黎会是那样热啊！这该是去找裴奈尔的时候了，他正从俄理维的床上醒来。

六

> 我们都是私生子；而我曾叫他"父亲"的那最可尊敬的人，我不知道他在哪儿，当我成形的时候。
>
> ——莎士比亚

裴奈尔做了一个很荒诞的梦。他已记不起他所梦的是什么。他并不想去追忆他的梦，而是想由梦中解脱出来。当他回复到现实世界时，他感到俄理维的身体沉重地压着他。他的朋友，在他们睡熟的时候，或至少是在裴奈尔睡熟的时候，已挨近身来，而且这狭窄的床上实际上也不容许两人能有相当的间隔。他已翻过身来，如今，他侧着睡，他呼出的热气正痒痒地落在裴奈尔的颈上。裴奈尔只穿着一件短衬衣，俄理维的一只手臂很大意地压在他身上。他一时怀疑他朋友是否真的睡着。他轻轻地脱身。不使俄理维惊醒，他起来穿上衣服，重又躺下在床上。才四点钟，天未破晓，出发尚嫌太早。再休息一小时，养养精神勇敢地来开始这新的一天。但睡眠已不可能。裴奈尔默视着渐发蓝光的玻璃窗，斗室中灰色的墙壁，以及乔治睡着的那张铁床。那孩子还在梦中翻来覆去。

裴奈尔自语：

"顷刻间，我就将奔向我的前程。冒险！这是一个多美的名词!——一切必须遭遇到的。一切等待着我的惊奇。我不知道别人是否和我一样,但当我自己醒来以后,我就鄙视那些沉睡着的人们。俄理维,我的朋友,我已等不及和你告别。唉!起来吧,勇敢的裴奈尔!这已是时候了。"

他把手巾打湿一角擦脸,整发,穿上鞋子。他轻轻地把门打开。走到外面!

唉!这未经人呼吸的空气对身心是多么清新!裴奈尔沿卢森堡公园的铁栏,走入波那巴特①路,直到塞纳河边,穿过河。他思量着自己最近对生活所定的信条:"你不做,谁做?此刻不做,何时再做?"——他思量着一些待做的重大的事情;他觉得自己正朝着它们前进。"一些重大的事情。"一边走,一边他反复地说。如果至少他能知道是些什么事情!……这时他感觉饥饿。他恰好在菜市附近。他袋中还剩十四个铜子,不多不少。他跑进一家小咖啡店,站在柜台上要了一杯牛奶咖啡,一个油卷。共计十枚。他还留下四枚;他很大方地向柜上丢了两枚作小账,把其余的两枚递给一个在翻垃圾桶的乞丐。慈善?反抗?这都无关紧要。如今他觉得和国王一样幸福。他已一无所有,一切都是他的。"我等着上天赐给我一切,"他思量着,"如果正午时分他能赏给我一盘嫩牛排,一切都好商量。"(因为昨晚他没有吃到晚饭。)太阳已升在天空。裴奈尔又跑回河岸。他感到满身轻捷。如果他跑,他就觉得自己在飞。在他脑中他的思想活泼地跳跃着。他想:

"生活中最难的是对同一事物能始终认真。因此,我母亲对这

---

① 现译为波拿巴。——编者注

一个我一向称他父亲的人的爱情——这爱情，十五年来我都信以为真，昨天我还那么相信。她也不行，天啊！她也不能把她的爱情贯彻始终。我真想知道，她使她儿子成为私生子，在我是蔑视她，还是因此更尊敬她？……而其实，我也并不一定想知道。人子对于生育者的情感，正和有些事情一样，最好不去深究。至于对那王八，那很简单，从小我就恨他；但如今想来，在我实在不值得——这是唯一我所认为遗憾的。想到如果我没有打开那只抽屉，我对一个为父者的不自然的感想定会使我抱恨终生，那末，今日的发现在我真是一种莫大的慰藉！……可是我并没有强开抽屉；我也并不存心想开它……而且这还可以从别方面来解释。一来因为那天我实在无聊得可怕。其次是这种好奇心，这种费奈隆①所谓的'宿命的好奇心'，必然是我生父的遗传，因为，在普罗费当第这一家中绝无这种痕迹。除了他也知道跟她生几个孩子以外，我从没有遇到过比我母亲的这位丈夫更缺乏好奇心的人。饭后……我必须再把他们细作思量。揭起盖在桌上的大理石面而发现抽屉大开着，这比把锁撬开至少是不一样的。我并不是个小偷。把盖在桌上的大理石面揭开，这是谁都有可能做的。忒修斯举石②恐怕也是在我这种年龄。普通挡着桌面的总是那种摆钟。如果最初我不想修理那口摆钟，我也决不会想去揭开那块大理石的桌面……并不是人人所能遇到的，则是桌面下竟发现兵器，或是一些私通的情书！算了吧！重要的是我因此而得了证明。并不是

---

① 费奈隆，法国十七世纪作家。
② 忒修斯，希腊神话中的英雄，成年后举一巨石，石下有剑履。

每个人都能像哈姆雷特①一样得到幽灵的启示。哈姆雷特!奇怪的是,由于当事人是合法之果或者是罪恶之果,在观点上竟会有那么大的差异。待我饭后……再来思量。我是否不应该念那些信呢?如果不应该……我一定会受到良心的谴责。而如果我不念那些信,我还必须继续在愚昧、欺骗、顺从中生活。透口气,抛开这一切吧!正像波舒埃②所说的:'裴奈尔,裴奈尔,这碧绿的青春……'裴奈尔,把你的青春留在这长凳上吧。这早晨的天气够多好!有些日子阳光真像爱抚着大地。如果我能稍稍忘去自己,我一定会写出诗来。"

躺下在长凳上,他忘得那么干净,他竟睡熟了。

---

① 哈姆雷特,莎士比亚悲剧《哈姆雷特》中的主人公。
② 波舒埃(现译为波舒哀。——编者注),法国十七世纪作家。

七

在一张宽大的床上,文桑躺在莉莉安身旁。日已高升,从开着的窗口射进的阳光嬉弄着文桑赤裸的脚,莉莉安不知道他已醒着,抬起身,凝视着他,她惊异地发现他面上的忧色。

格里菲斯夫人也许真爱文桑,但她所爱的是文桑的成功。文桑长得很高,年轻,俊俏;但他举止失度。他的面部富于表情,但他的头发太欠修饰。特别她爱慕他思想的雄健,无疑他学识丰富,但在她眼中,他缺乏教养,她以情人兼母性的一种本能俯视着这个大孩子,而以教养之责自任。她把他当作自己的作品,自己的偶像。她教他如何修饰指甲,如何把他往后梳的头发改作分在两边,他的前额半掩在头发下,便显得更白、更高。最后,她把他那朴素的现成的领结换上了时式的领带。格里菲斯夫人必然喜欢文桑,但她不能忍受他的沉默,或是像她所说的,他的"寡欢"。

她用手指轻轻地抹着文桑的前额,像是想抹去那两条竖在眉间的痛楚的皱纹。

"如果你非把追悔、忧虑和遗恨带到我这儿来不可,那以后你还不如不来好。"她伏在他身边絮絮地说。

文桑,好像处在一种太强的光度前,闭上眼睛。莉莉安奏着凯旋的目光使他眼花。

"这儿，好像在回教①的寺院中一样，谁进来就得脱去鞋子，免得把外界的污泥带了进来。难道你以为我不知道你在想些什么？"当文桑想用手掩住她的口，她抗拒着：

"不，让我正经地对你说。我已细细反省过那天你对我所说的。人都以为女人是不懂反省的，但那全看是哪一些女人。……你对我说的关于杂配的产物所生的劣种……以及选种的重要……你看，你教我的我不都记住了吗？……好了，你看，今天早晨，我就看出你身上怀着一种怪物，奇形怪状，而你却永远不丢开它；一个醉女与圣灵所生的杂种。我说得不对吗？……你抛弃了萝拉心中不安，这一点我在你额上的皱纹中看得很清楚，如果你愿意回到她身边去，立刻说，并且离开我；那就算我看错了人，我任你回去，一无抱憾，但如果你想和我留在一起，那就别再装这种哭丧脸。你使我想起有些英国人，他们的思想愈开明，他们愈揪住道德不放，因此没有比他们中有些以思想自由自居的人更带清教徒精神的……你把我看作是没有心肠的人？你错了。我很理解你对萝拉的同情。但既然如此，试问你在这儿做什么呢？"

当文桑避开她时，她又说：

"听我说，你上浴室去，让淋浴把你的悔恨洗净。我叫他们预备早茶，好不好？等你洗完澡，我再和你解释那些你似乎还不很了然的事情。"

他坐起身来。她也跟着跳起来。

---

① 现译为伊斯兰教。——编者注

"别立刻把衣服穿上。在热水炉右手的衣柜内,你可以找到各式的便服……总之……你自己选好了。"

二十分钟以后,文桑裹着一块暗绿色的丝巾出来了。

"啊!等一等,等我给你打扮。"莉莉安欣喜地叫着说。她从一个东方式的盒子内取出两块茄红色的丝巾,把较暗的一块围在文桑的腰上,用另一块替他裹在头上。

"我的心绪总和我衣服的颜色一样(她自己穿着一身带银条的紫红色睡衣)。我记得那一天,那时我还很小,那是在旧金山,我的一位姨母刚故世,别人一定要我穿上黑色的衣服。这位老姨母我从来没有见过面。我整天啼哭,我真悲伤,我自以为非常悲痛,对我姨母感到无限抱憾……没有别的,就因为穿了黑色的孝服。如果现在男人总显得比女人严肃,原因也就是他们衣服的颜色比较朴素。我敢打赌你这会儿的心绪已和刚才的很不同。在床边坐下吧。等你喝完一杯伏特加酒,一盅茶,再吃两三片夹心面包,我来给你讲一个故事。你告诉我什么时候我可以开始……"

她坐下在床前的地毯上,正好夹在文桑的两腿中间,蹲着身,下颌托在膝盖上,恰似埃及墓石上的雕像。当她自己也用完早点,她就开始了:

"你知道'部尔哥尼号'出事沉没的那一天,我也在船上。那时我才十七岁,那也就等于告诉你我现在的年龄。我曾是泅水的能手。为证明我决不是一个全无心肠的人,我可以告诉你,如果那时我想到的第一件事是自救,第二件事就是救人。而也许当时我第一件事就是想救人。或是说,我相信当时我什么也不想。但在那种情况下,没有再比那些只顾自己逃生的人更使我厌恨的;对了,也有,那就是在叫喊的女人们,人们慌忙地把女人和孩子们放入在第一只救生艇中,而有些女人所发的惊怖的叫声真会使你魂不守舍。那救生艇吊下去的时候因为措施不当,没有使船身平放在海面,倒把船头先直着下去了,因此海水还没有侵入船内,而船内的人却全给倒在大海中了。这一切发生在火炬与探照灯的照明之下,你不能想象那凄惨的情景。浪势很急,一切不在光下的立刻就被黑夜与巨浪吞噬而去。我一生中再不曾遇到过比这更紧张的时刻,但我设想我当时正像一只纽芬兰所产的善泳的狗一样,会完全直觉地跃入水去。我已想象不出当时一切的经过,我只记得我注意那只救生艇中有一个极可爱的五六岁的小女孩,当我看到船首侧垂下去,立刻我决定想救的是她。最初她和她母亲在一起,但她母亲不很能泅水,普通在这种情景中,女人总受裙子的牵累,我自己,我一定已自动地把衣服脱去。别人把我安排在第二只救生艇上。大概当时我已上船,而以后一定又从那只船上再跳入海中。我只记得带着那个爬在我脖子上的孩子游了很多时候。那小东西自然是吓坏了,拚命揪着我的脖子使我已不能呼吸。幸而有人从救生艇中看到我们,等着我们,或是划过来把我们接了上去。但我所以对你讲这故事原因并不在此。印象最深的,而也是此生永难磨灭的是:在那只救生艇中,我们一共是挤得满满的四十个人,连我和那些和我同样游得气绝而被救的人计算在内。海水已和船舷相并。我挤在船尾,紧紧地抱着这个我所救起的小女孩,为的使她取暖,同时也为避免使她看到我自己所不能不看到的情景:两个水手,一个水手拿着一柄斧头,另一个拿着一把菜刀，而你想他们做着什么？……他们砍着攀在绳子上挣扎着想上来的那些人的手指和腕节。我又冷，又惊，又怕，牙齿不住地发抖；其中一个水手（另一个是黑人）向我回过头来：'再上来一个，我们大家都要送命了。船太满了。'他又说每次船只遇难时都是那样做的，不过向来人不说就是。

"我相信我当时就昏迷过去，至少一切我都记不起来，好像一个人经过巨声以后长时间地失去听觉一样。当我再醒过来，我们已在另一只来搭救我们的船上，那时我才懂得我已不再是同一个人，我已永不能再是那个昔日多情善感的女孩子，我懂得一部分的我已跟着'部尔哥尼号'沉向大海，此后对于无数娇柔的情感我也一律砍去它们的手指与腕节，不使它们潜入我的心底，免得使我的心同归于尽。"

她用眼梢瞧着文桑，又把腰身向后一仰说：

"这习惯是需要的。"

这时她的卷发散了，披在肩上，她就站起来，跑到镜子前，一边收拾她的头发，一边说：

"不久以后，当我离开美国的时候，我觉得自己是金羊毛[①]，而我出发去探找一个征服者。有时我可能误会，我可能出错……也许今天我那么对你说在我就是一种错误。但你，你不必以为我把肉体给了你，你就算把我征服了。记住这一点：我憎恨一切低能者，我只能爱一个征服者。如果你需要我，那只为帮助你去征服一切。至于说哀怜你，安慰你，疼爱你……干脆跟你说，我不是

[①] 希腊神话中伊阿宋坐阿耳戈（现译为阿尔戈。——编者注）快艇到科尔喀斯找金羊毛。

那样的人，你应该去找萝拉才对。"

她说这一切，头也不回，始终在整理她的头发；但文桑在镜中遇到她的目光。

"希望你允许我到今天晚上答复你。"他说着，立起身来，脱去那东方式的装束，穿上他自己的衣服。"现在，我必须立刻回家，迟了我的兄弟俄理维会出去，我有一点要紧的事情要告诉他。"

他说这话权作自己告别的理由；但当他跑近莉莉安，后者微笑着回过脸来，她是那么柔美，他不禁又踌躇了。

"除非我给他留个条子，他回家吃中饭时可以看到。"他说。

"你们两人间说话很多吗？"

"不，我只为告诉他今晚有个约会。"

"是罗培耳的约会吧……Oh! I see①……"她快然微笑着说，"关于罗培耳，我们也还得谈过……那末，快去吧。但你得在六点回来，因为七点他用汽车来接我们到郊外去晚餐。"

文桑一面走，一面沉思着。他感到欲望满足后的一种悲哀，一种伴随着快乐而同时隐匿在这快乐后面的绝望的心境。

---

① 英语："啊！我知道了……"

八

爱女人，或是认识女人，两者间必须择一。
——尚福尔①

在开往巴黎的快车中，爱德华读着刚在第厄普车站买的巴萨房的新著《铁杠》。无疑，这书在巴黎等着他，但爱德华亟欲以先睹为快。到处都在谈论这本书。他自己的书从来没有一本受过放在车站报摊上的荣幸。别人曾告诉他这一种代售方法应办的手续，但他并不放在心上。他常对自己说，他绝不在乎车站的报摊上有没有他的书，但当他一看到巴萨房的书在那儿，他总免不了向自己再申说一遍。巴萨房所做的一切，以及有关巴萨房的一切，都使他不愉快。就说那些把他捧得天高的书评吧。是的，这显然像是有计划的。他一下船所买的三份报上，每份中都有一篇替《铁杠》标榜的文字。另一份报上刊出一封巴萨房的信，在那信中他对日前在这份报上所发表的一篇对他不很恭维的文章有所答辩。这比那些书评更使爱德华激怒。巴萨房借口唤醒舆论，实则他在巧妙地笼络舆论。爱德华自己的书从来没有引起如许的论评，所

---

① 尚福尔，法国十八世纪作家。

以他也从来不必设法去博得批评家们的欢心。如果他们对他冷淡，他并不在乎。但当他读到别人为他敌手所写的那些书评，他不能不对他自己重说一遍：他并不在乎。

并不是他憎恶巴萨房。有时他遇到他，觉得他很有趣味。况且巴萨房对他也始终特别表示亲善，但巴萨房的那些书实在使他讨厌。他觉得巴萨房不配称艺术家，而只是一个走江湖者之流。对他的感想已够了。……

爱德华从他的口袋中掏出萝拉的信，这一封他在甲板上重读过的信，他又拿来重读。

朋友：

在最后和您见面的那一次——您该记得那是四月二日在圣詹姆士公园，正是我动身南下的前一天——您让我答应您如果我遇到困难，给您去信，我没有忘记这些话。而且除您以外我还再能向谁求援呢？我所最能依靠的那些人，尤其对他们，我必须隐瞒我的不幸。朋友，我身已在山穷水尽的境地。自从我离开法里克斯以后的生活，将来有一天我再告诉您，他一直送我到波城，由于功课关系，他就又回剑桥。我在波城所遇到的一切，孤寂，病后，春天……唉，我所没有勇气告诉法里克斯的一切我是否能有勇气向您直认呢？我应该回到他那儿去，但我已不能再有面目见他。此后我给他写的信中是满篇谎言，而他每次来信，得悉我的健康日渐恢复，总是无限欣喜。我何不仍在病中！我何不在那儿死了！……朋友，我不能不承认：我已有孕，而腹中的婴儿并不是他的。我离开法里克斯已三月有余,无论如何,对他,我不能蒙混。我不敢再回到他身边去。我不能。我不愿。他太好了。他一定会原宥我,但我不愿,且也不配接受他的原宥。我不敢再回到我父母身边,他们都还以为我在波城。如果我父亲知道了,明白了这一切,他一定会诅咒我。他会拒绝我。我有什么面目站在他的德性之前,面对他的忌邪拒伪,以及对一切不纯洁事物的痛恨?我更怕令我母亲和我姊姊伤心。至于他……我也不愿把一切过失推在他身上,最初当他允许帮助我的时候,他的确是想那么做的。但正因为想多能帮助我一点,他才不幸地开始赌博起来。他把原为留给我作生活费以及分娩用的那笔钱全输掉了。整个地输完了。最初我计划和他出走,不论上哪儿去都可以,至少暂时和他同居,因为我不愿麻烦他,成为他的累赘;以后我一定可以设法自己谋生,但眼前实在太不可能。我知道他抛弃我心里很痛苦,而在他实是万不得已,所以我也不怨恨他,虽然他还是抛弃了我。我在此身无分文,我在一家小客栈中赊账度日。但这不能长久维持下去。我已不能设想一切会到什么地步。唉!这些快乐的途径原来只通向无底深渊。我这信寄往以前您给我的伦敦的住址,但什么时候它才能到您手上呢?而我,一个那么地等待着做母亲的人!整天以泪洗面。给我想点办法!除您以外我已失去一切希望。援救我!如果那对您是可能的话,否则……天哪!在平时也许我能更有勇气,但如今已不是我一个人生命的问题。如果您不来,如果您回答我"爱莫能助",我也决不会对您有任何怨言。当我对您说再见的一刻,我竭力使自己不致对生命感到遗憾,但我相信您从不曾明白,您昔日对我的友情始终是我一生中所最宝贵的——而您也不曾明白,我所谓的"友情"在我心的深处却是另一个名字。

萝拉·法里克斯·杜维哀

再启:此信付邮之前,我预备再去见他一面。我拟今晚到他寓所守候。如果您接到这信,那就是一切真算……再见,我已不知我自己所写的是什么。

爱德华在启程的早晨收到这封信。也就是说他的启程是在收到这信后临时决定的。无论如何,他原不拟再在英国耽搁太久。我说这话并不暗示他不能单为援救萝拉而专程赶回巴黎;我是说回巴黎对他是一件愉快的事。最近在英国的居留期间使他过度地与行乐绝缘,回巴黎后他的第一件事是去一个狎邪之所。因为他不愿书信之类带到那种地方去,他就从车厢的行李网上取下他的手提箱,打开后,把萝拉的信塞在箱内。

这信并不夹在上衣与衬衫之间,他在衣服底层取出一本已写满一半的硬面日记本,翻阅一年前所写下的其中的前几页。萝拉的信就预备夹在这里面。

爱德华日记

十月十八日

萝拉似乎并没有意识到她自己的魅力；在我，洞察自己内心的秘密，我很知道直到今天，每一行我所写的都间接地从她身上汲取灵感。在我身边，我还把她看作孩子似的，而我的口才全是想教育她、说服她、吸引她的这种一贯的欲望所锻炼成的。我所见到的，我所听到的，无一不使我立刻就想到：她会说什么呢？我抛弃一己的情绪，而以她的唯命是从。我竟感到如果没有她在那儿控制我，我自己的个性会消失成模糊的轮廓；离开她，我自己只是涣散而无定形的一团。由于什么妄想使我至今以为我在使她铸入我的模子？实际可正相反，是我在适应她的一切，而我竟不觉得！或是说，由于爱情的一种奇特的交流，使我们双方都相互地脱离了原型。必然地，不自禁地，两个相爱的人各自依照对方的需求，尽力在模拟自己在对方心目中所见到的那个偶像……任何投入情网中的人没有不弃绝真诚的。

她能使我蒙昧正由于此。我爱慕她的趣味，她的好奇，她的修养，而我竟不知道她只是由于爱我，从而对我的一切爱好也热切地感到兴趣。因为她自己不知道去发现。如今我才懂得，每一件她所爱慕的东西对她只像是一张休息用的床铺，在那儿她的思想可以和我的紧偎而卧；这其中没有一点出于她自己本性深切的需要。她可以说："我的一切修饰，我的一切打扮，全是为你。"而相反，我所希望于她的是为她自己，希望她那样做只是为她自己内心的需要。但她为我而加在她自身的一切很快就会消失，纵连淡淡的一点遗恨或是一点缺憾之感也不会遗留下来，经过时日的剥蚀，有一天，虚饰脱尽，真身毕现。到那时如果对方所爱的只是这一切表面的装饰，他就会发现紧贴在自己胸前的原来仅是一架空洞的残骸，一个回忆……伤逝与绝望。

唉！我曾用了多少美德把她点缀成一无瑕疵！

这"真诚"两字的问题真够令人恼怒！"真诚"！当我提到这两个字，我所想的只是她的真诚。如果我一问我自己的时候，我立刻无法把握这两字的意义。我永远只是我自以为我是的那个人——而他又不断地在变，因此如果我不从旁守护着，早上的我就已不认识晚上的我。没有再比我和我自己更不同的。只在孤寂的时候我才偶然窥见自己的本体而感到自身本质上的一种联贯性，但那时我就感觉自己的生命变得迟缓，停顿，而行将中止。仅由于对人的同情，我的心才在那儿跳跃。我只为别人而生活；代人生活，或是说，跟人生活，而我从没有比躲开自己，而变作任何另一个人时，更感到生活的紧张。

这一种反自利的分化力量是那么强,它使我自身消灭了财产的观念——从而是责任的观念。这样的一个人不是普通可以找来做丈夫的。这一切用什么方法能使萝拉理解呢?

十月廿六日

"诗境"(包括这词全部的意义)以外,一切对我都不存在——从我自己数起。有时我觉得我自己并不存在,而只是我自己想象我存在。在我最难置信的,是我自己的真实性。我不断地逃避自己,而当我看着我自己在动作,我不很理解何以那个在动作的我就是那个在看他动作的我。他惊奇地看着那个动作的我而怀疑他自己可以是动作者而同时又是旁观者。

自从我得到下面这个结论的那天起,任何心理分析我完全失去了兴趣。人所感到的只是他自己想象中所感到的。由此推、他自己想象中所感到的就是他所感到的……我对于萝拉的爱是一个明显的例子。爱萝拉与我想象我爱她——想象我不很爱她与我不很爱她,天哪!这其间试问有何区别?在情感的领域中,真实的与意想的分不出什么区别。而如果想象中的爱已足使人爱,那末当你爱的时候也许就是你想象中在爱,这样你立刻可以把爱减少一点——或是在你所爱的身上离解一些爱的结晶。但一个人如能那样反省的时候,他的爱不已就不如先前那么热切了吗?

在我的小说中,X 就用这一种推理竭力使他自己与 Z 疏远——而尤其竭力使她与他自己疏远。

十月廿八日

人们不断地谈到突然的爱情结晶。但是迟缓的"结晶分化"我却从没有听人提到过,而这对我却是一桩更感兴趣的心理现象。我相信任何由恋爱而进入结婚的夫妻中,经过相当时期,都可以观察到这种现象。幸而,这一点很可不必替萝拉担心(而这也就最好),如果她依从理性、依从她家里人和我自己对她的劝告而和法里克斯·杜维哀结婚。杜维哀是一个很诚实的教授,品德兼优,而对他自己的职务很能胜任(我记得他很受学生们的爱戴)——尤其由于事前萝拉对他不存奢望,以后反能慢慢在他身上发现更多的美德。当她提起他时,纵使是对他的赞语,我也很少发现有超过某种界限的。杜维哀应该比她所设想的更有价值。

多有意思的小说题材:经过十五年、二十年后的结婚生活,夫妻间相互地、逐步地"结晶分化"!当他爱对方而愿被对方所爱的时候,男人不会是他自己的本来面目,而同时他也看不清对方——相反,他所认识的对方只是他自己所雕塑的、神化了而创造成的一座偶像。

因此我警告过萝拉,教她防御她自己,同时也防御我。我试劝她我们的爱情对她对我都不会得到永久的幸福。我希望已多少使她信服。

爱德华耸耸肩，把信夹入日记本中，把日记本放在手提箱内。他从皮夹内取出一张一百法郎的票子，然后把皮夹也放在箱内。他预备到站后把箱子存在行李房，在没有取出那箱子以前，一百法郎一定已很够他使用。麻烦的是他的手提箱不能上锁，或是至少他已没有上锁的钥匙。他总把箱子的钥匙丢失。算了吧！行李房中的员役在白天总是很忙，决不会闲着无事。他预备在下午四点钟把这箱子取出，送回家去。然后去安慰萝拉，援救萝拉，他想设法劝她出来一同晚餐。

爱德华微微入睡，他的思路不自觉地转到另一个方向。他自问如果单读萝拉的信，是否他可以猜到她的头发是黑色的？他对自己说：那些把人物描写得太仔细的小说家们不但没有帮助，却反阻碍了读者的想象力。他们应该让每一读者依各人自己的喜欢，去设想小说中的每一人物。他想他自己正在写的那本小说，这书应该和他以前的作品完全不同。他没有确定用"伪币制造者"来当作书名是否适宜，他不该事前宣布。为吸引读者而刊登"预告"这习惯是最荒谬的。实际谁也没有吸引到而自己反给束缚住了……他也还没有确定他书中的题材是否合适。很久以来他就不断思索，但至今一行也没有写成。相反，他在一本小册子上记下备考和感想。

他从手提箱内取出这本小册子。在袋中掏出一支自来水笔。他写道：

> 取消小说中一切不特殊属于小说的元素。正像最近照相术已使绘画省去一部分求正确的挂虑，无疑留声机将来一定会肃清小说中带叙述性的对话，而这些对话常是写实主义者

自以为荣的。外在的事件，遇险，重伤，这一类全属于电影；小说中应该舍弃，即连人物的描写在我也不认为真正属于小说。真的，我不以为"纯小说"（而在艺术中像在别的事物中一样我所唯一关心的是纯洁）有这需要。同时戏剧也一样。人用不到辩解说剧作者不描写他的人物是由于观众可以在舞台上看到他们逼真地出现。因为我们不都有过这种经验：在剧场中我们的幻想往往被演员打破，因为他们的演出和我们理想中的人物相差太远。——小说家普通都把读者的想象力估计得太低。

刚在眼前闪过的是什么车站？阿尼埃。他把手册放在箱内。但巴萨房的影子仍是缠绕着他。他重把小册子取出，再在上面写下：

对巴萨房，艺术作品与其谓为目的毋宁谓为手段。他需要那么咆哮着去确立他所炫耀的那些艺术信心，正因为它们不够深重；它们的出发点并不由于性格上任何内在的切需，而只为趋附时尚。"投机"两字可以当作它们的口号。

《铁杠》。很快变成最陈腐的那些东西，最初出现时一定特别显得新奇。每一殷勤，每一矫饰，都期许着一条皱纹。而巴萨房讨年青人的喜欢正由于此。未来对他全不相干。他的对象是当代（这自然比一味守旧为强）——但正因为他的对象只是当代，所以他的著作也将随这时代而消逝。他明白这点，而且也并不希图不朽。由此，所以他非竭力自卫不可，不但当人攻击他，就是批评家们的每一评论、他也必作抗辩。如他自觉他的作品是有永久性的，他作品本身就能做它自己的自卫，而用不到他不断替他的作品去辩护。我将说，他更应该由于不被理解、由于受到委曲而自感欣幸。这会给明日的批评家们更多一层辩正的工作。

他一看表已十一点三十五分。早该是到站的时候。如果万一俄理维在月台上等他那该是多奇妙的事！但他认为绝对是不可能的，俄理维怎么会看到他写给他父母的那张明信片——那明信片上他显然是偶然地、附带地、草率地注明了车到的时刻——像是对命运所安排的一条诡计。

车停了。赶快叫一个脚伕！不，用不到，他的手提箱并不重，而行李房也不远……假定他在那儿，在人堆中他们两人能相识吗？他们才见过几面。就算他没有变得太多！……唉！天哪，那可不是他吗？

九

　　如果爱德华与俄理维双方见面时的喜悦能有更显著的表示，我们也就无须慨叹以后所发生的一切。但这一种奇特的心理——怕自己不能在对方心目中唤起同等的共鸣——却是他们两人所共有的，这才造成他们间的僵局。每人都以为只有自己单方面受感动，只有自己单方面有着这种热切的喜悦，因此感到惶惑，而尽量抑制自己的喜悦，不使任情流露。

　　于是，俄理维不但没有向爱德华表达他自己特意跑来迎接他舅父的这种热忱，倒反以为应该另造一个借口，而说因为今晨到车站附近买一点东西才顺道而来的。他那极度的审慎使他认为他的在场也许会令他舅父讨厌。但他还没有说完这番谎话，面色却通红了。最初爱德华热烈地紧握着俄理维的手臂，但一看他脸红，同样由于审慎，就信以为是自己握着他手臂的缘故。

　　爱德华说：

　　"我在车上尽想你是不会来接我的，但心底里我始终认定你是一定会来的。"

　　他会想俄理维一定在这话中看出太大意的自信。当他若无其事地回答："我正因为到车站附近来买点东西。"爱德华就放开俄理维的手臂，而他满腔兴致也随即消沉。他还想问俄理维有否懂得他寄他父母的那张明信片实际只是为他而写的。但话到喉头,竟无勇气出口。俄理维怕使他舅父厌倦或是引起他的误解,因此没敢谈他自己。他只默不作声地看着爱德华,而惊异于他嘴唇轻微的颤动。以后他就把眼睛低垂下去了。爱德华希望吸引他的目光,但同时又怕俄理维嫌他苍老。他神经质地在手指间搓着一张纸条。这正是刚才行李房中给他的收条,但他未曾注意。

"如果那是他存行李的收条,"俄理维自忖着,但看他把它搓成很皱,又随便往地上一扔,"他就不会那样把它扔掉。"而他一回头时,看到那纸条已随风吹远在他们身后的行人道上。如果他多注意一下,他就可以看到一个年轻人把它拾走。这人正是裴奈尔。他在他们步出车站以后,一直跟着他们……俄理维苦于无话可说,两人间的沉默已使他无法忍受。

"当我们走到康多塞中学门前,"他在心中反复地说,"我就对他说:现在我得回家了,再见吧!"但走到中学面前,他又决定把这话延迟到南国路转角再说。但同为这沉默的重担紧压着的爱德华却不能设想他们就将这样分手。他把他的外甥带入一家咖啡馆。也许一杯葡萄酒会帮助他们打开这种困境。

他们举杯相庆。

"祝你成功,"爱德华举杯说,"考试是什么时候呢?"

"十天之内。"

"你自己觉得已有准备了吗?"

俄理维耸耸肩。

"自然谁敢肯定地说。只要那天稍有意外就糟了。"

他不敢回答说"是的",深怕自己显得倨傲。而同时使他不安的是他希望，而又不敢用亲密的"你"字称呼爱德华。他只好把每一句话绕着弯说，这样至少把尊称用的"您"字也省去了。爱德华原等待俄理维会用"你"称呼，但经他这样一绕圈，这希望也就被打消了。但他记得在他动身去英国的前几天，俄理维已用"你"称呼他。

"你工作得怎么样？"

"不算坏。不过也没有达到我自己所预想的。"

"勤恳的人总会感觉自己的工作还能做到更进一步。"爱德华俨然地说。

但这在他出于无意，因此他立刻感觉到自己所说的可笑。

"你还写诗吗？"

"偶尔……但我很需要有人指导。"他的目光投在爱德华身上。其实他想说的是"您的指导"。虽然他口中不说，但他的目光已很足使爱德华明白他的意思。爱德华相信他不直说是出于敬服或是谦逊。但他何须那么回答，而且又是那么唐突：

"啊！指导吗，那就应该在自己身上找或是请教自己的友伴们；至于那些年长者的都不适宜。"

俄理维就想："我又并没有求他指导，他又何必抗议？"

各人焦灼于自己口中所发出的枯燥与勉强的调子，而各人都以为自己正是使对方局促不安的原因。类似的谈话是不会有好结果的，除非临时能有使他们解围的机遇。但连这样的可能性也没有。

俄理维今晨起床时就不很舒服。当他醒来已不见身旁的裴奈尔，这一种无缘道别任他离去的悲哀，一度曾为重见爱德华的喜悦所克服，这时却整个袭上他的心头，像阴沉的波涛席卷了他一切的思念。他想向爱德华谈起裴奈尔的遭遇，告诉他一切，使他对他的朋友发生兴趣。

但爱德华偶一微笑就会使他心伤，纵使他的表情不显得太夸张，但已很足够泄露他心头沸腾骚动的情感。因此他缄口不言，他感到他自己面部的紧张，他真想投入在爱德华的怀抱中痛哭一场。爱德华却误会了他的沉默，误会了他愁眉的表情。他太喜欢俄理维，这才使他感到不知所措。如果他敢抬头正视俄理维，他一定会把他抱在自己的怀中，像安慰一个孩子似的安慰他，但他遇到俄理维忧郁的目光。

"我猜得不错，"他想，"我使他惹厌……我使他疲倦，我把他留得太久了。可怜的小东西！他只等我一句话把他打发。"全为怜恤对方，这句话，不由主地从爱德华的口中出来了：

"现在你可以走了。我相信你父母一定等着你吃午饭。"

俄理维也以为自己使爱德华惹厌，因此也把对方的语意误会了。他赶紧站起身来，伸出手去。至少他想对爱德华说："我什么时候能再见你呢？""我什么时候能再见'您'呢？"或是"什么时候我们能再见呢？"……爱德华等待着这句话。但俄理维只是一声最平凡的"再见"。

十

　　太阳把裴奈尔晒醒。他从板凳上起来头胀欲裂。早晨那股刚毅的勇气已全消失。他陷入在一种无名的孤独中。他不愿把心头的酸楚认作是悲哀，虽然他的眼眶中满浴着眼泪。做什么好？上哪儿去？……如果他朝着圣拉萨耳车站的方向走，他并无一定的目的，他只知道那时俄理维也一定在车站，他希望也许能重见他的朋友。他自责早晨不该突然离去，这事一定会使俄理维难受。而他不正是裴奈尔认为在人间最可眷恋的人吗？……当他看到他朋友在爱德华的怀中，一种奇特的情绪使他一面紧随着他们，而同时又避免使自己露面。虽然他想加入在他们中间，但他痛楚地感到自己是多余的。他觉得爱德华是个可爱的人物，身材不比俄理维高多少，步履也几乎一样年轻。他等待着俄理维和他分手以后，自己决定上去向他招呼。但用什么作借口呢？

　　正在这当儿他看到那搓皱了的小纸团从爱德华的手中毫不经意地落了下来。他把它拾起，原来是一张行李房的收条……好巧，这不正是他所需要的借口吗！

　　他看他们一同进入一家咖啡馆，刹那间他感到一种极渺茫的心绪，接着又开始他自己的独白。

　　"换一个人无疑就会立刻把这纸条交还给他，我记得哈姆雷特的话：

> 一切世俗之利对我是
> 那么疲倦、陈腐、平淡、无用！

裴奈尔，裴奈尔，你在心头打算什么呢？昨天你已经掏了抽屉，今天你又打什么主意？留心点吧，好孩子……注意正午的时候，给爱德华存行李的那个家伙会去吃饭，另一个人会去值班。而你不是答应你朋友，说什么都敢做吗？"

可是他想这事如果做得太匆促恐怕会出乱子。如果慌忙去取，管行李的人也许会疑心；他再一检查登录册，他定会发现这事情不很平常：一件几分钟前存入的行李一会儿又把它取出。而且，如果一个路上的人，一个不相识者曾看到他捡起这张纸条……裴奈尔知道不宜操之过急，他就决定重又走向和平广场，挨过一顿饭的辰光。当人去吃饭的时候把手提箱存在行李房，饭后就去取，这不是很普通的事吗？他已忘去他的头痛。经过一家饭馆的时候，他就顺手在露天的餐桌上抓了一根牙签（它们在桌上都成籁地放着），预备到行李房前放在口中嚼着，装作才吃饱的样子。幸而他有着这一份堂堂的仪表、都雅的衣饰、高贵的举止、真率的笑容与目光，以及我也说不上是怎样的一种姿态，总之可以使你觉得这是一个丰衣美食的人，什么都有，什么也不需要。只是躺在长凳上，这一切都起皱了。

当行李房的职员向他要十生丁①的保存费时,他可心慌了。他身边已无分文。怎么办?手提箱就在柜台上。稍一不安或是掏不出钱就会引起疑窦。但魔鬼不肯让他失败,当裴奈尔绝望地假装着在每只口袋中探掏,魔鬼已把一枚十苏②的钱币塞入在他慌张的手指间,谁也不明白这一枚钱币是什么时候忘在他的背心上的小袋中的。他就交给那管事的,丝毫不显露自己局促的心情。他提起箱子,若无其事地把找回的零钱放入袋中。他舒一口气,好热!他往哪儿去?他的双腿有点站不稳,而箱子对他又相当重。他预备如何处置它呢?……突然他想起他没有钥匙。不,不,决不,他决不能把锁撬开,他又不是小偷!……如果至少他知道箱内有些什么。箱子的重量全落在他手臂上。他满头大汗。他把他的负担放下在行人道上,预备休息一下。自然,这箱子他是打算送还的,但他先想加以探索。他顺手把锁一捺。啊!奇迹!锁瓣竟开了,箱内露出这颗珍珠:一个皮夹,皮夹内是钞票。裴奈尔取出珍珠,把蚌壳重又合上。

如今他可有了办法,赶快找一旅馆!他知道附近阿姆斯特丹路就有一家。他已饥肠辘辘。但坐下在饭桌之前,他先得把那箱子收好。在扶梯上一个侍役提着箱子给他引路。三道扶梯,一条过廊,一扇门,他就把他的宝藏锁在门内……自己再跑下楼来。

坐下在一道牛排前,裴奈尔不敢从他袋中掏出那只皮夹来(谁敢担保不会有人在偷看呢),但他的左手伸在衣袋中恋恋地抚

---

① 一生丁等于百分之一法郎。
② 一苏即五生丁。

摸着它。

"使爱德华明白我并不是一个窃贼,这实在不是容易的事。"他自忖着,"爱德华究竟是属于哪一种人呢?这一点也许看他的手提箱就可以知道。非常吸引人,那是一定的。但天下有很多这样的人,他们就根本不懂什么叫作打趣。如果他以为他的箱子是被窃了,那末当他再得到它时一定会很高兴。他应该感谢我替他送还,否则他只配是个笨伯。我有方法使他对我发生兴趣。赶快来一道水果,以后就上楼去细作部署。算账,赏茶房一点漂亮的小费。"

片刻间,他又重回到他的房间来了。

"手提箱,如今就剩您和我两口儿了!……一套替换的西服,穿在我身上也不会太肥。质料时髦,式样雅致。衬衫之类,化妆品。我还决不定是否这一切都预备还给他。但可以证明我并不是一个小偷,那就是这些稿纸会比任何别的使我更感兴趣。先看这些吧。"

这正是那本日记,里面夹着萝拉那封凄楚的信。开首几页我们已经知道,下面是紧接以前的日记。

十一

爱德华日记

十一月一日

两周前……其实我早应把这事笔记下来。并不是我没有时间,只是我的心还整个地被萝拉占据着。——或是说得更切实一点:除对她以外,我不愿把自己的思想用在别的地方,而且我不喜欢在这儿记下任何偶然的不相干的枝节,而那时我还不认为我在下面要写的事会有什么后果,或是像人所说的:会有下文。至少在那时我不能承认,也正由此,所以我不把它放入在我的日记中;但如今我觉到,而且我也无须否认,俄理维的面目已开始孕育着我的思想,他的形影指使着我的思路,没有认清这一点,今日我就无法解释我自己,无法认清我自己。

那天上午,我为料理那本旧书再版的事情,正从贝韩出版社回来。因为天气很好,我就一直沿河漫步,等待吃午饭的时候。

离法尼亚书铺不远,在一家旧书摊前我站住了。如其说那些旧书吸引我，倒不如说是那一个约莫十三岁光景的中学生。他在那些放在露天的书架上翻书。一个看守书铺的人坐在店门前一张草编的椅子上静视着他。我假装作看着书架上的书，实际我的眼梢也偷偷地注视着这小家伙。他身上的一件大衣已破旧不堪，上衣的袖子露出在大衣太短的袖筒外面。大衣一边的一只大口袋开着，虽然一看就知道袋中是空的，袋边的一角已磨破了。我当时想这大衣一定是经过好几个弟兄穿下来的，而他和他的哥哥们一定都有把袋子塞得太满的习惯。我也想到他母亲也许是一个很疏懒的人，或是事情太忙，否则决不会不给他的破袋补上。但这时那小家伙稍稍转过身来，我看到他另一只口袋已完全用一根结实的黑粗线草率地缝补过。立刻，我就仿佛听到那为母者的谴责："别把两本书同时塞在你的口袋中，你会把大衣弄坏了。你的口袋又撕破了。我告诉你，下一次我决不给你再补。你看你成什么话！……"一切像我那可怜的母亲曾经对我说的一样，但当时我也丝毫不放在心上。从那未扣上的大衣中可以看到他的上衣，我的目光特别为他挂在钮孔中的一条黄丝带所吸引。这实在是一根丝辫，很像是那种挂勋章用的。我记下这一切完全为当作训练，其实正因为这是一件使我惹厌的工作。

有一阵，那管店的人跑到里面去了，不多一会就又回来坐在他的椅子上。但在这片刻间，孩子已有机会把他手上的书往大衣袋中一塞，立刻他又若无其事地在翻另外那些书架了。可是他有点忐忑，他抬起头来，注意到我的目光，知道我已经看到了。至少他想我应该是看到他的，自然他也不能十分确定,但在疑惑中,他就失去自信,他脸红起来,想设法镇静自己,但结果只使他更显得局促。我的眼睛始终没有离开过他。他从袋中抽出那本窃获的书,立刻又把它放回袋中,跑远几步,从他上衣里边的口袋中掏出一只小破皮夹,装作在那儿找钱,实际上他自己很知道皮夹中根本没有钱。他会心地装一个鬼脸,把嘴撇一撇,自然这都是做给我看的,意思是说"袋中空空",但同时带点这种语调:"可真怪啦!我以为皮夹中还存着钱呢!"这一切都扮得有点过分,有点愚蠢,颇像一个不善于表情的演员。最后,而且我可以说,受我目光的追迫,他不得不重跑到书架前面,从口袋中抽出那本书,很快地把它放在原位。这一切做得非常敏捷,因此管店的根本没有留意到。于是孩子重又抬起头来,希望这一下可以被释放了。但不,像该隐①的眼睛一样,我的目光始终盯着他,所不同的,我的是一种微笑的目光。我想和他说话,我等候着他一离开铺面就上去和他招呼,但他站着不动,一直羁留在书架前面,这我才知道如果我总那么监视着他,他是不会动的。于是,像孩子们玩"抢四方"的游戏一样,为引诱别人转位,我就先离开几步,表示我对这事已不感兴趣。果然他也跑了,但他还没有走远,我就跟着上去了。

我劈头就问他:"那到底是一本什么书呢?"虽然我竭力在语气中和面色上表示亲善。

他正眼看着我,而我觉得他的疑念已消。也许他称不上

---

① 据《圣经》,该隐系亚当与夏娃之长子,出于妒忌,杀害其弟亚伯。

漂亮，但他的目光够多引人！在那儿我看到种种情感像溪水中的小草似的起伏着。

"那是一本阿尔及利亚的旅行指南。但它实在太贵。我买不起。"

"多少钱？"

"两法郎五十生丁。"

"但如果你不知道我在那儿看着你，你还不是把书放在袋中就跑了。"

那小家伙像是想抗辩，结果带着一种很粗暴的调子：

"不，……但您难道把我当作一个小偷看吗？……"语调非常坚切，意思是想使我怀疑我自己所看到的一切。我觉得如果再坚持，事情就会弄糟。我从袋中掏出三个法郎：

"好！你拿去买吧！我等着你。"

两分钟后，他从书铺出来，一面翻阅着那艳美的目的物。我从他手上接过来。这是一本旧指南，还是在一八七一年出版的。

"你拿这有什么用呢？"我一面把书交还给他，"这已太旧了。不切实用。"

他就说有用，说如果买新出版的那就更贵了，说"为他的需要"，这本旧指南中的地图一样适用。我没有把他的话直接记下来，因为一写在纸上他那特有的乡音就无法表达出来，而尤其使我感兴趣的是虽带乡音，但他的语句仍不失其为雅致。

…………

非把这故事缩短不可。精确不应求诸详尽的描写,而应该用恰到好处的两笔三笔打中读者自己的想象力。而且我相信这故事不如由孩子自己口中说出,他的观点一定比我的更有意义。这小家伙虽然受窘,同时暗喜于我对他的关心,但我沉重的目光总使他显得不很自然。孩子易感而不自觉的个性往往借某种姿态去做自卫而把他的真面目隐藏在后面。观察那些正在成长中的人是最困难的事。你必须从旁去留意他,从侧面去判别他。

那小家伙突然宣称"他最喜欢的"是地理。我猜疑到在这种爱好后面也许正潜伏着流浪的天性。

"你想上阿尔及利亚去吗?"我问他。

他耸一耸肩回答说:"天晓得!"

突然这观念掠过我的脑筋:也许他在家里不很幸福。我就问他是否和家里人住在一起。他说是的。又问他和家里人相处如何。他吞吐不说。他似乎因别人想知道他的私事显得有点不安。他就加上一句:

"为什么您问我这些?"

我立刻说:"不为什么。"一面又指着他钮孔中的那根黄丝带:

"那是什么?"

"这是一根丝带,您不看到吗?"

显然我的问题使他心烦。他突然向我回过头来,敌意地,用着一种嘲弄与傲慢的语调:

"您说,您常常这样盘问中学生们的行动吗?"我真没有想到他能说出这样的话，这使我颇为狼狈。

而当我正无以置答且又竭力想含混过去，他已把夹在手臂下的书包打开，把购得的书放在里面。书包中全是一些教科书，以及几本一律用蓝纸包上的练习簿。我取了一本，那是历史笔记。上面有他自己用粗笨的笔迹所写的名字。当我一看到那是我自己外甥的名字，我的心不禁狂跳起来。

"乔治·莫里尼哀。"

（当裴奈尔念到这几行时，他的心也狂跳起来，这整个故事开始使他感到莫大的兴趣。）

如果把我自己在这儿扮的角色放入《伪币制造者》中，人就会怀疑，他既然和他姊姊未曾断绝交往，何以他就不认识她的孩子们呢？我最不善窜改事实。纵是把一个人物的头发换一种颜色，我也立刻会起失去真相的感觉。事物间都存在着某种关联，一切来自生活中的经验，我都感到它们相互间有着一种密切的联系，如果牵动一发就会影响全局。可是我又无法说明这孩子的母亲和我是异母姊弟，因为她是我父亲前一个太太生的；而且老人们在世的时候，我始终没有和她见过面，直到遗产承继的种种问题发生以后，我们间的关系才重又恢复……这一切都是不可少的，而且我也想不出别种方法可以避免不提到这些家事。我本来知道我姊姊有三个孩子；但我只认识顶大的学医的那一个，而且我也只见过他一面，因为得了肺病以后，他不得不休学上南部去疗养。其余两个我去看菠莉纳的时候，他们总不在家。我眼前的这位无疑是最小的那一个。我绝不显露出自己的惊讶，但知道他就要回去吃饭，我就突然留下小乔治，自己先跳上一辆汽车，预备比他先赶到他们在圣母院路的寓所。我想在那时到达，菠莉纳一定会留我吃中饭。我可以把从贝韩出版社带回的那本再版的书送给她，当作这突然去看她的借口。

这还是我在菠莉纳家第一次吃饭。我以前不该对我姊夫存着戒心。我怀疑他会是个出色的法官，但幸而我们在一起的时候，他和我一样，各不谈自己的本行，因此我们还很合得来。

自然，那天我到他们家以后，绝不提到我在路上所遇见的一切。当菠莉纳留我吃饭的时候，我就说：

"这倒是一个使我和我外甥们认识的机会。因为您知道他们中有两位我还没有见过面呢。"

"俄理维回来得迟一点，"她说，"因为他在补课，我们可以不必等他。但我刚才听到乔治已回来。让我去叫他。"她跑到邻室的门口：

"乔治！快来见你舅舅。"

那小家伙走近，向我伸手，我和他亲吻……我真佩服孩子们作假的本领：他一点不显露惊奇，你可以相信他简直就像不认识我。只是，他脸涨得通红，但他母亲一定以为他是怕羞。我想他和刚才路上的猎犬重又遇见，心中大概有点不安，因为他几乎立刻就离开我们而回到邻室去了。那是一间餐厅，而我设想平时大概就给孩子们当书室用的。可是当他父亲进入客厅来时他又立刻出现，在大家走向餐厅的片刻间，他乘机走近我的身边，没有让他父母看到，赶紧拉住我的手。最初我以为只是一种亲善的表示，使我颇感兴趣。但不，他扳开我握在他手上的手,塞入一张一定是他刚才去写的小纸条,把我的手指按在上面,用力一撤。自然我顺从他的摆布。我把那张小纸条藏在口袋内,直到饭后才把它取出来看。纸上所写的是:

"如果您向我父母谈起那本书的事情,当心我(此处'恨您'两字用笔涂去)说那是您教我的。"

下面又附加:

"我每天十点钟从学校出来。"

昨天 X 来访,把我在写的打断。他的谈话使我堕入一种不安的心绪中。

曾仔细考虑 X 对我所说的。他对我的生活一点也不知道,但我详细地对他谈了我写《伪币制造者》的计划。他给我的劝告往往对我很有益,因为他的观点与我不同。他担心我太造作,结果是放弃了真题材,倒反抓住了这题材在我脑筋中的阴影。但使我自己不安的则是在这儿,第一次,生活(我的生活)和我的作品起了隔离。我的作品脱离了我的生活。但这一点,我无法对他说明。直到如今,我的作品全受我的趣味、我的情感以及我个人的经验所孕育;在我写得最好的句子中,我还可以认出我自己的心在那儿跳动。从今以后,在我所想的与我所感的之间,双方的联系已切断了。而我所怀疑的正是这一点:是否正由于今日我不让我自己的心尽量说话,这才使我的作品堕入抽象与虚拟之境。一想到这,"阿波罗与达夫纳"①这一个寓言的用意立刻出现在我的脑际。我那么想,那人是幸福的,当他在一拥抱间同时获得了桂冠和他所心爱的人。

我把遇见乔治的事写得那么长,以致俄理维出台时反非搁笔不可。我开始这叙述原为谈他,结果却谈了乔治。但每当要提到俄理维时,我知道我的存心迟缓原来就为延宕这一刻的到来。就在这第一天,当我一看到他,当他一坐下在他家的餐桌前,当我的第一道目光,或是更确切地说,当他投出第一道目光,我立刻就感到这目光射中了我,而此后我再无能安排我自己的生活。

菠莉纳一再要我常去看她。她恳切地请求我照拂她的孩子们。她透露出她丈夫不很懂得孩子们的心理。我愈和她交谈,愈感到她的可爱。我真不懂何以过去我能一直不去看她。孩子们都在旧教的环境中长大的,但她自己还记得她早年所受的新教教育,虽然当我父亲娶我母亲的时候,她就离开家庭,但我发现在她与我之间仍有很多相似之点。她把她的孩子们送在萝拉家主办的补习学校,那儿以前我自己也住过很久。而且雅善斯补习学校向来以不特别带宗教色彩自居(在我那时候,学生中连土耳其人也有),虽然创办人雅善斯老人(他是我父亲的旧交)曾经当过牧师。如今学校的一切仍由他自己在主持。

菠莉纳接到文桑的消息都很好,他不久就能出院。她说

---

① 见希腊神话,达夫纳(现译为达芙妮。——编者注)为阿波罗所袭,乃化身为月桂树。

她给她儿子的信中提到我,并且希望我能多认识他一点,因为我只和他见过一面。她对她长子期望很大,家庭方面尽量节省,为的不久可以使他自立——就是说可以使他有一间自己的门诊所。她已经想法给他留出一部分房间,把俄理维与乔治移到半楼上那间空房去。最大的问题是文桑的健康是否能允许他继续医科后期。

实在说,我对文桑一点不感兴趣,如果我和他母亲谈了很久,那只为对她表示恳切的意思,而且同时也可以使我接着多谈到俄理维。至于乔治,始终享我冷面,我问他,他很少回答,有时遇到,他以极度猜疑的目光瞧我一眼。似乎他怪我不上学校门口去等他——或是怪他自己不该先出主意。

我也很少见到俄理维。当我去看他母亲时,我知道他在邻室用功,却不敢去惊动他;有时偶然遇到,我又心慌又笨拙,以致无话可说,而这使我更感到难受,所以我宁愿知道他不在家的时候才去看他母亲。

十二

爱德华日记（续）

十一月二日

与杜维哀长谈。他和我从萝拉家里出来，陪我穿过卢森堡公园，直到奥迪安戏院。他在预备一篇关于华兹华斯①的博士论文，但仅由他对我所说的三言两语中，已可看出他未能把握华兹华斯诗歌的特质。其实选丁尼生②也许对他更为适宜。我在杜维哀身上感到一种无名的空洞与寡断。他对人对物都只看到一个表面，这也许因为他对他自己也只看到一个表面的缘故。

"我知道，"他对我说，"您是萝拉最亲密的朋友。无疑我应该对您生一点妒意。但我不能。相反，所有她对我谈到关于您的一切使我对她更多一层了解。同时使我希望成为您的朋友。那天我问她是否我娶了她您会对我怀恨。她回答说这

---

① 华兹华斯，英国十九世纪诗人。
② 丁尼生，英国十九世纪诗人。

还是您劝她那样做的。"（我相信当时他对我说时也就用同样呆板的语调。）"我很愿向您致谢，"又加上说，"并且希望您不认为我这个人可笑，因为我的意思实在非常诚恳。"他勉力微笑，但他的声调是颤动的，他的眼眶中噙着眼泪。

我不知道对他说什么好，因为我丝毫没有受到应有的感动，因此无以唤起我情绪上的共鸣。他一定会认为我太冷淡，但他实在使我惹厌，虽然我仍不免热烈地握着他伸给我的手。把自己的心献给别人，而对方无此需要，这些场面往往是最难堪的。无疑他想强求我的同情。但他如果更敏感一点，他一定会大失所望。而我已看出他对他自己的举动感到满意，以为它已在我心中起了回响。我一言不发，也许由于我的缄默使他感到局促。

"我希望她到剑桥以后，换个新环境，可以不至于对我再有不利的比较。"

他这话是什么意思？我竭力装作不懂。也许他希望我会抗议，但那只能使我们双方更陷入泥淖。他是属于那种胆怯的人，他经不起别人的缄默，他以为必须用夸大的言辞去装缀。正是那种人，他立刻就对你说："我对您始终非常坦白。"可是天哪，重要的不在乎你坦白与否，而在乎让别人也能对你坦白。他应该知道正由于他自己的坦白才使我无从坦白。

但如果我不能成为他的朋友，至少我相信他可以给萝拉当一个好丈夫；因为归根说，我在此所难于他的特别是属于品质一方面。以后，我们谈到剑桥，我答应上那儿去看他们。

萝拉何至于荒谬得对他谈起我的一切?

女人依慕的倾向真令人可惊,她所爱的男人,十之九对她只像是一种挂衣钩,那儿她可以挂她的爱情。对萝拉,找一个替代人是多么简便的事!我知道她嫁杜维哀,实际我是第一个人劝她那样做的。但我以前总以为她会感到一点哀愁。他们的婚礼会在三天内举行。

关于我那本再版的书有几篇书评。人们最容易对我赞许的那些品质正是那些我自己认为最可憎恶的⋯⋯我是否应该让这些陈腐的东西拿来再版?这已不合我今日的趣味。但以前我没有看清这点,我不是一定说我自己变了,而是今日我才确切认清我自己;以前,我始终不知道我自己是谁。难道我永远需要另一个人做我的提词者!这一本再版的书完全是从萝拉身上结晶成的,由此,我不愿再在那书中重认我自己。

这一种由同情而生、先于时代的预感,这一种机敏,我们是否永远不能把握呢?哪些问题该是明日的来者所最关切的呢?我为他们而写。供给那些尚在朦胧中的探索力以食粮,满足那些潜在的要求,今日的孩子会在他来日的途中遇到我,而发生惊奇。

我多么欣喜于俄理维的种种好奇心,以及他对过去焦灼的不满⋯⋯

有时我感到,诗似乎是他唯一的爱好。而和他一比较,我不禁感到我们的诗人们能把艺术的情绪比一己的感触看得更重要的实在不多。奇怪的是当俄斯卡·莫里尼哀拿俄理维的诗给我看时，我劝后者更应听取字义的指引而不应去制服它们。如今我才感到反是他给了我一个教训。

以前我所写的一切，今日看来，显得多么理智！可悲可厌也复可笑！

十一月五日

今日婚礼在夫人路的小教堂内举行。我已很久没有再上那儿去了。浮台尔—雅善斯家全体出动：萝拉的外祖父、父亲、母亲、她两个姊妹、她的小兄弟，以及一大群姑亲表戚。杜维哀家有他三位服孝的姑母出席，我看在旧教下她们应该成为三个尼姑才对。据说三位住在一起，而杜维哀自他父母死后也和她们一同生活。经坛上坐着补习学校的学生。雅善斯家其余的亲友全挤在教堂的正中，我也在内。离我不远，我看到我的姊姊和俄理维；乔治大概和他年龄相仿的同学们坐在经坛上。拉贝鲁斯老人奏风琴。他那苍老面色较前显得更美，更庄严，但当年我跟他学钢琴时他那种令人起敬的炯炽的目光却已消失。我们视线相遇，我看出他向我微笑时所含的深沉的悲哀，我才决定散会时去找他，一阵挤动以后，菠莉纳身旁留出一个空位。俄理维立刻向我招呼，把他母亲往边上一挤，让我坐在他的身旁；接着就把我的手很久地握在他自己的手中。这还是第一次他对我那么表示亲昵。在牧师冗长的致辞中，他一直闭着眼睛，这使我能有一个仔细观赏他的机会。他真像拿波里①美术馆中浮雕上的那个熟睡的牧童,我在自己书桌上还有这张照片。如果没有他手指轻微的跳动,我真会把他当作睡熟了。他的手像小鸟似的在我手中悸动着。

那位老牧师以为理应追叙全家的历史,他先从雅善斯祖父开始。他自己和他是普法之战以前在司特拉斯堡②的同班同学,以后在神学院又成同窗。我以为他一定会缠不清这一句复杂的句子,其中他想解释他朋友虽然创办了一所补习学校,以教育青年之责自任,但同时也可以说并没有抛弃了他牧师的职责。于是他又继述父代。同时他也启颂杜维哀家的门第,但他似乎对于对方的家庭所知有限。情感的真挚掩饰了演辞的贫匮,可以听到听众中用手绢擦鼻的大不乏人。我真想知道俄理维的感想。在旧教家庭中长大的他,新教的仪式一定对他很新奇,而我相信他跑到这教堂来一定还是初次。使我能认识他人情绪的某种独特的自忘力,这时不由主地在想象中使我和俄理维应有的情绪相结合。虽然他闭着眼睛,而且也许正由于这缘故,我似乎用我的眼睛替代着他的眼睛,而第一次这四壁空空、阴沉的礼拜堂,这白壁前孑然孤立的讲坛,这些笔直的线条,四周坚冷的柱子,这一种生硬无色的建筑本身,第一次,它们对我引起了冷酷、偏执、吝啬之感。我以前不曾感到这一切,一定由于幼年起很早就已习惯了的

---

① 现译为那不勒斯。——编者注
② 现译为斯特拉斯堡。——编者注

缘故……这时我突然追忆起自己第一次宗教情绪觉醒时的热忱；记起萝拉，以及每礼拜日我们聚会的那个星期学校。那时她和我都是班长，我们天真地怀着一片赤诚，用烈火焚毁我们一切内心的不洁，驱尽魔道，回向上帝的怀抱。而我立刻慨念到俄理维不会有这种回忆，不曾经历过这种童年的贞洁，它使灵魂垂危地凌越现实的一切；但由于他对这一切漠然无关，同时也就帮助我逃避了这种境界。我热情地紧握着他留在我手中的手，但这时他突然把手缩回。他睁开眼睛对我一瞧，——这时牧师正在宣说一切基督徒应尽的责任，以及对新郎新娘告诫，劝勉，督促——他带着那种孩子气的轻佻的微笑。虽然他额上始终保持着极度的庄重，回过头来轻轻对我说：

"我才不听那一套呢，我是旧教徒。"

他的一切吸引着我，而使我感觉神秘。

在更衣所门口，我找到了拉贝鲁斯老人。他怅然对我说，但语调并不带谴责的意思：

"我相信您有点把我忘了。"

我借口说抽不出空所以一直没有去看他，并答应后天上他那儿去。我想拖他上雅善斯家，因为我也是他们婚礼后的茶会中被邀请的一个，但他说他自己的心境不很好，而且也怕遇到太多的人，而遇到了又非和他们寒暄不可。

菠莉纳把乔治带走，留下俄理维。

"我把他交给您。"她笑着对我说。这话使俄理维听了不很舒服,把头别转了。他拉我到街上。

"以前我不知道您和雅善斯他们有来往。"

当我对他说我曾在他们家寄宿过两年,他显出非常惊奇。

"您怎么会喜欢他家,而不想法找一个比较自由的寓所?"

"因为我觉到某种方便。"我只能那么含糊地回答他,因为不便对他说明那时我那么地热恋着萝拉,只要能在她身旁,最坏的环境我也能忍受。

"而这笼子的空气不使你感到窒息吗?"

因为我没有回答,他接下去说:

"其实,我也不知道我自己怎么过的,而且我也不知道我怎么会落在他们那儿……但我只是午膳生。这已够瞧。"

我只好对他解释这"笼子"的主人和他外祖父颇有交情,这才使他母亲日后把自己的孩子们也放在那儿。

"而且,"他补充说,"我也无从比较。不用说这种花房都是相差无几的。据别人所告诉我的,我推测别处恐怕更不如。但如果我能离开这儿总是好的。当时我要不因生病而需要补习的话,我才不会跑来。而近来我上这儿来也完全出于对阿曼的友谊。"

这时我才知道萝拉的小兄弟原来是他的同学。我告诉俄理维我对后者不很认识。

"可是在他家中称得上最聪明最有意思的是他。"

"你是说对你最有意思。"

"不,不,他实在是怪特别的。如果你愿意,我们可以上他屋子去谈谈。我希望他在你面前也敢什么都说。"

我们已走到补习学校门前。

浮台尔—雅善斯他们用比较经济的茶会替代了向例的喜筵。浮台尔牧师的会客室与办公室中接待着大群的来客。只有几个顶知交的才许跑入牧师夫人特别预备的小客厅。但为防止混杂起见,就把会客室与小客厅之间的那道门关断了,所以当别人问阿曼从哪儿可以找到他母亲,他就回答:

"从烟囱走。"

客人很多,挤得水泄不通。除了杜维哀的一部分"教席"同事以外,来宾中几乎是清一色的新教徒。一种极特殊的清教徒的气味,这种浊味在旧教徒或犹太人的集合中是同样的沉重,而且也许更令人窒息;但普通我们在旧教徒身上所看到的那种自得,以及在犹太人身上所见的那种自卑,在新教徒中间我认为是很难遇到的。如果犹太人的鼻子嫌太长,那末新教徒的鼻子就是堵住的;这是事实。而我自己,当我以前也在他们中间时,我就根本觉不出那种空气的特点来,一种说不上的崇高的、天国的、糊涂的气氛。

客厅的末端放着一张桌子当作饮食柜。萝拉的姊姊蕾雪、她的妹妹莎拉,以及她们朋友中预备出嫁的几个女孩子共同照料着茶点……萝拉一看到我,就把我拖到她父亲的办公室,那儿几乎已成为新教的教士总会。隐避在一扇窗口边,我们的谈话可以不被旁人听到。在窗槛上当年我们曾刻过两人的名字。

"您来看。我们的名字始终在那儿,"她对我说,"我相信别人一定没有注意到。那时您是什么年龄?"

名字上面还刻着年月日。我一计算：

"二十八岁。"

"而我十六岁。一下已是十年了。"

这不是适宜于重温旧梦的时候。我尽力规避，而她却固执地牵引着我；但突然，像是避免自己太受感动，她就问我是否还记得那个叫作斯托洛维鲁的学生。

斯托洛维鲁是个旁听生，在当时他曾使萝拉的父母苦于应付。别人准许他随班上课，但问他愿听哪些课，或是问他预备哪种考试，他总信口回答：

"我没有一定。"

最初像是为避免冲突，别人都把他的骄横姑且看作是无理取闹，而他自己也只憨笑一阵了事。但不久他的谑浪变作挑衅，他的笑声也愈来愈恶毒了。我不懂何以牧师会容忍这样的学生，如果没有经济的原因在内，而也因为他对斯托洛维鲁怀着一种怜悯与爱惜，也许是一种茫然的希望，以为最后可以使他感化，我是说，使他皈依。而我更不懂何以斯托洛维鲁始终不走，他尽有别的可去的地方，因为他不至于像我似的另有情感上的原因，但也许就为和那可怜的牧师斗趣。显然他对于这位牧师的拙于自卫、节节失利，感到非常得意。

"您还记得那天他问爸爸是否他布道的时候只在西服上罩了一件黑袍？"

"好家伙！他发问时是那么文静，您那位可怜的父亲就没有看出他的居心。那时大家正在吃饭，我还记得很清楚……"

"爸爸就坦然告诉他说，法衣并不厚，他怕伤风，所以没有把西服脱去。"

"而那时斯托洛维鲁表情多忧愁！问了他半天，他才说'其实也无关紧要'，只是，当您父亲布道时手势装得太重，西服的袖管就露出在法衣外面了，那给信徒们一个不很良好的印象。"

"下一次可怜的爸爸讲经时自始至终就把两手夹着身子，而演说的效果也全毁了。"

"第二个礼拜天，由于脱了西服，回来时就得了重伤风。啊！还有关于《福音书》上无花果树以及不结果的果树的辩论……'我！我不是一株果树。我身上的只是阴影，牧师先生。我用我的阴影罩在您身上。'"

"那也是在吃饭时候说的。"

"自然，因为我们只在吃饭时才见到他。"

"而他的语调是那么阴险，那时我外祖父才把他赶出门去。您记得他突然站起身来的神情，他通常吃饭时总把鼻子对牢碟子，这时伸出手臂，喊着：'出去！'"

"那时他显得真庞大，真有点吓人，他实在太生气了。我相信斯托洛维鲁当时的确也怕了。"

"他把饭巾往桌上一扔，人就不见了。他跑后也没有付我们钱。此后就从来见不到他了。"

"我倒真想知道他如今在干什么。"

"可怜的外祖父，"萝拉凄然接言道，"我觉得那天他真有点了不起。您知道，他很喜欢您。您应该上楼去，到他办事室去看他一下。我相信他见到您一定会非常高兴。"

以上我都是立刻记下的，因为我常说感到事后要再觅得一篇对话正确的调子是非常困难的事。但从这时起，我已不十分注意萝拉的谈话。自从她把我拖到她父亲的办公室以后，我始终不见俄理维，这时我才发觉他，虽然他离我相当远。他的眼睛冒着光，神色异常兴奋。过后我才知道莎拉接连灌了他六杯香槟酒。阿曼和他在一起，两人都在人堆中追逐着莎拉以及另外一个和莎拉年龄相仿的英国女孩子，后者在雅善斯家寄宿已有一年以上。最后莎拉和她朋友从客厅的门口逃出，我看到那两个男孩子也跟着追到扶梯上。顺从萝拉的主意，我也刚想出去，但她向我做了一个手势。

"听我说，爱德华，我还想对您说……"突然她的声调变得极严肃，"我们也许会有长时间的分离。我愿意您告诉我……我愿意知道是否我还可以信赖您……像信赖一个朋友一样。"

我再没有比那一会更想拥抱她。但我只温柔地、热情地亲着她的手，而且小声地说：

"不论在任何情况之下。"而为避免使她看到我自己眼眶中涌起的眼泪，我就赶紧出去找俄理维了。

他和阿曼并坐在扶梯上，特意在守着我的出来。他一定已有点醉意。他立起来，牵着我的手臂。

"来吧，"他对我说，"我们上莎拉屋子抽烟去。她等着我们。"

"等一等。我必须先去看雅善斯。但我会找不着她的房子。"

"天晓得！您还找不到？那就是从前萝拉住过的那间房子，"阿曼喊着说，"因为那是全屋中最好的一间，所以就让给这位寄宿生住，但她缴费不多，所以就和莎拉合住。屋子中放了两张铺；其实是用不到的，装装样子就是……"

"别听他胡扯，"俄理维把他推了一下笑着说，"他已醉昏了。"

"你自己呢？"阿曼反诘说，"总之您一定来，对不对？我们等着您。"

我答应上那儿去找他们。

自从雅善斯老人把头发剪短以后，他就再不像惠特曼[①]了。他把住宅的第二层与第三层留给他女婿一家人住。从他办公室（红木，布帘，漆布垫）的窗口，居高临下，他正可以看到楼下的院子，监视学生们的来往。

"您看，人们真把我宠坏了。"他对我说，一面指着桌上的一大束菊花。这是一个学生的母亲而同时也是旧友给他送来的。室内的空气是那样严峻，这些花似乎也会干枯得更快。"我离开他们跑回来休息一会。我已老了，嘈杂的语声使我疲倦。但这些花陪伴着我。它们能说它们自己的话，而比人们更能宣扬我主的荣耀。"（反正就是相仿的那一套。）

这位高超的老先生，他不想到用这套话去对付学生会发生什么相反的效果。这些话在他口中是那么真率，看来似乎

---

① 惠特曼，十九世纪美国诗人，《草叶集》作者。

可以挫折别人的讥讽。像雅善斯这种头脑简单的灵魂必然为我所最不能理解的。当你自己比他们的头脑稍稍复杂一点，在他们面前，必然地被强迫着演一套喜剧，一套不很诚实的喜剧，但那有什么办法？你无法和他们讨论或是辩解，你只好默认。雅善斯使他周围的人不得不变作虚伪，如果人没有他那种信仰的话。最初当我住在他家的时候，看到他外孙们对他撒谎，我很不平。但以后我自己也只能跟着走那一条路。

普洛斯贝·浮台尔牧师总是忙得不得了；他那位糊涂的太太，则完全生活在宗教诗情的梦境中，她完全失去了现实之感。管理孩子们以及主持学校全仗这位老祖宗。当我住在他家的那时候，每月总有一次激烈的训话，结尾总是一番至情的告诫：

"从此以后我们大家决不隐瞒。我们要进到这一个率直与真诚的新时代（他最喜欢用好几个字来表达同一样事情——这是他当牧师时候遗留下来的老习惯），我们不许再有私见，这些隐藏在脑后的卑劣的私见。我们要能够做到眼对着眼，面对着面，自己问心无愧。对不对？大家都明白了吧？"

结果每次徒使他自己掉入更糊涂的泥坑，孩子们落入更虚伪的境地。

上面的这番话是特别对萝拉的一个弟弟说的，那孩子比她小一岁，而正在发育的过程中为爱情所颠倒的时候。（以后他上殖民地去经商，我就再没有见到他了。）有一天晚上，老人又来那一套训话，我就跑到他的办公室去见他，我想向他解释他所要求于他外孙的那种诚实，正因为他自己的偏执使对方无法接受。雅善斯那次几乎动气了。

"他只要不做出那种丢脸的事情来那又有什么不能说呢！"他叫着说，那语调中是不容别人有插言的余地。

其实这真是一个好人，不仅是好人，而且是德行的模范，或是人所谓的善心人。但他的判别力却和孩子一般幼稚，他重视我，由于他知道我没有情妇。他并不隐瞒我他希望看到我能娶萝拉做妻子。他怀疑杜维哀可以给萝拉做一个合适的丈夫，几次重复地对我说："她的选择真使我奇怪。"随后又说："不过我相信这是一个诚实的孩子……您看怎么样？……"自然我回答说：

"那是一定的。"

当一个灵魂深陷在虔信中，它逐渐就失去对现实的意义、趣味、需要与爱好。虽然我很少有和浮台尔交谈的机会，但我观察到在他也是同样的情形。他们信心所发的光芒蒙蔽了他们周围的一切，也蒙蔽了他们自己，而使他们都成为盲者。对我，我唯一的希望是想看清一切，所以一个虔信者用来包围自己的这一层浓重的虚伪之网，实在使我心惊。

我想引雅善斯谈及俄理维，但他则对乔治特别感觉兴趣。

"别让他发觉您已知道我要告诉您的这桩故事，"他开始说，"实际上，这对他是很荣誉的……试想您的小外甥和他的几个同学发起了一种组织，一种励志同盟会。入会的人非经过品德的考验不可，而且是被他们认为满意的，可以说是一种幼童'荣誉团'。您不觉得这是可喜的吗？他们每人在钮孔中挂一条小带子——虽然不很明显，但我却已注意到。我把孩子叫到办公室来,而当我问他这标记有什么用意时,最初他很心慌。这可爱的小东西以为我会责备他。以后,通红着脸,他很含糊地告诉我他们这小集团成立的经过。您看,这些事情,我们不应以一笑置之;那会伤了这些细密的情感……我问他何以他和他同学们不把这事情公开。我告诉他那会是一种很有效的宣传与布道的力量,他们的功劳会更大……但在他们那种年龄,人总喜欢带点神秘……为增加他的勇气起见,我就告诉他我在他那年龄时也曾加入过一种性质相仿的组织,那时每个会员都自称'信义骑士'。我们每人都从会长处领有一本小册子,在小册子中用绝对诚实的态度记下各人自己的过失,自己的疏忽。他就笑了。我很看出这小册子的故事引起了他的一种主意。我并没有坚持,但我相信他也会把这种小册子的制度介绍给他的同志们。您看,对孩子们第一应该知道怎么对付,使他们知道别人明白他们的心理。我答应他决不把这事对他父母泄漏,虽然我劝他自己告诉他母亲,那会使她非常快乐。但似乎他和他同学们有约在先,大家都不准泄露。我不应该再坚持。但在他临走之前,我们一同祷告,求上帝祝福他们的同盟会。"

可爱也复可怜的雅善斯老祖宗!我敢相信那小家伙欺蒙了他,而他所讲的一切无一字是真的。但乔治要不这么回答又有什么办法?……这事以后我们再想法来探取真相。

最初我已不认识萝拉住过的那间房子。室内已另铺了地毯,气象整个地不同了。我看莎拉也变了样子。虽然以前我以为是很认识她的。她一向对我很信任,她对我始终什么话都说。但我已有多月没有上浮台尔家去。她的外罩裸露出她的颈部和臂膊。她看去像是更长高了,更胆大了。她坐在俄理维的身旁,靠着他,后者很大意地躺在一张床上,似乎像是睡着。自然他喝醉了,而不用说我见到他那种样子心中非常难受,但我从不曾见他有比这时显得更美的。说醉,他们四个人多少都一样。那个英国女孩子一听到阿曼那些醉话便捧腹大笑,那种尖锐的笑声使我震耳。阿曼什么话都说,一半也由于这种笑声更助长他的兴奋,更使他乐而忘形,笑声愈高,他就愈来得荒诞无稽。他假装着往他姊姊绯红的双颊上或是俄理维发烧的脸上去点他的烟卷,或是很无耻地把他们两人的脑门按在一起而装作自己烫焦了手指。俄理维与莎拉也就顺水推舟,这一切使我内心非常痛楚。但我知道还有更不成话的……

俄理维还假装着睡熟,阿曼突然问我对杜维哀有什么意见。我坐在一张很低的靠椅上,对他们的放肆与醉意同时感觉到滑稽、兴奋与不安;实际上,他们把我请来,我也感到相当受宠,虽然,我明知道我不应逗留在他们的一群中。

因为我想不出话可以回答他,就只好勉强笑着装作不睬,但他又接下去说了:

"这儿的几位小姐们……"这时,那个英国女孩子就赶上去想用手堵住他的嘴,他一面挣扎,一面叫着说:"这几位小姐想到萝拉会跟杜维哀睡觉都非常生气。"

那英国女孩子撒开手,装作发怒:

"啊!他嘴里的话不能相信。这是一个说谎者。"

"我尽量对她们解释,"阿曼较沉静地接着说,"单靠两万法郎的嫁妆能找到那样的丈夫也该满足了,而且作为一个真正的基督教徒,她更应注重对方灵魂的品质,好像咱们这位牧师爸爸所说似的。是的,孩子们。而且如果不像美少年阿多尼斯①一样的人……或是举个眼前的例子,不像俄理维一样的人,都只配当鳏夫,那么再有什么方法可以繁殖人口……"

"多蠢!"莎拉喃喃地说,"别听他胡扯,他已不知道他自己说的是什么。"

"我说老实话。"

我以前从未听到阿曼说过这些话。我一向以为,而且此刻我也依然相信他的天性是温文而敏感的。我觉得他的卑野完全是一种姿态,一半自然出于醉意,但同时更为讨那个英国女孩子的喜欢。至于后者,无疑是长得很漂亮,不过爱听这种粗俗的话,其愚也就可想而知;但俄理维从中又能找到什么乐趣?……我决心以后告诉他我对这一切的憎厌。

"但您,"突然阿曼面向着我说,"您不在乎钱,您有的是钱来偿付这一份高贵的情感,可否请您告诉我们,您为什么不娶萝拉呢?况且似乎您以前很爱她,而且人人都知道,她还为您生相思病呢!"

俄理维始终假装睡熟,这时才睁开眼来;我们的目光相遇,而如果我没有脸红,那是因为他们中没有一个人在注意我。

---

① 阿多尼斯,希腊神话中的美少年。

"阿曼,你这人真太不像话。"莎拉插言,意在替我解围,因为我无以置答。她起初是坐在床上,以后她就躺下,正和俄理维紧挨在一起。阿曼立刻跳过去,抢了一扇床脚后靠墙叠着的大屏风,取来打开了给那一对遮上,像丑角似的,永远是那种滑稽的腔调,他贴在我耳边,但高声说:

"也许您还不知道我姊姊是个婊子呢!"

这实在太够受了。我站起身来,把那屏风撞倒。屏风后的俄理维与莎拉立刻昂起身来。她的头发已全披散,俄理维站起来,跑到盥洗处,用水掠面。

"跟我来。我想给您看一点东西。"莎拉说着,挽住我的手臂。

她把房门打开,拉着我到楼头。

"我想这一定可以使一个小说家很感兴趣。这是我偶然发现的一本小册子:爸爸的一本日记;我真不懂为什么他把它随便放着。任何人都会拿来看。我拿走了为的不让阿曼看到。别告诉他。这并不很长。您花十分钟就可以把它看完,而且在临走之前交还给我。"

"但莎拉,"我定睛看着她说,"这实在是太不谨慎的事!"

她耸耸肩。

"啊!如果您那样相信,您一定会失望的。只有一个地方是顶有意思的,但也就……等一等,我指给您看。"

她从她贴身的胸衣内掏出一本小记事册,已是四年前的,她翻了一阵,打开了指着一段拿给我看。

"快念!"

在年月日下面，劈头我就看到括号内《福音书》的这段引语：

"对小事忠实的人对大事也一样"，接下去就是"为什么我把戒烟的决心一再待诸明日？诚然这事仅为顺从美拉妮（此即牧师夫人）的意志。我主！赐我力量，摆脱这耻行的羁绊"。（我相信我是完全照日记中的原文摘引的。）——以后所记的是挣扎，祈求，祷告，奋发，但总是徒劳，因为天天翻来复去全是那一套。再翻一页，突然所记的已是别的事情。

"这已很够令人感动，您看怎么样？"我念完以后，莎拉带讽意地努着嘴说。

"我看事实比您所设想的更希奇呢。"我忍不住不告诉她，虽然我责备自己不该对她谈这些，"您想那还是不到十天以前的事，我问您父亲是否他曾有过戒烟的决心。因为那时我自己感到实在吸得太凶了，而……总之，您知道他回答我什么？最初他就说，他以为别人对烟草的危害未免言过其实，至少对他，他自己从没有感到过任何严重的影响。而当我一再坚持，他终于对我说：'是的，曾有两三次我决心暂时停止吸烟。'我就问成效如何。他竟毫不踌躇地回答我：'那是当然的，既然我这样决定。'这真有点不可思议！"因为不愿在莎拉面前露出我在其中所猜疑到的虚伪，我就赶紧加上一句："也许他已经把以前的事情忘了。"

"或是，"莎拉接着说，"由此可以证明这儿所谓'吸烟'是另有所指。"

说这话的难道真是莎拉吗？我愕然无语地瞧着她，简直不敢懂她的意思……正在这时，俄理维从室内出来，他已把头发梳平，衣服穿整，神情也显得更安宁了。

"走怎么样？"他毫无顾忌地当着莎拉说，"时候不早了。"

我们跑下楼，才到街上。

"我怕您误会，"他对我说，"您很可能以为我爱莎拉。事实并不……啊！自然我也并不讨厌她……但我并不爱她。"

我紧握着他的手臂不发一言。

"您也不应以阿曼今天对您所说的话来评断他的为人，"他继续说，"他只是无可奈何地扮演着戏中的一个角色。他内心与这很不相同……我也不知道怎么对您解释。他需要破坏，毁灭一切他所最心爱的。这情况还是不久以来的事。我相信他是非常不幸的，正为掩饰他这种内心的痛苦，他才自嘲自弄。他是一个很有傲气的人。他的父母丝毫不理解他，他们始终想把他教养成一个牧师。"

留作《伪币制造者》章首引语之一：

"家……，这社会细胞[①]。"

——保罗·布尔热[②]（泛引）

章目：细胞组织

无疑没有一种牢狱（精神的牢狱）可以锁住一个勇毅的

---

① 细胞（cellule），此词法语同时可作囚室解，故此处所引，意在双关。
② 布尔热，法国小说家。

人，而一切引人反抗的决不一定是危险的——诚然反抗可能歪曲人的个性（它可以使人变作冷漠，无情，或是倔强，阴险）。而一个不愿屈服于家庭束缚下的孩子，为自谋解放，往往消耗了他最可宝贵的青春之力。但无论如何，阻逆孩子的教育虽然压抑着他，同时却增强了他的力量。最可悲的是那些在谄谀下长大的牺牲品。为克服别人对你的奉承，这更需要何等坚强的个性才成！我曾看到过多少为父母者（尤其是为母者）在孩子们身上得意地发现自己最愚蠢的忌讳，最不公正的偏见，无知，虚惊。……在桌上："别吃那个；你不看到那是肥的？把皮取掉。这没有煮熟……"傍晚在室外："啊，一只蝙蝠……快躲起来；它会跑到你头发上去。"等等。……在他们看来，小金虫是会咬人的，蚱蜢是带刺的，蚯蚓会使人起疹子。智力，道德……各方面都是愚顽荒诞的那一套。

前天我回奥斗溪，在环城火车中看到一个年轻的母亲哄着一个十岁的小女孩，在她耳边絮絮地说：

"你和我，我和你；别人我们都不睬。"

（啊！我也知道这些是所谓平民，但我们对平民也有愤慨的权利。那位丈夫坐在车厢的角落里，念着报，安闲而顺服，也许不一定是王八。）

试想是否还有比这更可怕的毒素？

前途是属于私生子的。——"野子"这一字眼包含着多少意义！只有私生子是自然的产物。

家庭的自私……其可怕决不下于个人的自私。

十一月六日

我始终不惯虚构。但我处身在现实面前,恰似一个画家对他的模特儿一样,他对后者说:取这样的一种姿势,用这样一种我所需要的表情。在现社会所供给我的那些模特儿中,如果我认识他们的结构,我可以使他们顺我的意思动作,或至少在他们不自觉中我可以提出某些问题,随他们自己的意思去解决,那样,在他们的反应中我得到一种认识。纯粹出于小说家的立场,我才关切地感到对他们的命运有干涉与策划的必要。如果我更富于想象力,我可以布成很多错综的情节,挑动这些情节,观察它们的演员,而我自己则在他们的指挥下工作。

十一月七日

所有我昨天写下的,没有一点是真的。事情是这样:我对现实所发生的兴趣只由于把它当作一种造形物质;而我关心于未来可能产生的,远胜于对过去已存在的一切。我衷心地关怀每一生命的各种可能性,而痛悼受习俗所摧残的一切。

裴奈尔不得不暂时中止他的阅读。他感到眼花。适才他的注意力是那样地集中,他已感到透不过气来,像是在阅读的时间内他根本忘掉了呼吸。他把窗打开,尽量呼吸,以后再埋头来阅读。

他对俄理维的友情,不用说,是最热切的。他没有更好的朋友,由于他不能爱他父母,所以在这世间俄理维是他唯一所爱的。目今他一心系念在他朋友身上,这种系念也很可认为是超常态的;

但对这友情，俄理维和他的看法似乎不很相同。裴奈尔愈往下念，愈感到惊奇，愈敬慕——虽然不是不带着某种痛楚——他朋友所表现的多面性，而这朋友，他却认为是自己认识得最清楚的。在这日记中所提的一切，俄理维以前从来没有对他谈起过。关于阿曼与莎拉，他根本不知道世间有他们的存在。俄理维在他们面前和在裴奈尔自己面前是那样地判若两人！在莎拉的寝室内，在那张床上，裴奈尔能认识他是自己的朋友吗？当他把整个精神灌注在这日记中时，在他满腔的好奇心以外，同时也掺杂着一种郁积的心境：憎恶，或是妒恨。这种心境仿佛和刚才他看到俄理维在爱德华怀抱中时所感到的差不多，即是自己未能身历其境的一种妒恨。这种妒恨，正像各种妒恨一样，可以被牵拉得很远，而种下日后种种的恶果。

不管它！我以上所说的只为使这"日记"的篇幅间留出一点空隙。如今裴奈尔已畅快地呼吸过了，不如让我们回到正题。他又开始阅读。

十三

对老人们不能有什么要求。
——佛夫那格①

爱德华日记（续）

十一月八日

拉贝鲁斯老夫妇又已迁居。他们新住的地方以前我没有到过，这是在未与奥斯曼大街交叉前圣多诺莱郊区街一个凹入处的低楼上。我按铃。拉贝鲁斯出来给我开门。他穿了一件短袖衬衫，头上戴了一顶米色的睡帽之类的东西，以后我才发现是一只破长筒袜（无疑是他太太的），袜端打了一个结，垂下在腮前，摇摇摆摆，像是圆帽上的流苏。他手中拿着一柄带钩的火钳。显然我按铃时他正在那儿收拾炉子。因为他像有点不好意思，我就对他说：

"我停一会再来看您怎么样？"

---

① 佛夫那格，法国十八世纪作家。

"不必,不必……请进来!"他把我推入在一间狭长的小房子内,那面对街开着的两扇窗户正和路灯相并。"我正等着一个学生(那是下午六点),但她给我打了电话,说不来了。见到您使我万分愉快。"

他把他的火钳放在一张圆桌上,像在解释他的衣冠不整:

"拉贝鲁斯夫人的女仆让炉子灭了;她只在早晨来一次;我只好自己动手……"

"我来帮您生火怎么样?"

"不必,不必……脏得很……但先让我去穿件衣服。"

他用小步踉跄地跑出,立刻又跑回来,穿了一件很薄的驼绒上衣,衣上的钮扣已全脱落,袖管也已磨损,旧得连施舍给穷人也有点不好意思的。我们坐下。

"您看我变了,是不是?"

我想否认,但又找不出什么话可说,我昔日所认识的容光焕发的面容如今变得那么颓丧,使我感到无限痛楚。他又接着说:

"是的,最近我衰老多了。我的记忆力也开始不如从前。当我弹奏巴赫①的赋格曲时,我不得不看着乐谱……"

"多少年轻人要有您现在那样的记忆力已都会心满意足了。"

他摇摇头又说下去:

"啊!其实也不仅是我的记忆力变成衰弱。就说当我走路

---

① 巴赫,德国十八世纪作曲家。

的时候，我自己总以为走得还相当快，但在街上，如今人人都赶过我。"

"那因为现在人走路都走得更快了。"我说。

"唉！可不是？……这正像我教的钢琴课。学生们都嫌我的教法使他们进步太慢，她们想比我跑得更快。她们把我抛开……如今，人人都是急急忙忙的。我几乎一个学生也没有了。"最后一句他说得那么低声，我几乎没有听到。我知道他心中的惨痛，因此也不敢问他。他又继续说下去：

"拉贝鲁斯夫人不肯谅解。她总以为这是我的不对，说我不会拉住她们，更不知道招徕一些新的。"

"刚才您在等的那个学生……"我拙笨地问。

"啊！那一位，她也是其中之一，我帮她投考国立音乐院。她每天上我这儿来练习。"

"那就是说她并不付学费的。"

"拉贝鲁斯夫人就为这事责备我！她不懂我感兴趣的就已只是这些钢琴课。是的，这些我自己真正愿意……教授的。最近我想得很多。对了……我正有点事情想请教您：为什么书本中从来很少谈到老人们？……我相信那由于年老的人已不能动笔，而年轻人则又根本不注意到他们，一个老头儿，这谁也不感兴趣……其实也不乏可谈的资料，而且有些是极值得知道的。譬如说：在我过去生命中的有些行动，如今才开始有点明白。是的，如今我才开始明白它们并没有在过去我做的时候所设想的那种意义。……如今我才明白我这一生只是当着傀儡。拉贝鲁斯夫人捉弄我，我的儿子捉弄我，人人捉弄我，仁慈的上帝捉弄我……"

时已薄暮。我已几乎分辨不出这位我昔日老师的面容；但蓦地邻近路灯放了光，使我看出他颊上晶莹的泪影。最初，我不安地发现他鬓角上一个异样的疤痕，像一个凹空，也像一个洞；但他稍一转动，那疤痕也跟着移了位置，我才明白原来只是窗前铁栏上反照过来的一个花形图案的影子。我把手按在他枯瘦的臂膊上。他在打着寒战。

"您会受凉的，"我对他说，"您真不想我们来把火点上吗？……来吧。"

"不必……受点磨炼也是好的。"

"什么！这是坚忍主义吗？"

"也有一点。同时因为我的嗓子不好，所以我从来不喜欢用围巾。我自始想克服我自己。"

"只要能胜利当然是好的，但如果体质经受不起……"

他握住我的手，像是告诉我什么秘密似的，用着一种很严肃的调子：

"那时才是真正的胜利。"

他把我的手放下，接着说：

"起先我担心您启程前不会来看我。"

"启程上哪儿？"我问。

"我不知道。您常常在旅行。我有点事情早想告诉您……我不久也预备启程；我也一样。"

"什么？您也有意思去旅行吗？"我拙笨地问，装作不懂他的意思，虽然他的语调是那样神秘地庄重而严肃。他摇摇头：

"您很明白我说的是什么意思……当然，您一定明白，我知道时候快到了。我已入不敷出，而那在我是不能忍受的。我自许决不超过某一点。"

他语调中过分的兴奋使我感到不安，他又接下去说：

"是不是您也以为这是下策？我从来不懂为什么宗教不容许这条路？最近我思索得很多。当我年轻的时候，我过着一种极严峻的生活；每次当我拒绝一种诱惑时，我就对自己坚强的意志力感到庆幸。那时我不懂得，自己以为得了解放，结果却愈来愈使自己成为自尊心的奴隶。每次我克制自己，战胜自己，徒使我自己多加上一重枷锁。刚才我说上帝也捉弄我，我所指的就是这意思，他使我把自己的自尊心认作是一种德行。上帝揶揄我，跟我开玩笑。他像猫捉弄老鼠似的捉弄我们。他把种种诱惑放在我们面前，他明知道我们无法拒绝；但如果我们真拒绝了，则他又加倍地对我们报复。为什么他要那么怀恨我们呢？而为什么……但我这老头儿所提出的这些问题一定使您讨厌。"

他用双手托着头，像一个在赌气的孩子似的，那么长时间地静默着，我都开始怀疑是否他还知道我的存在，怕打断他的沉思，我也面对着他不敢稍动。虽有邻街的喧扰声，但这斗室内的空气却异样地对我显得岑寂。路灯的灯光像舞台前的脚灯似的自下至上迷幻地照在我们身上，但窗侧的两堵黑影似乎愈来愈近，我们周围的夜色凝结起来，像严寒下静水的凝结，一直凝结到我心头。终于，我打算摆脱这种困境，我大声地呼吸，预备起身告辞，但出于礼貌，而且为打破这种魔力起见，便问道：

"拉贝鲁斯夫人近况如何？"

老人似乎苏醒过来。最初他带着疑问地重述我的话：

"拉贝鲁斯夫人……"你会说这些字音似乎对他已失去一切意义，但突然他靠近我说：

"拉贝鲁斯夫人有着一种可怕的病……这使我非常痛苦。"

"什么病？"我问。

"啊！没有什么，"他耸耸肩说，又像若无其事，"她完全疯了。她已一无理智。"

很早我就猜疑到这对老夫妇间不断的龃龉，但痛感无从探悉实情。

"可怜的朋友，"我悯恤地说，"但……那是什么时候开始的呢？"

他思索了一阵，像是没有理解我的问语。

"啊！那已很久了……自从我和她最初认识就是这样的。"但立刻又改正过来，"不，实际说，那是发生在我儿子的教育问题上，从那时起一切才开始不同了。"

我惊愕了一下。因为以前我以为拉贝鲁斯夫妇是没有孩子的。他从他的双手间抬起头来，用着一种更沉静的调子说：

"我从来没有和您谈起过我的儿子不是？……听我说，我想告诉您一切。今天您必须明白一切。我所对您说的，我不能对第二个人说……是的，那是从我儿子的教育问题开始。您看，那不已是很早了吗？我们初期的结婚生活是极融洽的。

当我娶拉贝鲁斯夫人的时候,我自己还是很纯洁的。我天真地爱她……是的,这是一个最适当的字,而我从来不承认她有什么缺点。但对于孩子们的教育,我们两人意见不同。每次我想训斥我儿子的时候,拉贝鲁斯夫人就帮着反对我。看她的意思,似乎样样都得依从他。他们母子联合起来反对我。她教他说谎……还不到二十岁,他就有了一个情妇。这是我的一个女学生,一个年轻的俄国女孩子,音乐方面造就很高,我对她期望很大。这事拉贝鲁斯夫人全盘知道;但对我,向例他们一切都对我隐瞒。自然,我并不知道她已有孕。我说,我一点都不知道,一点都不疑心。有一天,他们对我说我的女学生不很舒服;她一时不会来受课。当我说想去看她,他们又说她已换了住址,她在旅行……一直到很迟我才知道她为生产已回波兰。我的儿子也跟着去了。……他们同居了几年,但未经结婚他就死了。"

"那么……她,是不是您以后又见过她呢?"

人们会说他是在那儿赌气。

"我不能原谅她欺骗我。拉贝鲁斯夫人始终和她通信。当我知道她的处境非常困难,我就给她寄点钱去……但那也是为那个小东西的缘故。但寄钱等等,拉贝鲁斯夫人一点不知道。那一位,她也不知道钱是我寄的。"

"而您那孙儿呢?……"

一种神秘的微笑浮漾在他的面部。他站起身来。

"等我一会儿。我去把他的相片拿来您看。"于是他又伸着头急步跑出室外。回来时,他的手指颤抖地在一个满满

的书夹内搜寻那张相片。他靠近我,把那张相片递给我,低声说:

"这是我从拉贝鲁斯夫人那里取来的,她不知道,她还以为是把它丢了。"

"他几岁了?"我问。

"十三岁。但看上去似乎不止,是不是?他的体质很弱。"

他的眼眶又充满了眼泪。他的手伸向相片,似乎想把它立刻收回来。我靠近路灯半明的灯光。我觉得那孩子似乎长得和他很像,同样的凸额,同样带着梦幻的眼睛。我以为他听了这话一定会很高兴,但他否认:

"不,不,他是像我兄弟;像我那位已故世的兄弟……"

孩子穿着一件俄国式的绣花斗篷,样子有点显得古怪。

"他现在在哪儿?"

"那您叫我怎么知道呢?"拉贝鲁斯绝望地喊着说,"我不对您说了别人什么都瞒着我!"

他已把相片收回,看了一会儿,重又放入在他的书夹内,再把书夹插入在他的口袋中。

"当他母亲来巴黎时,她只去看拉贝鲁斯夫人,如果我问起,后者就回答说:'您问她自己好了。'她口上那么说,心中却着实不愿意我真去看她。她一向妒忌得很。凡是我喜欢的一切,她都设法把我抢走。……小波利在波兰受教育,我想大概进的是华沙的一所中学校。但他常和他母亲出去旅行。"突然他又转作很兴奋的调子,"您说!您能不能相信我们可以爱一个从不曾见过面的孩子?……您想!这小东西,是我如今在世上最心爱的了……而他自己竟不知道！"

他的语声不时被他的呜咽打断。突然他从椅上跃起，投向，而几乎是扑倒在我的怀里。我尽量想给他一点安慰，但对他的痛苦却实在无能为力。我站起身来，因为我感到他瘦弱的身躯已滑在我身上，我相信他快跪下地去。我把他托住，紧倚着他，像对孩子似的轻拍着他，他恢复过来。邻室有拉贝鲁斯夫人叫唤的声音。

"她快来了……您不一定想见她，是不是？……而且，她已完全变作一个聋老太婆。赶快走吧！"当他送我到扶梯口时，又说，"别老不来看我（他的声音中带着祈求）！再见！再见！"

十一月九日

我觉得，直到如今文学中似乎忽视了某种悲剧意味。小说一般只注意到故事的起落，艳遇或是厄运，人情或是欲情，再是人物特别的性格，但完全忽略了生命的本质。

把一桩故事安放在道德的观点上，那是基督教的一种企图。但实际却又并没有真正的所谓宗教小说。有些小说以启发与教化为目标，但那与我所说的又全无关联。道德上的悲剧——譬如说像《福音书》中那句令人深省的话："如果盐失去了盐味，可用什么叫它再咸呢！"我所指的就正是这一种悲剧意味。

十一月十日

俄理维快到会考了。菠莉纳希望他以后能进师范大学。他的前途已全策划得很好……如果他真能是个没有父母、没有依靠的人，我一定会把他收作我的秘书。但他并不关心到我，也不曾发觉我对他的一番用心；而如果我引他去注意，一定反会使他讨厌。正为避免他讨厌，我才在他面前特别装作冷淡，疏远。只有乘他不看到我时，我才敢细细地观赏他。有时在街上我就暗暗地追随着他，而他并不知道。昨天我正这样地走在他背后，他突然往回走，我来不及躲避。

"你急着往哪儿去？"我问他。

"啊！哪儿也不去。愈是我没有目的的时候，我像愈显得匆忙。"

我们一同走了几步，但双方都想不出话可说。他一定因为遇到我而感心烦。

十一月十二日

他有父母，有长兄，有同学……整天我就那么自语，而我实在是多余的。他缺少什么，无疑我都可以为他补足；但他什么也不缺。他什么也不需要。如果他的和蔼可亲使我恋念，这其中决不容许我能另作解释……唉！多可笑的句子！我不期然地把它写下，而此中显露着我心头的双重冲突。我明天动身去伦敦。我突然下了这个离开的决心。这已是时候。

因为不想走所以才决定走……某种对险巇的爱好，对宽容的嫌恶（我是指对自己），这也许是我幼年所受的清教徒教育中最难扫除之点。

昨天在司密斯文具铺中买了一本已完全是英国式的抄本，用来替代这本旧的。我已不想在这上面再继续写。一本新抄本……

唉！如果我能把自己也丢开！

十四

> 有时在生活中所发生的意外,如果不带一点闯劲是无法解围的。
>
> ——拉罗什富科①

裴奈尔最后念到夹在日记中的萝拉给爱德华的那封信。他眼前一阵昏眩。他无法怀疑这一位在信上哀诉求援的女人会不是昨夜俄理维和他谈的在门外哭泣着被文桑·莫里尼哀所抛弃的那个情妇。而裴奈尔立时感到:由于他朋友俄理维以及爱德华日记所汇合成的双重报告,这一会儿,他自己是唯一对这情节认识得最清楚的人。但这一个优越地位他是不能长久保持的,要动手就得快,而且得谨慎。裴奈尔立刻打定主意。他没有忘却在爱德华日记中所念到的一切,但他的注意力却已整个集中在萝拉身上。

"今天早晨,我还不知道该做的究竟是什么;如今,我已不再怀疑,"他自语着,闯出室外,"像那一位所说似的,主要的是救萝拉。攫取爱德华的手提箱并不是我的义务,但既得以后,我在这箱中却真正地掏出了一种迫切的义务之感。如今重要的是:在

---

① 拉罗什富科,法国十七世纪作家,主要作品有《格言集》(现译为《道德箴言录》。——编者注)。

爱德华未见萝拉之前设法先去见她，把自己介绍给她，而尤其要绝对使她不把我仅看作是一个无赖之徒。其余一切全无问题。如今我的皮夹内有的是可以和任何一位慷慨为怀的爱德华一样来援助那不幸者的一切。唯一使我为难的是采取什么方法。因为出身于浮台尔家的萝拉，虽是腹中怀着一个非法的婴儿，内心仍然一定是极高洁的。在我想象中，她很可能是那种女人：把别人一番好心递给她的钞票，因为方式不得法，抢来撕得粉碎，且把赐赠的人痛斥一顿。用什么方法把钱送给她？用什么方法介绍我自己？难题在此。当人一离开坦道，随处都是荆棘。参加在这样复杂而曲折的一种情节中，我自己必然还嫌太年轻。但也许正由于我的不识世故却更能助长我的成功。编制一段率直的自白，一种使她能对我同情、使她能心动的故事。麻烦的是这故事必须在爱德华面前也同样可以适用，必须是同一故事而不露马脚。不管！总有办法。就看当时的灵机……"

他已跑到波纳路萝拉信上所写的地址。是一个极平常的旅馆，但样子还算整洁，合礼。由阍人的指点，他跑上三楼。他在第十六号房门前停住，整整衣冠，搜索一些可以应对的话，但什么也想不起来，于是，突然鼓着勇气，他敲门了。温柔得像修女似的一种语声，而在他听来还掺杂着一点胆怯，在室内说：

"请进来！"

萝拉服饰简朴，全身黑色，颇似戴孝。自从回巴黎后，几天以来她盲目地等待着能把她带出死巷的某一个人，或是某一件事情的到来。她已落入歧途，那是不成问题的。她自己感到迷失，她有这种可悲的习惯：不器重自己的力量而期望环境的转变。她不是没有德性的人，但她自己实在感到被弃后一无勇气。裴奈尔进门时，她的一只手不自主地放在脸上，像是一个忍住惊呼或是一个在强烈的日光前把眼睛遮住的人一样。她直立着，后退一步，正靠近窗前，她用另一只手抓住窗帘。

裴奈尔等待着她会问他，但她默不作声，等待着他先开口。他瞧着她，他想显露一点微笑，但心头却跳着。

"原谅我，太太，"他终于开口了，"这样地来打扰您。一位叫作爱德华的，我知道您认识他，今天早上已到巴黎。我有一些很要紧的事想告诉他；我想到您也许可以告诉我他的住址，而且……还请您原谅我那么冒失地跑来问您。"

如果裴奈尔不是那么年轻，萝拉一定会吓坏了。但他还是一个孩子。诚实的目光，豁朗的前额，温静的举止，微颤的语声，在他面前恐惧已早消失，继起的是好奇，心感，一种在一个真率而秀丽的孩子前所不能拒抗的同情。在说话中，裴奈尔的语调已变得更稳定一点。

"但他的住址我也不知道，"萝拉说，"如果他已在巴黎，我希望他一定立刻会来看我。告诉我您是谁。我可以转告他。"

裴奈尔想，这已是闯的时候。他眼前闪过一阵惊喜，他正视着萝拉：

"我是谁吗？……俄理维·莫里尼哀的朋友……"他有点踌躇，感到站不稳；但看她一听到这姓名脸色转成苍白，他果敢地说："俄理维，也就是您那位无情的情人文桑的弟弟……"

萝拉摇摇欲坠，他只好顿住。她放在背后的双手无目的地寻找一点倚靠，但最使裴奈尔心慌的是她所发的哀鸣，一种非人的哀诉,更像受伤后的猎物(而突然猎人感到做刽子手的羞耻),一种异样的喊声,一种那样地为裴奈尔事前所没有预料到的喊声,这使他感到浑身寒战。他突然领悟到这儿才真是现实,才是真正的痛苦,而他自己过去所感受的最多也只是夸张与游戏而已。一种情绪在他心中激动起来;这情绪对他是那么新奇而特殊,竟使他无法把它抑制下去,它一直升哽到喉头……怪事!他竟啜泣了?这是可能吗?他,裴奈尔!……他抢上去把她扶住,跪下在她面前,杂着呜咽絮声地说:

"唉!饶恕我……饶恕我;我得罪了您……我知道您的困境,而……我希望能帮助您。"

但萝拉喘着气,自知已支持不住。她的目光搜索着一处可以坐下的地方,裴奈尔的眼睛一直仰视着她,早理会她的意思。他跳向放在床脚边的一把小靠椅,立刻抢来放在她身旁,后者就不自支地把身子落下去了。

这时发生一桩极滑稽的趣事,而我很想把它略去;但这趣事却是决定裴奈尔与萝拉间接近的关键,而同时意外地把他们从难解的局面下释放出来。因此我不想故意地把这场景加以铺叙。

按萝拉所付的房金而论(我是说:按旅馆老板所定的房金而论),本来就不能希望有精致的家具,但无论如何家具应该是坚固的。如今,裴奈尔推到萝拉跟前的这一把小靠椅却是一把跛椅,就是说它很喜欢把其中的一只脚提起,像鸟似的藏在翅膀下,这在鸟是一种极自然的姿势,但对一张靠椅,却是极少见而深感抱憾的事,所以它特别把这些残缺隐藏在密列的流苏下。萝拉知道她自己的椅子,知道坐下去时非特别小心不可,但仓猝间,她已不及考虑，一直到椅子在她身下摇摆时她才记起来。她叫了一声，但这叫声跟适才的哀鸣却是完全不同的，滑在一边，片刻间发觉自己已坐在地毯上，正好落在赶去搀扶她的裴奈尔的手臂中。慌张，而又觉得好笑，他已不觉跪在地上。萝拉的脸正对着他的脸。他看到她满面羞红起来。她挣扎着支起身来，他帮着她。

"跌痛了吗？"

"没有，谢谢，幸亏有您。这靠椅真够滑稽，其实已修理过一次……我相信如果把它那只脚放正的话，它是不会塌下去的。"

"我来修理它，"裴奈尔说，"行了！……您爱再试一下吗？"他立刻又接下去说："我是对不起……不如让我先来试一下。您看，现在它很行了。我把两腿翘起都没有关系（他笑着那么做）。"于是，从椅上起来，"您再坐吧，如果您允许让我再留片刻，我拿一张凳子来。我坐在您身边，看守着不让您再掉下去。别怕……我还有别的事想替您设法。"

他那谈笑风生，他那态度的谨慎、举止的文雅，使萝拉不能不微笑起来：

"您还没有告诉我您的姓名呢！"

"裴奈尔。"

"对，但您的姓呢？"

"我没有姓。"

"就说您父母的姓。"

"我没有父母。也就是说：我自己正像您所等待的那个孩子一样，是私生子。"

突然萝拉面上的笑影消失了。这样固执地想知道她的私生活，想揭破她的底细，给她一种凌辱。

"但您到底怎么知道的呢？……谁对您说的呢？……您没有权利来知道这些事……"

裴奈尔如今已开了口，他的语声就变得激昂：

"我同时知道我的朋友俄理维所知道的以及您的朋友爱德华所知道的一切。但他们两人都只知道您秘密的一面。全盘都接头的恐怕就只您和我两人了。……"他又更温柔地加上一句："您明白所以我也非成为您的朋友不可。"

"男人们真够不谨慎！"萝拉凄然说，"但是……如果您没有见到爱德华，他就不会对您说的。他写信告诉您的吗？……是他派您来的吗？……"

裴奈尔给问住了；刚才他说得太快，尽顾到自己虚张声势的快乐。他只好否定地摇摇头。萝拉的面色愈来愈阴沉。正当这时，有人敲门。

不自主地，一种共同的情绪把两人团结在一起。裴奈尔自忖已落圈套；萝拉感到被人发现的焦灼。他们两人面面相觑，正像两个同谋犯互相目语。叩门声又响了。两人不约而同地回答说：

"请进来！"

爱德华已先在门外窃听片刻，他奇怪萝拉的室内会有语声。裴奈尔最后所说的几句话已使他得了暗示。他明白其中的用意。他不能不判定那说话的正是窃取他箱子的小偷。立刻他就有了主意。因为爱德华正是那种在平凡的日常生活中感到疲累，而在突发的事情前感官特别灵敏而活跃的人。他把门推开，但站在门口，微笑地看看裴奈尔，又看看萝拉。他们两人都已立起身来。

"亲爱的朋友，"他对萝拉说，并且示意似乎教她暂时先压住情感，"可否让我先有几句话和这位先生谈一谈，如果他愿意到走廊上来一下。"

当裴奈尔一跑到走廊上，他的微笑中显得更带讽刺。

"我早想我一定会在这儿找到您。"

裴奈尔知道自己被捉住了。他只能用果敢一法去对付，他便决定孤注一掷：

"我也希望会在这儿遇到您。"

"第一，如果您还没有办这件事（因为我愿意相信您是为办这件事而来的），您就下楼去，向柜上把杜维哀夫人的账目付清，就用您在我提箱中所取的钱，而我相信您大概一定带在身边。十分钟以后再上来好了。"

这一切说得相当严肃，但语调中丝毫不含威吓的意味。这时裴奈尔才又泰然起来。

"是的，我的确为这事而来。您并没有猜错。而我开始相信我并没有猜错。"

"您是什么意思？"

"就是说您也正就是我所希望的人。"

爱德华无法撑住那副严肃的态度。他心中非常得意。他嘲弄地轻轻点一点头：

"感谢您的盛意。就看我们相互的关系如何了。我想既然您在这儿，大概您也一定念过我那些纸片了吧？"

裴奈尔不动声色，正视着爱德华的目光，而且果敢地、喜悦地、绝不谦逊地报以微笑。他躬身行礼：

"那是当然的。此来本为趋奉。"

于是,像神话中的小妖魔似的,他就匆匆跑下楼去。

当爱德华回到萝拉的室内的时候,她正在啜泣。他跑近去。她把头靠在他的肩上。这种感情冲动的表现使他局促,使他几乎不能忍受。但他禁不住不轻轻地拍着她的背,像对一个在咳嗽中的孩子似的。

"我可怜的萝拉,"他说,"您看,您看……理智一点吧!"

"啊!让我哭一会儿,那对我更痛快一点。"

"但无论如何总得先打算如今您预备怎么办。"

"您让我有什么办法?您让我上哪儿去?您让我能向谁说呢?"

"您父母……"

"但您很认识他们……那结果只能使他们绝望。为我的幸福他们什么都做到了。"

"那么杜维哀?……"

"我永远再不敢见他。他的心地是那么好。您别以为我不爱他……如果您知道……如果您知道……啊!告诉我,您并没有太瞧不起我。"

"亲爱的萝拉,这正相反,这正相反。您怎么会那么想呢?"他又开始拍着她的背。

"真的,在您身旁,我不再觉得可羞。"

"您在这儿有几天了?"

"我已不知道。我活着就为等着您来。有时,我真再不能活下去。如今,我觉得这儿一天也不能再留了。"

她啜泣得更厉害，几乎痛哭起来，但声音像是被什么哽住似的。

"把我带走吧！把我带走吧！"

爱德华愈感到局促起来。

"听我说，萝拉……安静一点。那……那一位……我连他的名字也不知道……"

"裴奈尔。"萝拉喃喃地说。

"裴奈尔一忽儿就会上楼来。起来吧！让他看到多不好意思。勇敢一点！我们总可以想出办法来，我一定答应您。您看，擦擦眼泪吧！尽哭是无济于事的。您对镜子去瞧瞧。您满脸都哭红了。用水洗个面吧！当我一看到您哭，我就什么主意也没有了……您听！他已来了，我听到他。"

他跑到门口，把门打开，让裴奈尔进来；这时萝拉正转着背，在梳妆台前忙着整容。

"如今，先生，可否请问什么时候我可以取回我的东西呢？"

说这话时他正视着裴奈尔，唇边始终折叠着这一贯讽意的笑影。

"先生，随时都可璧还，悉听尊便；但我必须坦白地对您说，这些您所失去的东西，对我实在是更切需。我相信，这事您不难理解，如果您知道我的故事。现在我只告诉您一点：从今天早晨起，我无寓，无家，更无栖身之处，如果我没有遇到您，我早预备跳水了。今天上午当您和我的朋友俄理维谈话时，我一径跟在您后面。他曾详细地和我谈到您，我真想和您有接触的机会。我正在想找一个借口，找一种方法……所以当您把行李票扔掉时，我真对天自庆。啊！别把我看作一个小偷。如果我把您的手提箱取走，最大的原因是想借此得识泰山。"

裴奈尔把他的话一倾而出。一种奇特的光辉闪耀在他的言辞中，在他的面容上；人会说这是恩德的感应。在爱德华的微笑中可以看出他也感到这孩子的可爱。

"那么眼前……"他说。

裴奈尔知道这已是得寸进尺的时机：

"眼前您不是需要用一个秘书吗？我不能相信我会太不称职，当这一切对我是那么愉快的事。"

这次爱德华可真笑了。萝拉也感兴趣地瞧着他俩。

"真的吗？……好吧，我们瞧着再决定。明天，如果杜维哀夫人允许的话，您在这同一时候到这儿来找我……因为我和她也有好些事情要商量。我想您是耽搁在一个客栈中吧？啊！我并不想知道在哪儿。那和我没有关系。明天见吧！"

他伸手给他。

"先生，"裴奈尔说，"在离驾之前，敬敢以此奉告：在圣多诺莱郊区街住着一位年老而可怜的钢琴教师，我想他姓拉贝鲁斯，如果您能去看他，他一定会非常高兴的。"

"好家伙！这开场倒不坏，您对您未来的职务大概一定很能胜任。"

"那么……真的，您愿意收容我吗？"

"我们明天再谈吧！再见！"

爱德华在萝拉身旁耽了一阵就上莫里尼哀家去。他希望能再看到俄理维,和他谈谈他的朋友裴奈尔。但他只见到菠莉纳,在他家逗留了很久,结果却仍是扑了一个空。

同天傍晚,俄理维因为接到他哥哥给他转达的恳切的邀请,正上《铁杠》的作者巴萨房伯爵家去。

十五

罗培耳·德·巴萨房看到俄理维进来,说:

"我正在担心也许您哥哥没有给您转达消息。"

"我到迟了吗?"后者说,小心地,几乎是用着足尖跑近去。他手中握着帽子,罗培耳把它接过来。

"放在那儿吧!不必拘束,请在这张靠椅上坐吧,我想您不至于会太不舒服。照挂钟看,您一点没有迟到;但我想见您的愿望却比时钟跑得更快。您吸烟吗?"

"谢谢!"俄理维把巴萨房伯爵递过来的烟盒推开。他的谢绝完全出于胆怯,因为内心他很想尝尝这些装在盒子内的龙涎香味的上等烟卷,不用说,这一定是俄国烟。

"是的,我很高兴您终于来了。我正担心也许您因预备会考忙不过来,日期是哪一天呢?"

"笔试就在十天之内。但我已不很预备,我自己想已经差不多,就怕不要太疲累了。"

"目下是否您会拒绝干别种工作呢?"

"不……如果事情并不太繁重。"

"我告诉您为什么我让您来看我。第一自然是盼望见您。那天晚上在戏院中乘休息的时间,我们已有过简短的交谈……您那晚对我所说的使我很感兴趣。也许您已不记得?"

"并不,并不。"俄理维说,但他相信自己只说过一些全无意义的话。

"但今天我有一点很实际的事情要和您商量……我相信您认识一个叫作杜尔美的犹太人吧?他不也是您的一位同学吗?"

"我才和他分手。"

"唉!你们是常见面的?"

"是的,我们约定在卢佛美术馆见面,商谈他预备主编的一个杂志。"

罗培耳不自然地大笑起来。

"哈!哈!哈!主编……他倒真了不起!真跑得快……他真那么对您说吗?"

"好久以前他就开始和我谈起这件事情。"

"是的,这事我的确已经过相当时间的考虑。那天,我偶然问他愿不愿意接受和我一同阅读稿件,他就因此立刻自称担任主编。我也不理他,而立刻……这真像他那种人,您看对不对?这种家伙,也正该让他神志清清才对。……您真不吸烟吗?"

"好吧,就来一根。"这次俄理维接受了,"谢谢!"

"俄理维,我想对您说……您愿意我就叫您俄理维吗?因为称您'先生'总不大合适,一来您太年轻;二来我和令兄文桑太熟,因此也不便单叫您的姓。好吧,俄理维,我想告诉您,我信任您的趣味比西谛·杜尔美的真不知高出多少倍。您愿意接受编辑这一个文艺刊物吗?自然,多少在我的指导下;至少在开始的时候。但我不愿意把自己的名字印在封面上。这理由以后我再和您解释……您来一杯葡萄酒吧，嗯？我有很好的。"

他伸手在一张小饮食柜上取过一瓶酒来，倒在两只玻璃杯中。

"嗯，您看如何？"

"真的，滋味很好。"

"我不是说葡萄酒，"罗培耳笑着说，"而是问您刚才我向您提的那件事。"

其实俄理维是假装不懂。他怕自己接受得太快，又怕显露自己内心的喜悦。他羞红了脸，含糊地说：

"我的会考使我不……"

"您刚才不是对我说您已不把考试太放在心上？"罗培耳打断他的抗议，"而且杂志也并不立刻就出版。我正在想是不是把创刊号放到开学时出版更合适。自然，您也先得有个打算。至少在十月以前就得把最初几期的稿件筹齐，所以这个夏天我们需要常常见面，共同商讨。假期中您有什么计划没有？"

"啊！我也不很知道。我父母很可能上诺曼底去，像往年一样。"

"您也得和他们同去吗？……您能同意和他们分开一阵吗？……"

"我母亲不见得能同意。"

"今晚我会和您哥哥一起吃饭，我可以向他提一提这件事情吗？"

"啊！文桑，他不和我们同走。"以后又觉得自己答非所问，他就补充说："那不会有什么结果的。"

"可是,如果对您妈能说出适当的理由?"

俄理维不作声。他很爱他母亲,罗培耳提到他母亲时这种讥嘲的语调使他很不乐意。罗培耳也知道自己进得太快了。

"那么,您很能欣赏我的葡萄酒吧,"他故意打岔说,"再来一杯如何?"

"不必,不必,多谢……但滋味的确很好。"

"是的,那天晚上我们初见时,我就惊觉到您见解的确切与成熟。您不预备从事批评工作吗?"

"不。"

"写诗?……是的,我知道您写诗。"

俄理维脸又红了。

"是的,您哥哥泄漏了您的秘密。自然,您还一定认识不少可以合作的年轻人……将来这杂志应该成为青年阵线的台柱。它成立的理由也就在此。我希望将来您能帮我起草一篇卷首的宣言,内中指出,但也不必太确定,文学上的新倾向。我们以后再来商量。譬如选定两三个重要的形容词,不必一定要新名词,普通极常用的都可以,但我们给它加上一种新的意义,用来作为口号。譬如福楼拜[①]以后,人用'音调和谐的,有节奏的';勒贡特·德·列尔[②]以后,用'神圣的,确切的'……譬如说用'活跃的',您看如何?嗯?……'潜意识的,活跃的'……您说不好吗?……或是'基本的,健全的,活跃的'?"

---

① 福楼拜,法国十九世纪作家。
② 勒贡特·德·列尔,法国十九世纪诗人。

"我想我们可以找到更好的。"俄理维冒昧地说,一面微笑着示意不敢苟同。

"来吧,再来一杯葡萄酒……"

"别太满了,我恳求您。"

"您看,象征主义派最大的弱点在乎仅仅建立了一种美学原理。文学中任何主义的出现,除了它特别的笔调以外,一定还带有一种新的伦理观,新的条规,新的项目,对于爱情或人生的新见解。而象征主义,说来很简单:它不顾人生,不求理解人生;它否认人生;它把人生丢开不睬。这简直是荒谬绝伦,您说对不对?这些都是胃口不很好的人,而且也不是美食者。和我们实在太不同……是不是?"

俄理维已喝干第二杯葡萄酒,吸完第二根纸烟。他半闭着眼睛,躺在那舒适的靠椅中,不作一声,轻轻地用点头表示同意。正当这时,门铃响了,立时进来一个男仆,把一张名片递给罗培耳。罗培耳接过名片,瞧了一眼,把它放在身旁的书桌上。

"好的。请他等一等。"仆人出去了。"听我说,小朋友,您很使我喜欢,我相信我们将来一定能合作。但这会儿我必须接见一位客人,他希望我能单独和他见面。"

俄理维站起身来。

"我带您从花园出去,如果您同意……唉!我想起来了!您愿意不愿意要一本我新近出版的书?这儿我正有一本用荷兰纸精印的……"

"我并没有等待您送给我才看。"俄理维不很喜欢巴萨房那本书，所以用了这一句既不愿谄谀他而也不想得罪他的话。是否巴萨房已在他的语调中觉察出某种淡然的鄙弃？他很快接下去说：

"啊！不必提起。如果您告诉我说喜欢那本书，我势必再不能信服您的趣味，或是您的诚意。不，这本书的缺点，我比任何人都知道得清楚。我把它写成得太快。老实话，当我一面在写的时候，我心中却早在想下一本书。唉！这尚未完成的那本我很当心，我把它看得很重要。将来您一定会知道；您一定能看到……但这会儿，实在对不起，我得接见那位客人……除非……但那也不行；我们相识太浅，而您父母一定在等您回去吃饭。好吧，再见！希望不久再能见面……我把您的名字写在书上吧，对不起。"

他立起身来，走近书桌。当他低头在写时，俄理维跨前一步，把刚才仆人送来的名片斜眼瞧了一下：

维克多·斯托洛维鲁

这名字对他毫不相干。

巴萨房把《铁杠》递给俄理维，他想看书面内的题字。

"您以后再看吧！"巴萨房说着替他把书夹在腋下。

直到街上，俄理维才启视巴萨房伯爵题赠的几行字。题辞是那本书中摘下来的章首引语之一：

"奥浪笃，再走前几步吧！我还不敢确信完全明白您的意思。"

下面又加写：

"致未来之友

俄理维·莫里尼哀

罗培耳·德·巴萨房伯爵"

这几行含义不明的字句使俄理维沉思起来，但归根结底，他尽可以随自己的意思去解释。俄理维到家时，正值爱德华倦于等待后怅然离去。

十六

文桑所受的实证教育使他无法相信超自然的一切,魔鬼所利用的正是这一点。魔鬼对文桑不从正面进攻,他暗中给他一种阴险的侧击。他最得意的战略之一是使我们把自己的过失信作是一种成功。文桑的不得不硬着心肠用冷酷的态度对待萝拉,就因为他的天性是善良的,而他所以那样做,就在使他自信这是他意志克服良能的成功。

把这段故事中文桑性格的演变细细分析起来,可以区辨出几种不同的阶段,为使读者明了起见,我把它们逐项分列出来:

(1)动机纯正时期。温厚笃实。自知必须补偿过失。例如对萝拉所尽的道德上的义务:拟把他父母苦心为他积聚的那笔开业费留给萝拉分娩之用。这不是他愿意牺牲自己吗?这动机不是很合礼、大量、仁慈?

(2)不安时期。疑虑踌躇。觉得这笔留给萝拉的款子也许数目太小,当魔鬼把赢钱的可能性来眩惑文桑时,文桑心中不早已预伏一种顺从的倾向?

(3)灵魂之顽强不屈。钱输后,自觉非"超然于厄运"之外不可。借着灵魂"消极的勇气",他向萝拉供认自己在赌博中的失利,并乘此机会,与萝拉决绝。

（4）放弃最初纯正的动机。为辩护他的行为起见，文桑必须捏造一种新的伦理观，把昔日的善良认作是自欺；因为要制胜他的道德观念，魔鬼也非用一套道德上的理由使他置信不可。"内在说"，"瞬间整体说"，"逍遥说"。

（5）得胜者之沉醉。蔑视隐讳。称霸。

自此，魔鬼已得胜利。

自此，自以为是最自由的人，实际却已成魔鬼掌握下的傀儡。魔鬼还不称心，除非文桑把他弟弟俄理维也送在魔鬼的代言人巴萨房的手中。

可是，文桑并不是心地不良的人。不拘他的际遇如何，他始终并不沾沾自喜，他心中仍是不安的。附带还可以补充几句：

摩耶①的一切五光杂色的奥秘，我相信，人通称之为"异域风光"，在那境地中我们的灵魂自感异乡孤客，失去一切凭借。有时某种德性始终拒抗，因此魔鬼在进攻前，先使迁移环境。无疑，如果他们当时不在一种新的天地中，不和他们的家里人以及过去的种种记忆远隔，不失去他们自己行动的责任心，萝拉决不会以身许之，文桑也决不敢引诱她。无疑他们在波城的种种关系，当时他们是绝不考虑到会有后果的……关于这一层还有很多意见可以抒发，但上述种种已足使我们对文桑作更进一层的认识。

在莉莉安身旁，最初他也同样感到处身新环境中的局促。

"莉莉安，请别笑我，"当天晚上他对她说，"我知道你不能了解我，但我必须当你是了解我一样地对你说话，因为自今以后我

---

① 摩耶，古代印度吠檀多派的术语，即空幻之境。

已无法把你从我的心中分开。"

莉莉安躺在一张长沙发上,他半倚在她的足前,把头爱恋地靠在他情妇的膝上,她爱恋地抚摸着它。

"今天早晨使我不安的……是的,也许就是畏惧。你肯暂时严肃一点吗?为了解我,你肯暂时忘去,我不说你所相信的,因为你不信一切,而正是暂时忘去你的不信一切?你知道我也不信一切;我相信我一切都不相信,一切都不再相信,除了相信我们自己,相信你和我两人,相信我们间的生活。相信由于你的缘故,我可以成为……"

"罗培耳说七点钟来,"莉莉安把他的话打断,"我并不是催你,但如果你不说快一点,我怕当你说得顶有意思时,他会闯来把我们打断。因为我猜想你不见得能喜欢当着他的面说。这真奇怪,今天你说话自以为非小心不可。你真像一个瞎子,走一步,用棒试探一步。可是你看我倒很严肃,但何以你没有自信?"

"自从认识你以后,"文桑接着说,"我有绝对的自信。我觉得我能做很多事;而你看,每次我都成功。正因为这缘故所以我感到有点恐惧。不,你别作声……今天整天我想着早晨你对我讲的关于'部尔哥尼号'的沉没,以及那些想攀登救生艇的人被砍去手腕的事。我也觉得似乎有某些东西想攀登到我的救生艇来——为使你了解我的意思,所以我就用你的譬喻,——而我想阻止它上来……"

"怯懦的家伙!你希望我来帮你把它淹毙……"

他不作理会地继续说:

"我把它推开,但我听到它的声音……一种你从没有听到过的声音；而我在幼年时曾经听到过……"

"这声音说些什么呢？你不敢重说。我并不奇怪。我打赌那里面带着不少的教理，嗯？"

"但，莉莉安，你得了解我。我如果要摆脱这种种思虑，唯一的方法就只能先把它们告诉你。但如果你听了就笑，我只好把它们存在心中，而结果它们就会把我毒害。"

"那么说吧。"莉莉安颇带一点迁就的神情，但看他不发一言，而且稚气地把自己的前额隐藏在她的短裙中，又说："说吧，你还等什么呢？"

她把他的头发揪住，逼着他把头抬起来。

"好家伙，你看他真若有其事！面色都白了。小宝贝，听我说，如果你只知道装孩子，那我可受不了。人应该说干就干，而且你知道：我不喜欢那些暗地玩花样的人。如果你想把人救上你的小艇来，你救就是了，但偷偷摸摸地干，那你就是玩花样。玩是可以的，但那也得有诚意；而且我告诉你，这只为使你成功。我相信你可以是个很有作为、很能出人头地的人。我觉察出你自身中的一种无上的智慧与力量。我愿意帮助你。很多女人往往毁灭她们自己所爱的人的前程，而我却是相反。你已经对我谈过你想放弃学医而专心从事自然科学的愿望，你自恨经济能力不许可……可是你正从赌博上赢了钱，五万法郎，这数目也不算小。但答应我以后你不再赌博，我可以把一切款项任你处置，条件是如果别人说你受人供给，你能毫不挂心。"

文桑已站起来。他走近窗口。莉莉安继续说：

"第一件事，为了使和萝拉的关系告一结束，我以为最好把你以前答应她的五千法郎送去。如今你有了钱,为什么你不守信?是否你想使你自己多加一重对她的罪状?我一点不喜欢你这种做法。我最恨卑怯的行动。你不懂砍人手腕的方法。这事了结以后,我们到对你工作最适宜的地方去度夏。你曾和我提起罗斯哥孚,我倒喜欢摩纳哥,因为我和公爵认识。他可以带我们上他的巡洋舰,而且你可以在他的学院中工作。"

文桑默不作声。他不愿告诉莉莉安,而这事是很久以后他才对她说的,他来此以前,曾上萝拉绝望地在等着他的那个旅馆去过。希望他终于可以推开责任,他就在一个信封中封了她已不再希望的五千法郎。他把这信封交给一个侍役,自己等在进门处候侍役交到后的回音。不到一会儿,侍役从楼上下来,原封带回,在信封上萝拉批道:

"太迟了。"

莉莉安按铃,叫人把她的大衣取来。等女仆出去以后,她说:

"唉!他没有到以前,我想先告诉你:如果罗培耳向你建议存放你那五万法郎,千万别相信他。他很阔,但他手头常缺钱用。你瞧,我听到他汽车的嗽叭声。他早来半小时,但也好……至于我们刚才所说的……"

罗培耳进门就说:

"我来得太早了,因为我想我们上凡尔赛去一定是很有意思的。你们以为怎么样?"

"不好,"格里菲斯夫人说,"那些喷泉的声音叫人讨厌。我们不如上朗部耶① 去吧,时间也来得及。虽然餐馆不及凡尔赛,但我

---

① 现译为朗布依埃。——编者注

们可以谈得更痛快。我希望文桑会告诉你一些鱼类的故事。他知道其中有些是很可惊奇的。我不敢断定他说的是真是假，但总之比世上最动人的小说还更有意思。"

"小说家的意见也许不一样。"文桑说。

罗培耳·德·巴萨房手上拿着一份晚报。

"您可知道勃吕涅新任了法院办公厅的主任？这该是您父亲受勋章的机会了。"他面向着文桑说。后者耸一耸肩。

"我亲爱的文桑，"巴萨房接着说，"如果您不向他请求一点小小的照应——而且他准会乐意地拒绝您的——他一定认为您太不识世故。"

"您何不先从您自己开始？"文桑反诘说。

罗培耳撇一撇嘴：

"不。在我，献点殷勤又算什么，我不怕别人讨厌。"他又转向莉莉安："您可知道如今上了四十年龄的男人，既无痘疮，又无勋章，那可实在是少有的！"

莉莉安微笑地耸一耸肩。

"就为说得漂亮，他倒不惜多白几根头发……说，这是您下一本作品中的引语吗？夜间太凉……你们先下楼，我取大衣就下来。"

在扶梯上文桑向罗培耳说：

"我以为您不愿再见他了？"

"谁？勃吕涅？"

"您把他看得那么蠢……"

"亲爱的朋友，"巴萨房在梯级上停住，一面拉住文桑，他已看到格里菲斯夫人正下楼来，因此故意迁延时间，意思希望后者也能听到，"您知道，我朋友中认识较久的没有一个不给我愚蠢的印象。我敢说，勃吕涅还算是比别人更强的。"

"比我强，也许？"文桑说。

"但这并不妨害我依然是您最好的朋友，您也知道。"

"这就是巴黎人所谓的'俏皮'，"莉莉安加入说，"小心点，罗培耳，世间没有比这陈腐得更快的！"

"亲爱的，您放心好了。字只印在纸上时才变得陈腐！"

他们上了汽车，车就开了。因为他们始终斗心说话，我也无须在此赘述。他们在一家旅馆的凉台上晚餐，面对着暮色笼罩下的花园。静夜中，他们的谈话渐渐沉滞起来，被莉莉安与罗培耳怂恿着，最后只剩文桑一人的语声。

十七

"如果我不对'人'那么感兴趣,我对动物会更感兴趣。"罗培耳说。而文桑就回答:

"也许您以为人和动物的差别很大。其实动物饲养学上任何伟大的发现没有不与人类的认识有关的。对一切相互作用,我相信一个以心理小说家自居的人,如果不识自然律,忽视自然界的现象,很少有不自招后患的。在您借我的龚古尔兄弟①的《日记》中,我读到一段关于参观植物园中博物陈列馆的记事,其中你们这两位动人的作家慨叹大自然——或是善良的上帝——缺乏想象。这种无理的亵渎适足表示出他们自身智能的愚蠢与幼稚。实际,其中有着多么复杂的变化!大自然似乎做过种种试验:如何生存,如何动作,以及如何适应物质与其法则。古生物学中生物逐步的演进以及抛弃一切不合理、不雅观的部分,这已该是一个多大的教训!而某些形体的存留又是多么合于经济!就此细作观察,不难解释何以有些生物又会消灭。我们在植物学中也可以得到同样的教训。当我细察一根树枝时,我注意到每一叶本中隐藏着一枚幼芽,到第二年它就生长起来。当我看到如许的幼芽,其中最多

---

① 龚古尔兄弟,皆系法国十九世纪小说家。

只有两枚能得到发育，而正由于它们的生长，就把其余的幼芽全摧萎了。这现象使我不能不想到在人类也有同样的情形。发育最自然的幼芽往往总是顶芽——也就是那些与主干距离最远的。只在躯干，或是拱干把树液驱入主干附近的树芽时，后者才能从沉睡中苏醒。人们就利用这点使劣种得到良果，因为如果任其自由伸展，结果只能产生很多的叶子。唉！一个果园或是一所花园真是一个最适宜的学校！而一个园艺家往往很可能是一个最好的教育家！只要您稍肯从事观察，不拘是一个家禽饲养场，一个犬舍，一个水族缸，一个兔圈，或是一个畜栏，相信我，您能比在书本中或是比这多少带矫饰的人类社会中学到更多的东西。"

以后文桑谈到选种。他解释收获者普通所用的方法，他们对于最壮健的样种的选取，以及某次一个大胆的园艺家异想天开的实验：他因痛恨旧习，或者可以说出于挑衅，特别相反地选取了作物中最质弱的，而结果都开放了无数美丽的花朵。

最初罗培耳只是无精打采地听着，心想最多是些令人厌倦的话，但这时他却也打起精神来了。罗培耳的倾听在莉莉安看来是对她情人的一种颂赞，因此使她非常欣喜。

"你应该告诉我们那天你对我所说的鱼类，以及它们对海水盐度的适应……我没有弄错吧？"她对他说。

"除了某些区域，"文桑接着说，"这种盐度几乎是不变的；而海中动物普通只能生存在那些浓度变化很微弱的水中。但上次我所说的那些区域中也不是没有动物的生存。这些区域中海水极易蒸发，水量的减少完全与盐的结晶成比例；或是相反的那些区域，由于淡水不断地流入使盐融化，也即减低海水的盐度——这些区域往往位于大江的入口处或是接近大海流,也即普通所谓湾流。有些叫作狭盐性的动物一到这些区域就疲弱不堪,奄奄待毙;因为那时它们已无力抵抗另一种叫广盐性的动物,结果无可逃避地成为后者的食饵。所以广盐性的动物特别喜欢生活在大海湾的边际,那儿由于海水浓度的转变使狭盐性的动物跑来送死。你们已经明白所谓狭盐性的就是那些只能在同一盐度下生活的动物,而广盐性……"

"则是那些狡猾的。"罗培耳插言。他把一切观念都加以主观的解释,而在任何学理中只考虑到他自己可以利用的那一部分。

"但它们中大多数都是很残忍的。"文桑严肃地加上一句。

"我对你说过这可与任何小说媲美……"莉莉安醉心地喊着说。

文桑出神似的并不理会自己的成功。他是异常地严肃,像是在自语似的,他用一种更低沉的调子接下去:

"近来最惊人的发现——至少对我自己是最得益的发现——是海底动物自身的生光器官。"

"啊!讲给我们听吧!"莉莉安说。她已顾不到别的,她的烟卷自动地灭了,而适才送上来的冰淇淋也已在杯中融化。

"你们都知道日光不能深入海底,海底的深度黝不可测……在这深渊中人们很久相信是没有生物居住的。以后由于淘浚工作的开始,在这些海底的冥府中打捞出很多奇异的动物。起初人们都以为这些动物是瞎的。试问在黑暗中,何须有视觉的需要?显然它们是没有眼睛的,它们是不会有,而且也是不应该有的。可是仔细审察以后,人们惊骇地发现有些动物是有眼睛的,以后又发现几乎每一动物都是有眼睛的。而且,有些动物还有极敏感的触须。人们还不肯相信,人们感到惊奇:为什么有眼睛?作什么用?敏感的眼睛,但对什么需要敏感?……最终才发现这些人以为应该是漆黑的动物,每一个都在它自己面前,自己周围,放射出一种光来,闪耀,照明,光芒四射。夜间,从海底取出把它们倒在船身的甲板上时,黑夜顿时闪耀得令人眼花。浮漾、跳动、杂色的火光,像夜间的灯塔,像星宿的闪耀,像珠宝。曾经亲眼见过的人都说这种绚烂的景象简直无法形容。"

文桑沉默了。长时间地他们都各不作声。

突然莉莉安说:"我冷了,我们回去吧!"

莉莉安坐在司机身旁,借玻璃窗挡住一点夜间的凉风。两个男人则坐在车身的后部,敞开着车篷,继续谈话。在晚餐的整段时间内,罗培耳始终缄默,倾听文桑谈论,如今该轮到他说话了。

"老文,像我们这种鱼,在静水中就奄奄待毙。"他拍着他朋友的肩膀说。他对文桑常不拘礼节,但不能忍受对方出以同样的态度,好在文桑根本没有这种意思。"您可知道,我觉得您真可惊!真配当一个讲师!实在说,您真该放弃学医。开药方,诊病人,瞧您就不像。比较生物学讲座或是类此的事,那才是您所需要的……"

"我也早想到。"文桑说。

"这事莉莉安应该很能帮您忙,如果她把您的研究工作告诉她的朋友摩纳哥的公爵,我相信,他对这一门……我想我必须告诉她。"

"她早对我提过了。"

"那么，必然在我无从帮忙？"他装出苦恼的神情，"其实，我自己倒正有一件事情想请您帮忙。"

"那就该是我报答您的时候了。您大概以为我是健忘的。"

"什么！您还想到那五千法郎吗？但，亲爱的，您已早还清了！您对我什么都不欠……也许这点友谊除外。"他把一只手搭在文桑肩上，几乎是用温柔的语调补充一句："就全凭这点友谊我才想向您提出一个请求。"

文桑说："我听着。"

但立刻巴萨房反过来说，意思显得焦急的是文桑：

"您真急！从这儿到巴黎，我们还有的是时候。"

巴萨房最擅长把自己的部署，或是他自己想否认的一切放在别人肩上。于是，他装作抛开他的正题，正像那些钓鲈鱼的人，怕鱼受惊后不肯上钩，先把食饵抛得很远，以后在不知不觉中把它曳引过来：

"对了，我感谢您把您兄弟引来。最初我倒怕您会忘了。"

文桑做了一个手势。罗培耳继续说：

"以后您遇见过他吗？……没有时间，对不对？……那我就奇怪您连我们所谈的是些什么也不问我。对您，这大概无所谓。您对您兄弟毫不发生兴趣。俄理维想什么，他感到什么，他的现状，他的理想，总之，对于这些事您从来不曾挂心过……"

"这算是责备吗？"

"那还用说！我对您这种冷漠既不理解，也不能容忍。当您在波城生病时，那还情有可原；您只应该想到您自己，自利主义本来就是治疗的一部分。但如今……您看，在您眼前是这一个蠕动中的年轻的生命,这一个正在觉醒中的智慧,他有着远大的前程,他正等待有人指导他,支持他……"

说这话时,巴萨房大概忘了他自己也正有这么一个年轻的兄弟。

可是文桑一点不傻。这种夸张的谴责早预示给他其中并无诚意。他看出巴萨房的义愤别有用意,他默不作声,静待下文。但罗培耳停住了;他在文桑手上纸烟的火光下窥出后者嘴角所起的皱纹,这其中,他看出是对他的讽嘲。本来,罗培耳怕别人的讥刺甚于一切,也许由于这缘故,他不能不改变语调。我奇怪是否文桑与他两人间突然直觉地感到一种默许……总之,他又装作很自然地说下去,调子里颇含"对您本来用不到隐瞒"的意思。

"对了,我和俄理维谈得很投机。这孩子实在使我喜欢。"

巴萨房尽力注意文桑的目光(因为夜色并不太黑),但后者一无表示。

"也就为这点小小的事情,我亲爱的莫里尼哀,我希望您能从中帮忙……"

但他又觉得这儿还该作一停顿,或是说再度释手,正像一个老练的演员,知道自己有掌握观众的吸引力,但想借此再给自己,同时也给观众一个证明。因此他把身子伏向莉莉安,高声地,像是为衬托出他语意中的关切:

"亲爱的朋友,您真觉得您不冷吗?我们这儿有一件披氅没有人用……"

但并不等她回答,他又倒身在车垫上,挨着文桑,换了低沉的调子:

"事情是这样：今年夏天我想把您的兄弟带走。是的，我坦白地告诉您。我们间，多绕弯有什么用？……我无缘得识令尊令堂，他们一定不放心俄理维跟我同走，所以希望您能积极地从中说项。我相信您有办法说服他们，我设想您懂得他们的心理，由此您应该知道从何入手。这事您肯为我帮忙吗？"

他静候片刻，但因文桑默不作声，他又继续下去：

"文桑，听我说……我不久就预备离开巴黎……行踪未定。我亟需一位秘书同行……您知道我在创办一个杂志。我也已和俄理维谈起。我正需要有他那样才能的一个人……但我并不单从自私自利的观点出发。我的意思是认为像他那样的才能在这工作中正可以得到正当的发展。我向他建议请他担任总编辑。……以他那样的年龄，身任一个杂志的总编辑！……您也该承认这并不是平常的事。"

"正因为这不是平常的事，所以我怕我父母反会惊惧。"文桑终于把目光转到他身上，凝视着他。

"是的，您这话应该是对的。也许不提这一层更好。您不妨特别着重于这次旅行对他的益处，好不好？您父母应该明白像他那种年龄需要多作旅行，增广见闻。总之，您和他们谈判一下，如何？"

他吸一口气，点上一支新的烟卷，继续原来的调子：

"既然您很愿帮忙，我也正想替您办点事，最近有人向我建议某项投资，是一个破例的机会，我相信我可以替您设法……我那位在一家大银行供职的朋友，他是特意留给几个熟朋友的。但这事您千万别告诉莉莉安。因为实际我所有的股额不多；我不能同时摊给你们两位……您昨晚所赢的五万法郎？……"

"我早安置好了。"文桑淡然回答，因为他记起莉莉安事前给他的关照。

"那也好，那也好……"罗培耳立刻接言表示不在意，"我并不坚持。"接着又用"我不会怪您"那种调子："如果您决定变计，就赶快告诉我……因为，过了明天下午五点，就再无法挽救。"

文桑自从看穿巴萨房伯爵以后，倒反更觉得他这人有意思起来。

十八

爱德华日记

午后二时

失落提箱。也好。其实箱内除了我的日记，别的倒都没有什么。不过我也太重视我的日记了。其实，这次意外，颇饶兴味。仍盼能取回我那些稿件。试问谁会念它们呢？……也许，因为遗失了，所以自己过分地把它们看得重要。那本日记于我出发赴英国时中止。在英国所记的另有一本小册，如今我已回到法国，就把英国的那本撇开。我这时新写的这一本预备以后时时放在袋中，这可说是我自己随身所带的一面镜子，一切我在实生活中所遇到的，除非我在这面镜子中看到它们的反影，否则对我是不存在的，但自从回来以后，我一直像生活在梦中。与俄理维的谈话，想来真令人难堪！而最初我自己预想应该是多么愉快的事。……但愿他也和我一样失望；一样对他自己失望，同时对我失望。咳！我自己无话可说而竟使他也无话可说。每一个真正哽在心头的字是多么不易表达！脑筋中一掺杂心头的情感，理智活动就整个地显得愚钝,停顿。

午后七时

我的提箱已找到;或是至少那个取提箱的人我已找到。而他又正是俄理维最亲密的一个朋友,所以只要我愿意,很快就可以造成一重新的关系。危险的是,我对任何意外发生的事都那么感到兴趣,结局往往忘去原来的目的。

重见萝拉。我对人的善意一遇困难,或是不能不与传统、凡庸、习俗相搏斗时,便不自制地激怒起来。

访拉贝鲁斯老人。给我开门的是拉贝鲁斯夫人,我已两年多不曾见到她,但她却立刻认识是我。(我想他们不常有客人。)而且,她自己也无甚变更;但(是否因为我对她先有成见的缘故)她的面色显得较前更冷酷,目光更尖酸,笑容也变得更虚伪了。

"我怕拉贝鲁斯先生不一定能见您。"她立刻对我说,显然她希望独占我;而且凭着她的耳聋,不等我问她,就又回答说:

"不,不,您一点不打扰我,进来就是。"

她把我带到平时拉贝鲁斯授课的那间房子,室内的两扇窗是对院子开着的。我一踏进门,她就开口:

"能和您单独谈谈使我特别感到愉快。我知道您对拉贝鲁斯先生深切的交谊,而如今他的景况实在令我担心。他很听从您的话,您是否能劝他自己保养一点呢?至于我,一切我对他所说的,他全认为是无中生有。"

于是她就呶呶不休地诉说起他的罪状来:老头儿因为想使她难堪,故意不肯自己保养。他不该做的他去做,他该做的他却一件也不做。不管天气如何他要出去,又从来不肯披上围巾。吃饭的时候他不吃:"先生不饿",而她也想不出方法使他胃口变好;但到夜间,他就起来,上厨房去乱翻一阵,也不知在煮些什么吃。

自然这一切也不是老太太自己编造出来的。不过从她的诉说中,可以看出本来是一些无关轻重的小事情,因为错解的缘故,意思就像变作很严重,而现实反映在这老妇人简单的脑筋中却又正好是一团可怕的黑影。但在老头儿这方面,又何尝不误解老太太的种种好心与谨慎?结果老太太自己看作是个殉难者,而在老头儿眼中却正是一个刽子手。对这对老夫妻我只好不下断语,不求理解,或是说,和一般的情形一样,我对他们愈认识,我就愈难下冷静的断语。事实是:两个本应在生活中互相凭依的人,结果却各使对方感到极度的痛苦。我常观察到夫妻间每因某一方面性格上一点小小的差异而酿成对方心理上莫大的恼怒,因为"共同生活"使这凸出处适成磨擦的中心。如果这种磨擦是双方共感的,那末夫妻生活的痛楚必然像在地狱一样。

拉贝鲁斯夫人状似神话中女面鹰体的妖妇:在乌纱包着的假发下,她那灰色的脸显得更僵硬,伸出在黑色的无指手套外的枯瘦的手指简直就像爪子。

"他骂我是他的侦探,"她接着说,"白天他睡得很多;一到晚上,起初他假装入睡,但当他以为我已睡熟的时候,他就起来。他在旧纸堆中乱寻乱翻,有时一面哭,一面念他故世的兄弟的旧信直到天明。他要我忍受这一切而不许我说一个字!"

接着她又怨老头儿想把她送入养老院去;她加上说:这事特别使她难堪,正因为老头儿已不会一个人过活,他非有她的照料不可,但这种悯怜他人的语调不能不使人感到其中的虚伪。

正当她作这种种哀诉时,客厅的门在她身后轻轻地开了,她还没有听到,拉贝鲁斯已进入室内。当老妇人说那最后几句话时,他讽嘲地对我微笑着,一面用手指着自己的前额,意思是说他太太是个疯老太婆。接着他便急躁地、凶狠地说(我都不能相信他会有这种态度,老妇人对他的非难似乎也非无因,但也许由于要使她听到非如此不可):

"夫人,走吧!您应该懂得您这种呶呶不休使先生疲倦。我的朋友不是看您来的。请您走开。"

老妇人就反抗说她坐的靠椅是她自己的,她决不让开。

"既然这样,"拉贝鲁斯冷笑着说,"对不起得很,我们就让您在这儿。"他向我回过头来,转作温和的语调说:

"来吧,让她坐在那儿好了。"

我勉强地点了点头,跟着他跑进旁边的那间房子,这正是上次我来看他时所坐的那一间。

"我很高兴您能亲听她的谈话,"他对我说,"整天她就是那一套。"

他跑去把窗关上。

"这街上的喧声使人说话也听不清,我整天的工作就是去关这两扇窗,而拉贝鲁斯夫人整天的工作就是去把它们打开。她借口说她透不过气。她总爱夸张。她不肯承认室外的空气比室内的更热。可是我那儿有着一个寒暑表。当我指给她看,她就说寒暑表上的度数是不管事的。她明知道她自己是错的,但非说她有理不成。她最得意的事是和我反对。"

但当他说话的时候,我看出他自己的脑筋实在也不很正常。他又接下去,而且语调愈来愈兴奋:

"她自己在生活中的种种乖僻,结果把罪过完全推在我身上。她的判断全是错误的。所以,您看,我可以这样对您解释:您知道外界的影像印在我们脑膜上时全是反的,平时我们靠某种神经器官把它们调整过来,事实是,在拉贝鲁斯夫人,她就没有这种调整器官,所以在她脑筋中,一切依然是反的。您想想,这样的情形是不是会教人痛苦?"

必然,他在自己的解释中得到不少宽慰,所以我避免打断他。他又继续说:

"拉贝鲁斯夫人总是吃得太多。可是,她就认为吃得多的是我,如果她刚才看到我手上有一块巧克力(这是我主要的食品),她又该呶呶地说:整天不断地咬嚼!……她监视我,她谴责我不该晚上起来偷偷地弄东西吃,其实只因为有一次她发觉我在厨房中煮一杯巧克力茶……您说叫我怎么办,吃饭时,她坐在我对面,她那副把鼻子伸到盘中的贪婪的样子,看了就叫我吃不下饭。结果,她反说我故意刁难,为的想使她难受。"

他停了一下,接着像是在一种诗情的激发中:

"我倒真钦佩她对我的谴责……譬如,有时她坐骨神经痛时,我就怜恤她。于是她就耸了一耸肩膀把我打住:'别装假慈悲!'而一切我所做的、我所说的,在她都认为是想使她痛苦。"

我们同在室内坐着。但他一会儿起来,立刻又坐下,显然是一种病态的不安:

"您可能想象?在每间房内有的家具算是她的,有的算是我的。刚才您已亲眼看到过她的靠椅。当女仆收拾房间时,她就对她说:'这一件是先生的,您别动吧。'有一天,我偶不小心,把一本精装的乐谱放在一张她的小圆桌上,夫人立刻拿来扔在地上了。书角全给折断……啊!这样是无论如何过不下去的……但,您听我说……"

他抓住我的手臂,把声音放低一点:

"我已打定主意。她不断地恐吓我,如果我再继续这样,她就只能住到养老院去了。我已留起一笔款子,我想大概够付她在圣悲利纳的膳宿,人们说那养老院比较算是最好的一个。我如今所教的几点钟课从收入方面说,几乎等于零。不久以后,我手头的钱就会花光,到那时我就不能不动用那笔款子。我实在不愿意。于是,我立下这个主意。……打算在三个月以后实行。是的,我日期也已定好。如果您知道这对我是多么大的一种慰藉,当我想到此后每一小时我更接近这一刻的到来。"

他原来已很靠近我,但他更移近一点。

"此外我还留开一份年金证。啊!数目自然不大,但在我已别无他法。这事拉贝鲁斯夫人全不知道。我把它放在我的书桌内,外面有一个信封套着,信封上是您的名字以及附带的说明。我可否把这事托付给您?我对这类事情完全外行,但我曾和一位律师谈过,他说这笔年金可以直接由我孙儿具领,但非到他成年后,证书上就不能正式换他的名字。我想看在我们情分上,希望您能从旁促其实现,也许对您并不是一个过分的要求。我太不能相信这些律师……或是,您为使我安心起见,不如现在就把这信封带走……行不行?……我去取来。"

他按着惯例迈着小步踉跄地出去了,回来时手上执着一个大信封。

"原谅我把信封已粘上了;这只是手续。您拿走吧!"

信封上在我的名字下,我瞥见用正楷书写的:"待本人故世后启封。"

"赶快放在您的口袋中,使我可以放心。多谢您……唉!我一直在等着您来……"

在这一种严肃的瞬间,我常感到自身中一切仁慈的情绪顿时会转成一种几乎是宗教的出神之感,一种热诚,一种使自身感到崇高,或是说得更切实一点,一种使自身超脱一切私利的联系,像是失去自己,失去一切个人的情绪。一个不曾有过这种实感的人,必然在这儿很难理解我的意思。但我觉得拉贝鲁斯倒是有同感的。一切在我这方面的客套与辞令都是多余的，不需要的，而且在我认为是不应该的，因此我只紧紧地握着他那只落在我手中的手。他的眼睛放射出一种异样的光辉。在另一只适才拿着信封的手上，他还有一张纸条：

"这儿是他住址，因为现在我已知道他在哪儿。'沙费'，这地方您可知道？这在瑞士，但我查了地图并没有找到。"

"是的，"我说，"这是近赛尔望的一个小村落。"

"这地方很远吗？"

"也许不至于远到我不能去。"

"什么！您打算去吗？……啊！您真是个好人！"他说，"我自己实在太老了。而且，因为他母亲的缘故……我也不能去。可是我觉得如果……"他踌躇着在搜索一个适当的字眼，"如果我只要能见到他，我就可以安心瞑目了。"

"可怜的朋友……我总尽一切人力所能做到的设法把他带回来。您一定能见到小波利，我答应您。"

"多谢……多谢……"

他激情地把我抱在他的手臂中。

"但您也得答应我不再去想……"

"啊！那是另一回事。"他顿时把我打住。而想不使我坚持，为转移我的注意力起见，立刻他换了话题：

"试想前些天一个以前我学生的母亲想请我去看戏！那已是一月前的事。是法兰西剧院的日场戏。二十年来，我已不曾踏进过戏院。那天上演的是雨果[①]的《欧那尼》。您知道

[①] 雨果，法国十九世纪浪漫主义作家。

这剧本？像是演得很不错，因为人人都看得非常出神。但对我，我痛苦得不能言喻。如果不是由于礼貌，我绝对等不到散场……我们是坐在一个包厢中。我的朋友们竭力劝我耐心一点。我真想诘问观众。啊！怎么可能？怎么可能？……"

最初我不明白他指的是什么，我就问：

"那些演员让您觉得可气吗？"

"当然。但他们怎么敢把这种猥亵的东西搬到舞台上去？……而观众反大声喝彩！而戏院中还有好些孩子们；做父母的明知这个剧本却还把孩子们带去……这简直是不可思议。而这样的东西竟在一个国家剧院上演！"

这一位老实人的愤怒颇使我想发笑。这时我简直忍不住大笑了。我向他争辩：任何戏剧艺术是不能不描写情欲的。他就反驳说，无论如何情欲的描写总是一个坏例子。这样，辩论继续相当时候；我就把激情的部分与乐队中的某种铜乐器的怒号作比：

"譬如说，贝多芬[①]某一交响曲中双管喇叭的加入，那您不是很叹赏的吗？……"

"但我并不叹赏，谁说我叹赏这种喇叭声？"他几乎盛怒地叫喊起来，"我怎么能叹赏我所讨厌的？"

他全身颤栗。他语调中的愤慨，或几乎可说是敌意，不但出于我的意外，而且竟使他自己感觉惊异，因为接着他就用一种很沉静的语调：

---

① 贝多芬，德国著名作曲家。

"您可注意到近代音乐最大的努力,即在使往日我们认为不调和的谐音听来可以忍受,或者竟使人感到某种愉快?"

"对呀!"我说,"最终一切都应转入和谐。"

"和谐!"他耸耸肩重复我的话,"在我看,这只是使人习惯作恶。以后感觉也迟钝了,纯洁也不要了,反应也差了,一切都容忍,接受……"

"依您这样说,人就不敢再给孩子们断奶了。"

但他并不理会我,只顾继续下去:

"如果人再能觅回少年时代那种不甘妥协的刚愎,那时使我们最感愤慨的恐怕就应是自身今日的情况。"

时间已不容许我们再来一次目的论的探讨,我企图把他引回本题:

"我想至少您并不主张把音乐减作唯一表现沉静的工具?如果这样的话,一个谐音就成,一个连续的纯谐音。"

他握住我的双手,出神地,目光消失在礼赞中,几次重复地说:

"一个连续的纯谐音,是的,正对,一个连续的纯谐音……"可是又黯然加上说:"但我们整个宇宙却正在不谐和的淫威之下。"

我向他告辞。他送我到门口,和我亲了亲,口中仍喃喃地说:

"唉!决定这谐音的来到可真不易!"

第二部 沙费

一

裴奈尔寄俄理维的信

老俄:

我先要告诉你,我已放弃会考。将来你没有遇到我,你一定就会知道。我预备在十月那期再考,一个唯一的机会让我出发去旅行。我毫不犹疑地接受了,而我并不后悔。当时事情非立刻决定不可,我连考虑的时间也没有,连和你去告辞也来不及。关于这一点,同时我的旅伴也嘱我向你表示他的歉意。因为你可知道把我带走的是谁?我想你一定已猜到……这人就是你那鼎鼎大名的舅父爱德华,我就在他到巴黎那天下午遇到他的,而且在一种极奇特而动人的境遇之下,这事以后我还得详细报告你。总之,这次的历险,一切都是那么奇特,当我此刻回想起来,我的头还在那儿直转。此刻我还不敢相信一切都是真的,我还不敢相信给你写信的就是我自己,而地点则是和爱德华同在的瑞士……好吧,反正都得告诉你,但你看后千万把这信撕毁,一切你自己知道就是。

试想这一位被你哥哥文桑所遗弃的可怜的女性,也就是那天晚上在你门口啜泣的那一位(而你真傻,竟不敢给她开门——原谅我的直白)却正是爱德华的至友,也就是浮台尔自己的女儿,你朋友阿曼的姊姊。实在我不应该把这一切告诉你,因为这与一个女人的名誉有关,但如果我一字不提,心中可又闷不住……我再次声明:千万别对人说。她才结婚不久,这事你知道;也许你也知道她结婚不久以后就生病,而以后上南部去疗养。就在波城,她第一次和文桑认识,这事也许你多少知道。但你所不知道的是这事还有后文。是的,老俄!你那位宝贝哥哥替她放进一个孩子去。她回巴黎时腹中怀孕,因此她不敢在她父母前露面,自然更不必提再回她夫家去。结果你哥哥把她抛弃了,其中经过,你早知道。我避免批评,但有一点可以告诉你,即是萝拉·杜维哀对他绝无一字的谴责或怨愤。相反,她自作种种解释,原谅他的行动。一句话,这实在是一个极难得的女人,一副少有的好心肠。同样称得上难得的,那就是爱德华。因为她既不知道做什么是好,又不知道往哪儿去,他就向她建议把她带往瑞士,同时他就向我建议陪他们同走,因为他自己对她完全出自友谊,所以如果两人单独旅行,在他感到极不方便。因此我们三人同走。这事是下午正五点才决定的,正好只有他自己收拾一下行箧,以及给我置备一点行装的时间(因为你知道我离家时什么也没有带)。当时爱德华为人的可爱是你所不能想象的,而他还不断地说帮他忙的是我。是的,老俄,你说的确是真话,你这舅父真可称得上是个人物。

　　这次旅行相当辛苦,因为萝拉已非常疲累,而为她身体着想(她已有三个月身孕),处处都得极度慎重,而我们决定去的地点（其中原因解释起来太长），到达却又相当困难。再者萝拉不肯自己小心，非别人勉强她不可，这使事情弄得更复杂。她不断地说：如果发生一点意外，在她是求之不得。由此你能设想到我们为她所费的种种苦心。唉！朋友，这真是一位令人敬佩的女性！和她认识以后，我自己感到判若两人。我不敢再有某些想头，我约束自己心头的邪思，因为否则我怕自己会不配站在她的面前。是的，在她身旁，你不自禁地会肃然起敬。但这并不妨碍我们三人间能谈笑自如，因为萝拉并不是那种矫作拘谨的女人——所以我们什么都谈；但你可以相信我，在她面前，多少以前我动辄打趣的事物，如今我把它们都看得非常严肃。

你一定会相信我爱上她了。老俄，你并没有猜错，这岂不疯狂？看我爱上了一个腹中有孕，而不用说是我所尊敬的女人，是我连用手指碰她也不敢的女人？你知道我并非登徒子……

历尽千辛万苦（因为车子无法上山，我们给萝拉雇了一乘轿子），当我们到达沙费时，旅馆却只能供给我们两间房间，一间双铺的大房间以及一间小的。在旅馆主人面前讲定那间小的留给我——因为不愿使萝拉露面，所以她和爱德华在表面上权作夫妇，但每晚住那小房间的是她，而我和爱德华同住在那间大房间内。为瞒过那些旅馆的侍仆，每天早上就得有一番大移动。幸而两间房间是相连的，这使事情比较好办。

我们抵此已六天。我拖延到今天给你写信，实在因为最初在这新环境中我有点感到身不自主,如今我才慢慢感到有点习惯,慢慢把我自己恢复起来。

爱德华和我已登过几次山,非常有趣。但实在说,这地方并不使我太喜欢。爱德华也有同样的感觉。他觉得这儿的景物太带"夸张"。实际也正是这话。

这儿最好的自然是空气,极度清新的空气,它使你的肺部感到舒畅。可是我们不愿长时间让萝拉独自留在旅馆,因为,不用说,她不能伴我们同行。旅馆中的生活也相当有意思。各国人都有。我们特别和一位波兰籍的女医生最有来往,她和她的女儿以及一个由她看护的小男孩在此度暑。而我们来此的原因,也可说就为探访这个男孩。这孩子神经有病,那位女医生在应用一种最新的治疗法。这实在是一个很可爱的孩子,但使这小东西最得益的,是他疯狂地爱恋着那位女医生的女儿;后者比他大几岁,而实在是我生平所见到的最美丽的小女孩。自晨至暮,他们从不分手。两个孩子相互非常和洽,因此没有人想到去打趣他们。

我还没有好好地工作过,而且从出发以来,连一本书也不曾翻开过,但思索得很多。爱德华的谈话非常引人入胜。他很少直接和我说话,虽然表面上他把我当作他的秘书,但他和别人闲谈时我总听着,尤其和萝拉谈得最多,他喜欢把他自己的各种计划告诉她。你不能设想我在其中所得的益处。有些天我对自己说,我应把这些谈话记录下来,但我相信我都记在心头。有些天我竭诚地想到你。我说在这儿的应该是你,但我对这次临在我身上的一切并不抱憾,也不希望有任何变动。至少请你相信，我并不忘怀仗你我才认识爱德华，而我今日的幸福全是你的赐与。当你再见到我时，我相信你会说我已变了；但我只能是你更亲密的朋友。

星期一

附笔：这时我们正登山回来。攀登雅拉岭——向导者用绳子和我们牵在一起，冰岩，绝壁，雪崩……夜宿一避身所，四围皆雪，与其余的那些旅行者挤在一起，不用说一夜未曾合眼。翌晨，黎明前启行……这次！朋友，我再不能说瑞士是个无味的地方。当你在那山顶时，极目不见耕作，不见草木，不见一切人间的贪婪，愚顽，你想放歌，大笑，啼哭，高飞，从天空跃下，或是肃然下跪。祝你愉快。

裴奈尔
星期三

裴奈尔为人太直爽，太自然，太纯洁，他对俄理维太欠认识，因此不疑心到这信会在俄理维心中掀起如许漆黑的妒恨，一种掺杂着忧愤、绝望与怒恨的潮浪。他自感同时在裴奈尔与在爱德华心中有着另一个人替代了他。他自己完全被他们两人间的友谊排挤出来。裴奈尔信中的有一句话尤其使他难堪，如果裴奈尔预先觉到这句话能在俄理维心中起这样的反应，他是决不会写上的："同住在那间大房间内"。他把这句子重复地自语着——而妒恨之蛇在他心头展开，绞绕。"他们睡在同一房间内！……"立刻他会有什么不能想到呢？他的脑筋中充满着种种不洁的幻想，而他竟不设法把它们驱走。他并不特别妒忌裴奈尔，或是妒忌爱德华，而是同时妒忌他们两人。他轮流地意想着这一个，一会儿又是那一个，一会儿又是两个在一起，而同时引起自己对他们的艳羡。他在正午时收到这信。"唉！原来如此……"以后他就一直反复地说着这句话。即晚，地狱之魔闯入他的心头。翌晨他就投奔罗培耳家。巴萨房伯爵正等待着他。

二

爱德华日记

我全不费力地找到了小波利。我们到后的第二天,他出现在旅馆的台阶上,在一架为旅客所设的望远镜口眺望远山。我立刻就知道是他。不久,一个比他长得稍高的小女孩跑到他身边。我坐在客厅敞开的玻璃窗前,离他们很近,因此他俩的谈话字字听得清楚。当时我很想和他说话,但我相信先和那女孩子的母亲有了接触比较来得谨慎。这是一位波兰籍的女医生,波利就由她在看护,她无时不在注意他的一切。小勃洛霞非常可爱,她大概已有十五岁。她那金粟色的长发束成发辫一直垂下腰际,她的目光和语声仿佛都是天使一样的。我记下这两个孩子的对话:

"波利,妈让我们别动那千里镜。你不愿意过来散散步吗?"

"是,我很愿意。不,我不愿意。"

这两句相反的话是一口气说出来的。勃洛霞只注意到第二句,便问:

"为什么不?"

"天太热，天太冷。"（这时他已离开望远镜。）

"波利，听话些！你知道我们一同出去妈妈一定很高兴，你的帽子放到哪儿去了？"

"Vibroskomenopatof, Blaf blaf."

"这是什么意思？"

"没有什么意思。"

"那你为什么说？"

"为让你不懂。"

"你说那根本没有意思，自然我懂了也无用。"

"但如果那算是有点意思，你也一样不会懂。"

"人说话是为让别人懂。"

"你可喜欢我们来造几个字，那些字只有我们两人能懂？"

"你先学好了法文再说。"

"我妈，她能说法文，英文，罗马文①，俄文，土耳其文，波兰文，意大利文，西班牙文，贝鲁文，齐齐都文。"

这一切说得非常快，像是在一种诗情的怒放中。

勃洛霞笑了。

"波利，为什么你整天胡说？"

"为什么你总不相信我跟你说的？"

"你跟我说真话时我就相信。"

"怎么你才知道是真话？你那天跟我讲天使时，我倒很相

---

① 现译为罗马尼亚文。——编者注

信你。勃洛霞,告诉我!你相信不相信如果我一心祷告,我也能看到天使?"

"也许你能看到他们,如果你以后不再说谎话,如果上帝愿意你看到他们。但如果你的祷告只是想看看他们,上帝就一定不让你看到他们。如果我们肯做好人,有很多好看的东西我们都能看到。"

"勃洛霞,你是个好人,所以你能看到天使。我总是个坏人。"

"为什么你总想做坏人?你肯过来我们两人到(这儿是一个我听不懂的地名),在那儿,我们两人一同祷告上帝和圣母救你不再做坏人。"

"是。不,听我说:我们去找一根棒,你拿一端,我拿另一端。我把眼睛闭上,我答应你到那儿以后我才把眼睛睁开。"

他们稍稍跑远了;而当他们跨下台阶,我还听到波利的声音:

"是,不,别拿这端。等我把它擦干净了。"

"为什么?"

"因为我已拿过。"

当我独自用完早餐,正在想法去接近莎弗洛尼斯加时,她却自动跑来了。她手上拿着我最近出版的一本书,这颇引起我的惊奇。她非常和蔼地微笑着,问我她荣幸地见面的是否正是那书的作者;立刻她就对我的书加了一番赞许。她的意见,她的颂扬与批评,在我认为比我一向所惯听的高明得多，虽然她的观点完全不是从文学出发。她对我说她所唯一感兴趣的是心理的以及一切有关阐明人性的诸问题。但她又加上说:"真能抛弃现成的心理来写作的诗人、戏曲家，或是小说家实在不可多得。"(我就对她说:"能使一般读者满意的唯有这种现成的心理。")

小波利是他母亲托咐给她同来过暑假的。我尽力不显露自己所以对他感兴趣的原因。"这是一个极柔弱的孩子，"莎弗洛尼斯加夫人对我说，"他母亲来往的社交界对他全无益处。她最初说和我们同来沙费，但我不能接受管理这个孩子，除非她完全把他交给我，否则我的治疗是不会见效的。"

"试想，"她又接着说，"她使这小东西生活在一种不断兴奋的状态下，这只能更增加他神经的失常。自从他父亲去世以后，他母亲就只能自己谋生活。她是个钢琴家，而我可以说，她的演奏是很难有敌手的，只是一般的听众不能欣赏其中的微妙。她就决定在音乐会中，在游艺场中，在剧院中演唱。她把波利带在一起；我相信这孩子的失常不能不归咎于这种戏院中不自然的气氛。他母亲非常喜欢他，但实在说来，如果能让他和他母亲分离，对他倒是更好的。"

"他究竟发生了什么?"我问。

她笑了:

"您想知道的是他的病名？唉！如果我背一个好听的学名对您也是一样。"

"就请您告诉我他病的是什么。"

"他犯种种小毛病、怪习、幻想，即是一般所谓一个神经质的孩子。而普通治疗都着重注意卫生以及使病者能在新鲜空气中休养。其实一个健全的体格是不会让这些毛病自由发展的。体质虚弱固然能助长这些毛病，但它们所以发生却并不一定由于虚弱的缘故。我相信这种病症的根源往往种下在一个人生活中所受到的某件事情的打击，而我们需要设法去发现的就是这件事情。病者只要知道他致病的起因，他的病也就一半治愈了。但这种起因病者自己往往记不起来，它像隐匿在病的阴影中。我的工作就是要在这隐蔽后面去探找致病的起因，设法把这起因放在阳光下，也即放在我们视觉可及的境地。我相信正像光能澄清污水，同样，明晰的目光不难洞烛病者的内心。"

我就告诉莎弗洛尼斯加昨天我所窃听的波利与她女儿的谈话，从那谈话看来，我觉得波利离治愈的阶段似乎还远得很。

"这就因为我对波利已往生活中必须认识的一切还嫌不足。我开始这种治疗还是不久以前的事。"

"您所用的是什么方法呢？"

"啊！简单得很，我就让他自己随意谈话。每天我在他身边消磨一两个钟点。我试着问他，但问得很少，因为最重要是取得他的信赖。我已经知道好些事，我正在探究很多别的。但那小东西还在自卫，他怕羞；如果我太坚持，如果我不觅取他的信赖，结果一定会和我所预期的相反，即是无法使他自己尽情吐露。他会反抗。所以在我未能克服他的审慎与拘谨以前……"

她所谈的这种讯问方式在我认为相当偏执，使我忍不住不起抗议；但我的好奇心胜于一切。

"您的意思是您等待着这小东西会告诉您一些不洁的秘密？"

如今是她抗议了：

"不洁？在诊察中就无所谓洁与不洁。我需要知道一切，而尤其是人们最想隐瞒的一切。我必须设法使波利自供。在没有完全知道他过去以前，我是无法治愈他的。"

"那么您猜想他有可以向您供认的事？原谅我，我的意思是您是否能自信他所供认的不正就是您自己所暗示他的呢？"

"自然我必须不断地预防这一点，这正是所以使我滞缓的原因。我见到一些笨拙的法官无意地给孩子很多意想的证据，而诘问之下，这孩子就自然地撒起谎来，一口咬定是他自己所亲历的，而使很多想象的罪状成立了实证。我的职务是让孩子自己无意中吐露出来，而绝不从旁给以暗示。因此非有极大的耐心不可。"

"我认为这儿所用的方法其效力完全须看执行者自身的价值而定。"

"这话我不敢说。不过我可以对您保证，当您有过相当时间的经验以后，您不难把握住一种特殊的智巧，一种预知，或是说一种直觉。自然有时也很可能扑空；重要的是不应太固执于某一点。譬如说，您可知道每次我们谈话是怎样入手的？波利总先告诉我他夜间所做的梦。"

"谁知道也许他的梦就是造作的？"

"而如果他真造作？……一切由病者的想象所造作的全是带有启示意味的。"

她停了一忽儿，又接着说：

"'造作'，'病者的想象'……不！这都无关。我们每每受字面的拘束。波利在我面前简直就是一面做梦一面说话。每天早晨他总有一个钟点在这种半醒的状态下，那时在脑筋中所出现的种种意象往往不受我们理智的支配。它们的结合并不依照正常的逻辑，而全借机遇的化合。它们应顺着一种神秘的内在的要求，而这种内在的要求正是我最需要知道的；所以我在一个孩子的这些呓语中听得的启示远胜于一个最理解这些问题的人所下的缜密的分析。天下不少事情超出理性的支配，所以一个想理解生活的人，如果只应用他的理性，就正像想用火钳能把火钳住的人一样。结果留在他眼前的只是那瞬息即灭的一片木炭。"

她又停住了，顺手翻着我的那本书。

"你们对于人性的理解是真够肤浅的。"她喊出来，突然她又笑着加上说，"啊！我并不特别指您。当我说：你们，我的意思是：你们小说家们。你们小说中的人物大都是临空构成的，他们既没有一个基础，也没有一个可以落脚的地方。我倒相信能把握真理的还是诗人；一切仅借智力所创造的全是假的。但我此刻所谈的实在于我自己无关……您可知道我对波利所以无从入手的缘故？就因为我相信他是非常纯洁的。"

"为什么因此反使您无从入手？"

"因为在这情况下我就无从探发病之所在。像他那种神经上的错乱,普通十有九次都源由于一种羞于告人的秘密。"

"也许这种秘密我们人人都有,"我说,"但幸而它并不使我们每人都得病。"

正当这时,莎弗洛尼斯加夫人看到勃洛霞从窗前经过,她就站起身来,指着她女儿对我说:

"您看,外面的那位才真是波利的医生。她在找我,我得去瞧瞧,但我相信我们以后还有再谈的机会,是不是?"

事实上我很懂得莎弗洛尼斯加所责备于小说的一切;但这儿她忽视了某些艺术上的理由,某些更高的理由。这使我想到一个好的小说家决不是一个高明的自然科学家所能承当的。

我已把萝拉介绍给莎弗洛尼斯加夫人。她们似乎很能投合,因此我也感到很愉快。有时当我知道她们在一起闲谈时,我可以一无挂虑地离去。我所抱憾的是裴奈尔在这儿找不到一个适当年龄的同伴,但至少他有会考需要预备,这样每天也可以消磨他几个钟点。我自己可以继续从事于我的小说。

三

虽然双方"各尽其力",但除了表面以外,骨子里爱德华与裴奈尔中间始终有着间隙。同时萝拉也并不感觉满意。而实际她怎么能满意呢?环境迫她扮演这一个与她天性相反的角色,她的诚实使她无法胜任。像那些命定做贤妻的温顺的女性一样,她需要种种礼仪当作自身的支柱,一旦失去了这些,她就感到软弱无措。目今她与爱德华的相处愈来愈使她不自然起来。最使她痛苦,而在她每一思及所最不能忍受的,即是自己全仗着这位保护者生活,或是说,自己无以图报;或者说得更确切一点,即是爱德华从未向她索取任何代价,虽然在她自己是预备着什么都可以允诺的。蒙田[①]曾引塔西佗[②]的话:"恩惠只在清偿的条件下,受者才是舒服的。"无疑这话仅适用于一些心灵高贵的人们,但萝拉自己就正属于这一类人。她正愿有赐于人,而结果她却不断地受人之赐,这才引起她对爱德华的反感。而且,当她回忆昔日的一切,使她感到颇受爱德华的愚弄。爱德华唤醒了她心头的爱,既而径自离去,徒使这爱情在她心中根深蔓延,却无所依从。日后她种种的过失:顺从着爱德华的劝告与杜维哀结婚,以及婚后不久一无考虑地受

---

① 蒙田,法国十六世纪思想家和散文作家。
② 塔西佗,古罗马历史学家。

春情的诱惑，其潜在动机，不皆发轫于此？因为，她自己不能不承认，当她在文桑的怀抱中，她所寻觅的仍是爱德华。但由于无以解释她这位恋人的冷淡，她就觉得应负这责任的是她自己，以为如果她长得更美，或是更果敢一点，她应该能制胜他；同时，由于无法怨恨他，她就自怨、自辱、自蔑起来，觉得自己一无德性，一无自容的理由。

再加由于卧室问题使他们不得不东西歇宿，这在她的同伴们也许很有意思，在她却颇感有失身分。她觉得很难长此以往，但也无从考虑妥善的办法。

萝拉惟有以居母居姊的地位对裴奈尔的爱护中汲取些微的慰藉与喜悦。她很体会到这俊秀的少年对她的敬慕。这一种对她的爱重又挽救了她对自己的轻视与菲薄，使她不致踏入任何最怯弱的人在同一心境下可能果决地踏入的绝途。每天早晨，当裴奈尔不在黎明前出去登山（因为他爱早起），他就在她身边温习两小时英文。他在十月间应该参加的会考正是一个适当的借口。

至于他的秘书职务实际只是一个空名，用不着他花去多少时间。当裴奈尔最初接受这职位时，他幻想着自己已坐在一张办公桌前，替爱德华笔录腹稿或是誊清稿件。但爱德华从不令人笔录；至于他的文稿，如有的话，也始终锁在箱内。一天内任何时间裴奈尔都可以自由支配。他的工作热诚只等待着爱德华能善为利用，因此对于他自己的假期，以及由于爱德华的慷慨使他能有这相当舒适的生活，这一切他都不以为奇。他决定不让他自己多作疑虑，我不敢说他相信神明，但至少他相信他自己的命运,而他认为正像他肺部所呼吸的空气一样,某种幸福对他是应得的。爱德华即是这幸福的赐与者,正像波舒埃所谓宣教师是圣理的赐与者一样。此外,裴奈尔把现状看作是一时的,只要他对自己所估量的才具能得显身的机会,他自信不难有清偿的一天。颇使他忧愤的,是爱德华不曾赏识他某部分天资上的特长,而他认为这正是爱德华自己所缺少的。"他不知道善用我,"裴奈尔那样想着,一面隐忍住自己的自尊心,但立刻又达观地加上说,"管它!"

果尔,爱德华与裴奈尔之间的隔膜又自何而起?在我看,裴奈尔正是那种在对抗的形势下才能保持自信的人。他不能忍受爱德华对他所处的优越地位,因此每当须受对方的影响时他就抵抗,而爱德华本无约束裴奈尔的意思,因此对他的执拗以及随时准备自卫或至少自避的态度,倒反交替地感到自恼自苦起来。他自问这事是否正是他自己的荒谬:把这两人带在一起而结果却使他们联合起来对他反抗。无法洞彻萝拉内心的秘密,他把她的退让与隐忍看作是对他的冷淡。如果他真把她的情感看清楚了,那时他会更感烦恼,这一点萝拉自己很明白;所以她只能把这被弃的恋情尽量地敛忍掩饰。

用茶的时候三人总同聚在那间大卧室内。由于他们的邀请,莎弗洛尼斯加夫人也常一同加入,尤其在波利与勃洛霞出去散步的日子。虽然两人都年幼,她却很让他们自由;她对勃洛霞极信任,知道她是一个很谨慎的女孩子,特别当她和波利在一起,而波利也特别听从她。地点也颇安全,因为他们决不会冒险入山,或是攀登旅馆附近的巉崖。那天两个孩子得了允许,答应顺着大路上冰岩山脚去玩,莎弗洛尼斯加夫人被邀用茶,而且受裴奈尔与萝拉的怂恿,就大胆地要求爱德华报告一点关于他在计划中的小说,如果这对他并不讨厌的话。

"那没有关系,不过我也没有什么可讲。"

但当萝拉问他(显然问得太不恰当)"这书大体与什么相仿",他就几乎生气了。

"与什么也不相仿!"他叫着说。但他立刻接下去,而且似乎本就等待这种挑衅似的:"为什么再做别人先我而做的,或是我自己已早做过的,或是别人和我一样能做的?"

爱德华才说完这话,却又觉得有点失言。他深感自己语意的荒谬与失礼,或是至少他怕使裴奈尔会发生这种印象。

爱德华是一个异常敏感的人。每当人和他提及他的工作,尤其是让他报告他自己的工作,他就立刻感到狼狈不堪。

他一向蔑视作家们惯有的自负,因此特别苛于责己;但他很愿受人器重以作自己谦逊的报偿。失去这器重,谦逊也就化为乌有。裴奈尔的尊敬是他所最重视的。是否由于想博得他的尊敬,爱德华在他面前才显得那么焦躁不定?爱德华自知结果会适得其反,他知道而他不断地自作警戒;但不拘具有任何决心。当他在裴奈尔面前时,他的举动立刻正和他的心愿相反,他就立刻感到自己语调的荒谬(而实际确是如此),如说他是爱他的缘故,则又从何说起?……但不,我并不相信。小小的一点虚荣,正和大量的爱一样,足够使我们变得矫饰。

"难道因为在一切文学门类中,小说始终是最自由,最

lawless[①]……"爱德华发着议论,"难道由于这缘故,正因为畏惧这种自由(因为那些追求自由最烈的艺术家,当他们得到自由时,往往最易惶惑不安),所以小说始终那么胆小地紧揪住现实?我并不单指法国小说。俄国小说和英国小说也一样,不拘它如何超脱约束,结果仍逃不出摹拟一途。它唯一的企图,也就是更接近自然一点。小说从不曾有过像尼采[②]所说的'外围突破',或是像希腊剧作家的作品与法国十七世纪的悲剧,由于自愿与实生活隔离而产生一种风格。是否你们还能举出比这些更完美、更近人情的作品?但正因为深入人情,所以它们无须以此表彰,或是至少无须表彰自己的真实性。而这才称得上是一件艺术品。"

爱德华已站起身来,由于太怕自己像在课堂中讲解,一面说,一面他就倒茶,以后又来回地走,以后又挤一点柠檬汁放在茶中,但仍继续着说:

"因为巴尔扎克[③]是一个天才,又因为每个天才对他自己的艺术都另创一种确切与唯一的解答,人就传言,认为小说的真髓即在'与户籍争雄'。巴尔扎克建立起他的作品,但他从不自称替小说立下法典,他那篇关于司汤达[④]的文章就是一个明证。与户籍争雄!好像世间还不曾有太多的张三李四!试问我与户籍何关?户就是我自己,艺术家;有籍或无籍,我的作品决不与任何事物

---

① 英语:无法则;无成规。
② 尼采,德国十九世纪哲学家。
③ 巴尔扎克,法国十九世纪小说家。
④ 司汤达,法国十九世纪小说家。

争雄。"

爱德华更加兴奋,但也许是稍带做作的,便又坐下。他装作绝不注意裴奈尔,实际他每句话都是为他而说的。单独和他在一起,他就说不出话;因此他颇感激这两位女太太的鼓动。

"有时我感到在文学上没有能比,譬如说,拉辛[①]作品中米特里达特[②]和他儿子们的那段论争更使我喜欢,谁都知道从没有一个父亲和他的儿子们可能有这样的对话,但任何父子都能(而我更应说:定能)认出自己的面目来。局部的和特征的描绘必然多加上一重限制。没有一种心理真相不是特殊的,这话固然很对;但一切属于艺术的却都是普遍的。所以,整个问题就在这儿:由特殊来表达一般;使一般由特殊中表达出来。你们允许我点上烟斗吗?"

"请便,请便。"莎弗洛尼斯加说。

"对了,我所希望的一本小说就要像《阿达利》[③],《伪君子》[④],或是《西那》[⑤]那样,不离现实,同时可又不是现实,是特殊的,同时却又是普遍的,很近人情,实际却是虚拟的。"

"而小说的主题?"

"它用不着主题,"爱德华紧接着说,"也许最使人惊奇的就在这点。我的小说没有主题。自然,我知道我这话听来颇显愚蠢。

[①] 拉辛,法国十七世纪剧作家。
[②] 米特里达特是拉辛悲剧《米特里达特》中的人物。
[③] 《阿达利》(现译为《阿达莉》。——编者注)是拉辛悲剧之一。
[④] 《伪君子》是法国十七世纪喜剧作家莫里哀名剧之一。
[⑤] 《西那》(现译为《西拿》。——编者注)是法国十七世纪剧作家高乃依名剧之一。

如果你们愿意的话，我们就说其中没有一个唯一的主题……像自然主义文学派所谓'生命的一切片'。他们最大的缺点就在把刀始终切在同一方面，也即时间的纵面。但为什么不切在幅面？或是往深的方面？在我，我就根本不愿动刀。请你们明白我的意思：我要把一切都放入在这本小说内，决不在材料上任意加以剪裁。自从我开始干这工作，一年以来，一切我所经历的我全放在里面，或是设法使它加在里面：我所见的，我所闻的，一切由我自己或是由别人的生活中所知道的……"

"而这一切都使它合乎文体？"莎弗洛尼斯加装作极感兴趣地说，但无疑语意中稍带讽刺。萝拉无法忍住微笑。爱德华略微耸一耸肩，接着说：

"但我的计划并不止此。我是想一面采纳现实，一面衬托出刚才我所说的：使现实文体化时所下的苦心。"

"可怜的朋友，您会把您的读者们窒闷死的。"萝拉说着，已无法隐藏她的微笑，就索性大笑起来。

"不见得。听我说，为得到这种效果起见，我用一个小说家当作小说中的中心人物；而这书的主题，如果你们一定要有一个主题的话，正就是小说家如何把眼前的现实用作他小说中的资料时所起的一种挣扎。"

"是，是，我大体懂得您的意思，"莎弗洛尼斯加几乎已被萝拉的笑声所引动，但很客气地说，"这可能是一本相当奇特的书。但您知道，在小说中放入一些知识分子总是一件危险的事。他们会使读者头痛。从他们口中所出的谈吐又不能不是一些废话，而一切与他们所接触的，必然带着一种抽象的气氛。"

"而不用说，我知道结果是什么，"萝拉叫着说，"您小说中的小说家除了描写您自己以外，您再没有别的办法。"

近来当她和爱德华说话时，每取这种讥刺的语调，她自己也很奇怪。而尤其使爱德华难堪的是他在裴奈尔阴险的目光中窥出某种响应。爱德华立即抗议：

"但不，第一我得想法使这小说家是一个很不可爱的人物。"

萝拉更进迫一步。

"对！人人都可以认识这就是您自己。"她大笑着说，这坦直的笑声把其余三人也都引笑了。

莎弗洛尼斯加竭力恢复正经，问道：

"那么这书的计划已定妥了？"

"当然没有！"

"什么！当然没有？"

"您应该明白，一本这样的书，根本就不可能有所谓计划。如果事前我先有任何决定的话，一切都将显得非常做作。我就等着按现实给我的吩咐做去。"

"但我相信您的意思是要和现实隔离。"

"我的小说家想躲避现实；但我自己，我将不断地使他正视现实。实在说，这就是书的主题：现实所提供的事实与理想的现实这两者间的一种斗争。"

他语意的不合逻辑是很显然的，且也无从掩饰。事实很清楚：在爱德华脑筋中潜伏着两种互不相让的要求，他耗尽心计想把它们调和起来。

莎弗洛尼斯加又和气地问道：

"您这工作已很有进展了吧?"

"那看您怎么说。其实,说到书的本身,我还一行也未曾动笔。但我已费过很多力。每天我都不断地想。我的工作方法非常特别,我可以告诉你们:我在一本小册子上逐日记下这小说在我脑筋中的演变。是的,这是我保存的一种日记,正像大人替孩子所记的日记一样……换句话说,我并不以克服困难就算满足,每种困难,各种困难(而一切艺术品都不外是解答无数大小难题的总和或产物),我都加以研究,加以说明。也可以说这小册子的内容即是随时对我自己的小说或是对一般的小说的批评。试想如果狄更斯①或巴尔扎克也曾同样保留这样的小册子,这对我们该多有兴趣。如果我们能有《情感教育》②或是《卡拉马佐夫兄弟》③的日记!这些书的萌芽及其写作经过!这一定会非常动人……而比作品本身更有兴趣……"

爱德华巴不得他们要求他宣读他自己的这些日记。但三人中竟无一理会。相反,萝拉却惋惜地说:

"我可怜的朋友,这本小说,我早看出您是写不成的。"

爱德华咆哮起来:

"好吧!但我可以对您说这话:书的成败于我无关。是的,如果我不能把这书写成,那因为这书的写作经过比书本身对我更感兴趣;至少这写作方法自有它的地位,而这已很够了。"

---

① 狄更斯,英国十九世纪小说家。
② 《情感教育》是福楼拜的小说之一。
③ 《卡拉马佐夫兄弟》是俄国十九世纪小说家陀思妥耶夫斯基的小说之一。

莎弗洛尼斯加低声问道：

"您不怕离去现实会迷失在极端抽象的领域？这结果不是一本活人的小说，而是一本思想小说？"

爱德华加重地回答：

"那就最好！由于那些笨伯们的迷误，难道我们从此一笔抹煞思想小说？冒着思想小说的名，至今人所供给我们的，实际仅是那些可诅咒的论文小说。但你们很明白，这完全是两回事。思想……我承认我对思想比对人更感兴趣，比对一切更感兴趣。思想有它自己的生命，有它的斗争，它们和人一样，能痛苦呻吟。无疑，人可以说，我们认识思想还是由于人的缘故，正像我们看到芦苇摇头才知道那儿有风经过；但风本身毕竟比芦苇更为重要。"

"风并不借芦苇而存在。"裴奈尔试探着说。

爱德华早等待着他的插言，这时便更兴奋起来。

"是的，我知道，思想须借人才能存在；但感人的地方就在这点：人不能不为思想牺牲。"

裴奈尔自始至终静听着爱德华的议论。他自己是个持怀疑论的人，在他看来，爱德华几乎就是一个妄想者；可是在最后的瞬间，爱德华的雄辩颇使他感动。他觉得自己的思想一度受到动摇。但他想：风过后芦苇不久就又抬起头来。他记起在课堂中念过：支配人的是欲念，并非思想。这时爱德华又接下去说：

"我想取法的是颇像音乐中赋格曲的那种技巧。我想不出在音乐中可能的，何以在文学中就一定不可能……"

莎弗洛尼斯加就答辩，说音乐是一种数理艺术，而且像巴赫的曲子一样，排除感情与人性，完全以音律作出发，结果成功一种沉闷的抽象的杰作，一种艺术的宫殿，除了极少数的内行以外，别人不得其门而入。爱德华立即抗议，他认为这宫殿是最堪惊叹的，是巴赫毕生最高的成就。

"从此以后，"萝拉补充说，"人也就不再想起赋格曲来。人类的情感从那儿排挤以后也就另觅归宿了。"

机巧微妙的用字开始替代了辩论。一言不发的裴奈尔，这时已在椅上烦躁起来，他再忍耐不住，便用他对爱德华说话时那种一贯极度尊敬而又颇带玩笑的语调说道：

"先生，原谅我知道了您的书名，好在对这过去的冒失您已不以为意。但这书名很像预示着一桩故事似的？……"

"啊！快告诉我们是什么书名。"萝拉说。

"亲爱的朋友，如果您愿意的话……但我先告诉您，我很可能再改书名。我怕这原来的易生误解……好吧，裴奈尔，请您告诉她们。"

"我可以吗？……《伪币制造者》，"裴奈尔说，"但如今，再请您告诉我们：这些伪币制造者……究竟是指哪些人呢？"

"那我也不知道。"爱德华说。

裴奈尔与萝拉默默相对，两人的目光同时又转向莎弗洛尼斯加。有人长声叹息；我想大概准是萝拉。

实在说，爱德华所谓伪币制造者，最初指的是他的某些同行，而特别是巴萨房伯爵。但不久涵义转移得很广，随着灵机来自罗马或是别处，他的主人公或成神甫或成党羽。如果任他的脑筋自由活动，立刻它就在抽象中活跃起来。逐渐，兑换、贬值、通货膨胀等意象侵入他的书中，正像卡莱尔①在他的《旧衣新裁》中，关于服装的种种理论侵占了人物的地位。爱德华不能把这一切明说，只好呆呆地不发一言，而这不知所对的沉默使其余三人都局促起来。最后他便问道：

"你们手上曾用到过假钱吗？"

裴奈尔说"是"，但他的回答被两位太太的"不"遮没了。

"好吧！设想这儿是一枚十法郎的金币，而它是假的。因此实际它只值几分钱。但只要你不发现它是假的，它就值十个法郎。我就从这意境出发……"

"但为什么用一种意境作出发？"裴奈尔焦切地把他的话打断，"如果您一开始就详细地陈述一件事实，意境自然就能包含在里面。我要写伪币制造者的话，我就先把这假钱提出来，就是您刚才所说的……而这儿就是。"

说着，他就从裤袋中掏出一枚十法郎的小金币拿来掷在桌上。

"您听这声音多好！几乎和真的完全一样。您可以赌咒说它是真的。今天早晨一个开食品铺的人混用给我，我一点没有发觉，正像他说当时混在他手上时一样。我相信份量是有差别的，但它的光彩很好，而声音几乎和真的一样；外面涂的是金，所以实际几分钱倒不够，但内部是玻璃做的。用久以后，它就变作透明。所以别擦它，否则您会把它弄坏。您看边上已经有点不成了。"

爱德华已把它取在手中，一面细心地赏玩着。

"但那开食品铺的人是从哪儿得来的呢？"

---

① 卡莱尔，英国十九世纪作家。

"他已不知道。他相信这假钱在他抽屉中已有好几天。他故意开玩笑混用给我,想着我是否会受骗。我正要接受,但那个人很诚实,他就向我说破了,以后我花五个法郎把它买来。他想保留起来拿给他所谓的'业余鉴赏者们'看。我想其中最有资格的自然是《伪币制造者》的作者。所以特意把它买了回来。但如今您已仔细看过,就请还给我吧!很可惜,我看出现实对您并不发生兴趣。"

"那倒不,但现实使我感觉不安。"爱德华说。

裴奈尔就接着说:

"这可真是憾事。"

爱德华日记

莎弗洛尼斯加、裴奈尔与萝拉询及我的小说。为什么我竟随便发表了意见?而我所说的却又全是些废话。幸而两个孩子的回来把谈话打断。他们像是跑了不少路,气急得满脸通红。勃洛霞一进门,就扑在她母亲身上。我想她一定是受了什么委曲。

"妈,你该教训一下波利。他要光着身去躺在雪地上。"她叫着说。

莎弗洛尼斯加转向波利。他低着头站在门口,目光中颇带怨恨。她装作没有理会到这孩子异样的表情,很委婉地说道:

"波利,这在晚上是不应该的。你喜欢的话,明天早晨我们同去;而且你先可以光着脚试一试……"

她温柔地抚摸着她女儿的前额,但后者突然倒在地上,开始痉挛。我们都相当受了惊。莎弗洛尼斯加把她抱起,让她躺在一张沙发上。波利站在那儿张大着眼,出神地看着这一场风波。

我相信莎弗洛尼斯加的教育方法在理论上是值得赞许的,但对孩子们的抗拒,她的认识也许嫌欠缺一点。

事后当我单独和她在一起时(因为勃洛霞没有下楼来用餐,所以餐后我就上楼去探问消息),我对她说:

"您似乎太相信以善制恶。"

"的确,"她回答我说,"我坚信善能制胜。这我颇有自信。"

"可是,正因自信太强,有时您会错误……"

"每次我的错误,就都因为自信还不够强的缘故。今天当我让孩子们出去时,我对他们显露了一点不安,他们也觉到,所以就发生出事情来了。"

她握住我的手,说:

"您像不很相信感悟的功效……我的意思是:由感悟而生的实际力量。"

"的确,"我笑着说,"我不是神秘主义者。"

她就非常感奋地大声说:

"我自己,我衷心地相信,没有神秘主义,这世间也就无从产生任何伟大的、美的事物。"

在旅客登记簿上发现维克多·斯托洛维鲁的名字。据旅馆主人的报告,他在这儿差不多住了一个月,而是我们到的前两天才离开沙费的。否则我倒真想能再见到他。莎弗洛尼斯加也许和他认识。我可以向她探听一下。

四

"萝拉，我早想问您，"裴奈尔说，"您看是否在这世间能有任何不容置疑的事物？……我竟怀疑是否我们可以用'怀疑'作为凭借；因为我想，至少'怀疑'永远是可以存在的。我可以怀疑一切事物的真实性，但我不能怀疑我自己'怀疑'的真实性。我希望……如果我的话说得太带学究气，千万请您原谅；我本性是最不带学究气的，但我学的是文哲，而您不能相信这些不断的论辩怎样地在我脑筋中养成了习惯。我向您发誓以后我要设法纠正。"

"但为什么来这一套？您所说的希望？……"

"我的希望是写一本关于一个人的故事。这人最初有任何决定必先和人商量，向人请教，正像巴奴日①一样；但经验告诉他，各人对任何事物的意见都是互相矛盾的，他就立计除自己以外不再听别人的话。一跃他就变成一个非常坚强的人。"

"这是老年人的一种计划。"萝拉说。

"我比您所设想的懂事得多。几天以来，我和爱德华一样，预备了一本小册子。每当我可以找到两种相反的意见时，我就把正

---

① 巴奴日，是法国十六世纪小说家拉伯雷的长篇小说《巨人传》中的一个人物。

的写在右页，反的写在相对的左页。譬如说，那天晚上莎弗洛尼斯加告诉我们，她让波利与勃洛霞开窗而睡。的确，她当时的解释我们认为完全合理。但昨天在旅馆的吸烟室中，我听到那位新到的德国教授正持相反的论调，而我承认他所说的更为合理，更有论据。他说睡眠的时候，最重要的是尽量减少消耗以及限制生命的对流，即是他所谓碳化；只在这种情况下，睡眠才真养神的。他列举鸟类把头躲在羽翼下，以及一切动物都蹲伏而睡，为的减少呼吸；他说和自然最接近的居民也有同样的情形，无知识的乡下人夜间都隐匿在屋角中，阿拉伯人非在露天宿夜不可时，就把斗篷的兜罩在面上。但当我再回想到莎弗洛尼斯加以及她在管理的两个孩子，我觉得她的办法也没有错，而对别人有益的，对这两个也许反而有害，因为，假如我没有弄错，这两个孩子似乎都有初期肺结核的症状。总之，我想……但我使您厌倦。"

"请您不必多心。您刚才说？……"

"我已忘了。"

"啊！他赌气了。……别怕羞，尽管说出您的意思来。"

"我刚才说，任何事物只能对某一部分人，而决不能对人人都是有益的。任何事物，除了相信者自己以外，决不能让人人都认为是对的；也没有任何方法或理论可以笼统地应用在每一个人身上。因此，做任何事，如果有选择的余地，我们至少可以自由选择；如果不能自由选择，事情就更简单。这一切对我是如此（我不说绝对如此，而对我是如此），在这情形下我才能尽量发挥我的能力。我憎恨游移，因此我不能同时再持怀疑。蒙田的'软枕'对我的头并不适宜，因为我尚无睡意，且也不愿休息。从以往我所理想的到今日我所经历的，这其间的过程很长。我怕有时自己起身得太早。"

"您怕？"

"不，我什么也不怕。但您可知道我已变得很多，或是至少我今日的心境与当日离家时的已全不相同。自从遇到您以后，立刻我就放弃追求我所憧憬的自由。也许您不很知道我完全听着您的指挥。"

"这是什么意思？"

"啊！您早明白。为什么您要追问？难道您还等待我的招认吗？啊，我恳求您，别隐匿您的微笑，我受不了。"

"您看，好孩子，至少您的意思并不是说您已开始对我有了情感。"

"啊！我并不是开始，"裴奈尔说，"也许您自己才开始觉得就是；但您不能阻止我。"

"以前我对您一无顾忌，这对我是最愉快的事。此后如果随时我都须要提防，像是对一团燃烧着的火似的……但请您想想，不久我就会大腹便便，我相信单就这畸形的外表就足够把您医好。"

"这是对的，如果我所爱的只是您的外表。而且第一我没有病。如果爱您就是病，那我宁愿永远生病。"

他说这话时非常严肃，几乎带着悲哀。爱德华或杜维哀从没有像他那样温柔地注视过萝拉，而且目光中的敬意使她决不致认作轻蔑。她随手翻弄着放在她膝上的一本英文书，谈话已使他们的阅读中断。她并不像在倾听，这反使裴奈尔能不太局促地继续说下去：

"我以前把爱情幻想作火山那样的东西,至少我以为我自己的爱情应该是属于这一类的。是的,当时我相信我只能粗暴,毁灭,拜伦①式地爱一个人。但我对自己的认识是多么错误!萝拉,您使我认识我自己,而他和我以前所自信的又那么不同!过去我扮演着一个可怕的人物,而我尽力使自己和他相似。如今当我想起我离家前给我父亲留下的那封信时,我感到万分惭愧。过去我自认是个叛徒,一切阻挡我的欲望的,我就把它打倒;但如今,在您身前,我连欲望也没有了。我曾追求自由像是一件至高的财宝,但我才得自由,却立刻又来拜倒在您的……唉!如果您知道这些印在脑筋中的文人的套语够多令人恼怒,当自己想表达一种真实的情感时,它们就都挂在口边。但这情感对我是那么新奇,我还想不出要如何表达才好。既然您讨厌用爱情这两个字,姑且就说这是一种倾慕。以前我所认作超越一切的自由,您的权力已把它拘禁起来。一切我内心的暴躁,乖戾,都和谐地围绕着您舞蹈起来。一切与您无关的思虑我都把它抛开……萝拉,我并不要求您爱我;我还只是个中学生,我不配您的注意,但如今我唯一的努力,就是为不辜负您对我的……(唉!这一个讨厌的名词!)……器重。"

他跪下在她跟前,虽然她早把椅子往后退避,裴奈尔的头已贴着她的衣裾,他双手垂在身后,适成一种膜拜的姿势;但当他觉到萝拉的手按在他的额前时,他把自己的嘴唇紧吻在她的手上。

"裴奈尔,您多孩子气呀!我自己也并不是自由的人。"说着,

---

① 拜伦,英国十九世纪浪漫派诗人。

她把手缩回。"好吧,您不妨读这信!"她从内衣中取出一张折皱的纸,递给裴奈尔。

裴奈尔最先就瞥见信上的署名。他并没有猜错,这信是法里克斯·杜维哀写的。他把信执在手上,并不立即阅读。当他抬头看萝拉时,她已满脸是泪,裴奈尔顿时感到自己心中又失去一种情谊,一种我们各人对自己、对往日的自我所联系的微妙的线索。他开始读信:

萝拉吾爱:

  为此行将坠地之婴儿,余立誓喜爱此子一若己出,务恳从速回家。如能回来,余绝不追究既往。毋自责过甚,此徒增余之伤痛耳。余以至诚盼汝归来,万勿再作观望。

裴奈尔在萝拉面前席地坐着,他避开她的目光问道:"您什么时候收到这信的呢?"

"今天早晨。"

"我还以为他一切全不知道。您曾给他去了信吗?"

"是的,我已把一切都向他承认了。"

"爱德华知道吗?"

"不,他不知道。"

好一会,裴奈尔低着头默不作声,然后又向她转过脸来:

"但……现在您打算怎么办?"

"您是真意问我吗?……我决定回去。我嫁在他家,我应和他共同生活。您也很知道。"

"是的。"裴奈尔说。

长时间的沉默。裴奈尔又先开口：

"您相信一个人真能爱别人的孩子像爱自己的一样吗？"

"我不敢说，但我希望如此。"

"在我，我倒相信。相反，我并不相信有些人愚蠢地称作'血统的报应'。是的，我相信这种盛传的报应不过是一种神话。我读到过在大洋洲岛屿上的某些部落中，以别人的孩子立嗣是很普遍的风俗，而对承继过来的孩子往往比对自己的更喜欢。我记得很清楚，那书上用的是'更宠爱'。您知道我这会儿正在想什么？……我在想那一位代替我父亲的人，他从不曾在语气或行动中透露我自己不是他的亲生子。我给他的信中我曾说我始终感到某种区别，其实这是我的谎话，相反，他对我特别喜欢，而这我自己也很知道，因此我对他的举动非常不该，我的这种忘恩负义是理不容赦的。萝拉，我正想问您……您看我应否求他饶恕，回到他身边去？"

"不必。"萝拉说。

"为什么？如果您，您回到杜维哀那儿去……"

"您刚才不是说万事适用于甲就未必适用于乙。我自己觉得怯弱；您有胆量。诚然普罗费当第先生可能很爱您；但如果我信从您对我说的关于他的为人，我看你们两人间是很难互相谅解的……或是至少，您等着再看。但用不着垂头丧气地回去。您愿意我把一切坦白地告诉您吗？您刚才的意思如说为他，毋宁说是为我而说的，为的想得到您所谓我对您的器重。裴奈尔，如果我感到您的行动专为得到我的器重，那您是得不到的。除了您很自然，否则我是不会喜欢您的，裴奈尔，把忏悔留给我，它不是为您而设的。"

"当我听到您叫我的名字时，我几乎自己也对它喜欢起来。您知道在家里时最使我嫌恶的是什么？那就是奢华。种种舒适，种种方便……那时我自己感到已成一个无政府主义者。如今，相反，我相信我倾向保守主义者了。那天我听到一个边境的旅行者把走私谈得津津有味，他说：'盗窃国家与别人无干。'我当时非常愤慨，才突然起了这种觉醒。由于抗争，我才突然明白国家两字的意思。我开始敬爱国家，唯一的理由就因为别人欺侮它。以前我从不曾考虑过这些事。他还说：'国家只是一种契约。'但真能基于大众的诚意而建立的一种契约，该是多值得令人赞叹！可惜世间并不都是诚实的人。今日如果有人问我最高的美德是什么，我会毫不犹豫地回答：诚实。啊！萝拉！我愿在自己的一生中遇到任何打击，都不失纯洁，诚实，可信。几乎所有我知道的人都是假的。不炫示，不自作高明……但人们都希图欺蒙，只讲究外表，结果连自己是谁也无从辨识了……原谅我对您说这一套话。我只是告诉您自己夜间的感想就是。"

"您是在想昨天您拿给我们看的那一枚假币。当我离去时……"

说到这儿她又顿住。她的眼眶中已噙着眼泪，在她忍泪的挣扎中，裴奈尔看出她唇间的战栗。

"那么，您毕竟要离去，萝拉……"裴奈尔凄然说，"我怕您走后，我会感到自己一无所用，或是很少……但告诉我，我正想问您：如果爱德华……我真不知怎么说才好……（这时萝拉脸已通红)如果爱德华更可取的话,您会离去吗?当时您会一样去信直认吗?啊!您别抗议。我知道您对他想些什么。"

"您说这话,因为昨天他发议论时,您发觉我在微笑,所以您就认为我们和他的观点相同。但您错了。实在说,我自己也不知道我对他作什么感想。他永远不能老是同一个人。他对一切都无牵挂,但对他自己的遁逸则比对一切都更忠心。您不宜对他下判断,因为您和他相识的时间太短。他是一种不断地破坏而又建设的人。人以为已把他抓住……但和普洛透斯①一样,他早摇身变形。他随着他自己所爱的对象变。因此,想理解他,就非爱他不可。"

"您爱他。啊!萝拉,我所妒忌的既不是杜维哀,也不是文桑,而就是爱德华一人。"

"为什么要妒忌?我爱杜维哀,我爱爱德华,但这是两种不同的爱。如果我应爱您的话,那又该是另一种爱。"

"萝拉,萝拉,您并不爱杜维哀。您对他的是一点同情,一点怜恤与尊敬,但那并不是爱。我相信您忧郁的原因(因为您很忧郁,萝拉),由于生活把您分裂了,您的爱情始终是有缺陷的。您想整个奉献给一个人,结果却分配在几个人身上。在我,我觉得我自己是不可分的,我只能整个地奉献给人。"

"您还不到说这话的年龄,您太年轻。您不能确保将来生活不使您也有这种'分裂',好像您所说的。我只能接受您对我的这点……热诚,其余的要求非在别处取得满足不可。"

---

① 普洛透斯(现译为普洛托斯。——编者注)是希腊神话中变幻无常的海神。

"这可能吗，您将使我事先对自己与对生活都起了憎恶。"

"您对生活还一无认识。您可以对它存种种希望。您知道我过去的错误是什么？即是对生活整个失去了希望。就因为当时我自认已一无希望，我才堕入自弃。我在波城度过春天，好像那已是我最后的春天，好像一切与我已都不相干。裴奈尔，现在我已受了惩罚，我可以告诉您：千万别对生活绝望。"

对于一个热情的年轻人，这些话能有什么效力？实际萝拉的感想也并不全对裴奈尔而发的。激于同情，她不自禁地在他面前吐露出来。她不善假托，不善克制。正像当她想到爱德华时无法遏制她的兴奋而泄露了她自己对他的爱一般，如今她又不自禁地对人谆告起来，这种喜好训诲的习惯无疑是她父亲留下来的。但裴奈尔最讨厌别人的谏净与忠告，对萝拉的也无例外。他的微笑已给萝拉一种暗示，后者便沉静地问道：

"您回巴黎以后，是否还预备给爱德华做秘书？"

"是的，如果他肯用我；但他不让我做任何工作。您知道使我感兴趣的是什么？那就是帮他写那本书，正像您昨天对他所说一样，他一个人是永远写不成的。我认为他所说的方法太不合理。一本好小说不能是那么不自然的。最初须听取别人的叙述，对不对？而平铺直叙就很可以，当初我以为我能帮他点忙。譬如他当时需要一个侦探，也许我倒能称职。他可以研究由我的侦察所发现的事实……但和一个理想家相处，一无可为，和他在一起，我自己只配做个新闻记者。如果他一味固执，我就只好给自己工作。我非生活不可。我可以在新闻界服务。有空时我就写诗。"

"因为和记者们在一起，必然您自己就会感到是个诗人。"

"啊！别取笑我。我知道我有点可笑，但您别太把我戳破了。"

"别离开爱德华；您可以有助于他，同时让他也帮您的忙。他为人是很好的。"

午餐的铃声响了。裴奈尔站起来。萝拉握着他的手：

"还有一句话：您昨天给我们看的那枚假币……当我离去时，您愿意……"她鼓着勇气说了出来，"……把它留给我作纪念吗？"

"就在这儿，您收着吧！"裴奈尔说。

五

人类精神上的一切疾病，人每自以为治愈了，其实正似医学上所谓：只是把它们驱散了，而又换上一些新的疾病。

——圣佩韦：《星期一谈话》[①] 十九页

爱德华日记

我开始窥出我书中所谓"深奥的题旨"，无疑，这即是现实世界与我们观念中的世界两者间所生的冲突。表象世界所及于我们的诸相，以及我们各人对它的特有的解释，构成我们生命上的戏剧，现实的抗拒使我们一己的理想不得不移诸梦境、希冀与来世；现世所受的委曲同时滋长我们对来世的信念。重视现实的人们以事实作出发，不使一己的见解与事实相悖。裴奈尔是现实主义者。我怕不易和他相处。

莎弗洛尼斯加说我一无神秘论者的气味，我真不解当时何以我竟能默认。其实我很同意她的意思：如无神秘主义，

[①] 《星期一谈话》系圣佩韦重要著作之一。

人间也就无从产生伟大的成就。但当我对萝拉提及我的书时，她所责备于我的，不正就是我的神秘主义吗？……总之，这事留给她们去辩论吧！

莎弗洛尼斯加又和我谈到波利，她自信波利已把一切全盘向她供认。这可怜的孩子身上已再无屏障足以招架这位女医生炯利的目光。他已被放在赤裸的状态下，莎弗洛尼斯加把组成他精神活动的最细密的机轮一一拆下，安置在光线下，正像一个钟表匠处理他在收拾的钟表零件一样。如果此后这小东西仍不能改正过来，那时就再无别的办法。以下即是莎弗洛尼斯加对我所作的叙述：

九岁光景，波利在华沙入学。和他一位同班生名克拉夫脱的相稔。这孩子比波利大一二岁，他第一次教他那秘密的手技，孩子们愚昧地体味到这种不容言说的滋味，就信为是"魔术"。这就是他们替这恶习所取的名字。也许由于他们曾听到或是读到过，说魔术可以使人玄妙地得到一切，可以使人变成神通广大……他们自己真以为发现了一种秘密，它可以借幻感来补偿现实的缺憾。他们乐意地沉溺在这种虚无飘渺的境界，从过度的想象中取得肉欲的快感。自然，莎弗洛尼斯加并不曾使用这类名词，我倒更希望她能切实援引波利自己所用的名词，但她说她能得到这些线索已是煞费苦心，虽然这些都是从隐约吞吐、欲言复止的假托中探找来的，但她确能担保非常可靠。她又补充说：

"我早怀疑波利始终佩在身边的那团羊皮纸条，如今我才算找到了解释,这纸条装在一只小袋中,这小袋和他母亲强迫他佩带的圣章同挂在他的胸前——纸条上写的是笔迹稚气而工整的几个大字:

  瓦斯 电话 十万卢布

但他始终不肯告诉我什么意义,我追问时,他总回答:'没有任何意义,这是魔术。'我所能探得的就尽于此。如今我才知道这些暗号全是这位魔术大王克拉夫脱老师的手迹。在孩子们的心目中,这几个字颇像一种符咒,专为用作开放他们所耽逸的这猥亵天堂的暗号。波利把这羊皮纸条称作是他的'护身符'。我费了很多周折他才把那东西拿给我看,要让他把那东西解除自然更费心计(那时我们来此不久);因为我愿他从此得到解脱,正像如今我知道他以前确已戒除了他的恶习。我存着这点希望,觉得这'护身符'一旦消灭以后,他今日所有的种种怪习气也就不难肃清。但他屡次坚持,而他的病也始终隐匿在这最后的壁垒中。"

  "可是您说他早已把他的……习惯戒除。"

  "但接着在神经方面就出了毛病。波利为摆脱他的习惯,非对自己加以遏制不可,无疑他的神经失常由此而起。我从他那儿知道,有一天当他正在'玩魔术'时——这是他自己的用语——他就被他母亲发现了。但为什么她自己始终没有把这事告诉过我?……难道由于不好意思?……"

  "当然因为她相信他已把这恶习戒除了。"

  "这多可笑……而因探索这事害我空费多少时间!我对您说过,我相信波利是一个非常纯洁的孩子。"

"您同时还说正因为这缘故才使您束手无策。"

"您看我当时说的可不很对！……他母亲早应预先告诉我。如果当时我立刻知道有这一回事，波利这时早就治好了。"

"但您又说他今日种种的毛病是事后才发生的……"

"我是说它们的产生含着一种抗辩的意义在内。我想象他母亲一定呵斥他，训诲他，或竟哀求他。不料这时他父亲又正去世。别人告诉波利说他暗地的行动是罪大的过失，他自己也信以为然，觉得已因此得了惩罚；他认为他父亲的死他自己是应该负责的。他把自己信作是一个该入地狱的罪人。他害怕起来，就在这时，正像一只困兽，他很弱的体质中就制造出一大堆的遁词用以解除他内心的痛楚，但这也不啻是他自己的招认。"

"如果我并不误解您的意思，是否您就是说倒不如让波利安心去继续他的'魔术'练习？"

"我认为要治愈他并不一定需要去恐吓他。他父亲死后生活上的变迁已足使他对这事淡忘，而离开华沙也就可以使他避免再受他朋友的影响。单借恐吓是得不到什么好结果的。当我知道这事的真相以后，和他提起过去的一切，我就使他明白：可耻的是他不去追求真正的幸福，而偏爱幻想中的幸福。我又对他说，经过一番努力所得的报偿才是真正的幸福。总之，我绝不把他的恶习形容得漆黑可怕，我只很明白地告诉他，这仅是一种贪懒的习惯，实际，我也的确这样相信；不过是一种最隐密、最阴险的惰性……"

她说到这儿，我就记起拉罗什富科《格言集》中的一段，我想指给她看。虽然我能背诵，但仍去把那本小书找了来，因为我每次旅行没有不把它带在身边的。我念给她听：

"在一切欲念中，我们自己所最不注意到的是惰性；它是一切欲念中最厉害、最阴险的一种，虽然它的暴力并不明显，而为它所破坏的一切也不易发现……借惰性取得安息是心灵所感受的无上乐趣，人每能因此突然放弃最热烈的追求、最坚定的决心。为给这欲念以一种真确的概念，我们必须说惰性正像是心灵的福佑，它对心灵所感受的遗憾给以慰藉，它替代了一切未曾获得的幸福。"

莎弗洛尼斯加便对我说：

"难道您以为拉罗什富科写这一段文章时，他暗地所指的就是我们刚才所谈的那些事吗？"

"也很可能，虽然我并不相信。我们这些古典作家们的作品每蕴藏着无穷的解说。他们文字真确性的令人可爱正因为不走极端。"

我要求她把波利那驰名的"护身符"拿给我看。她说她已没有，她早已给了另一个人，那人对波利很感兴趣，要求她把波利的"护身符"送他作为纪念。"那位先生叫作斯托洛维鲁，是我在您到这儿以前遇到的。"

我告诉莎弗洛尼斯加我曾在旅馆的登记簿上看到这人的名字，而我很想知道是否就是同一个人。据她对我的描写，无疑决不会是另一个人，但她所能告诉我的关于他的一切，无一能满足我的好奇心。我仅得到这样一个概念：这人很和气,很殷勤,她认为他很聪明,但也颇带惰性,她又笑着加上说:"如果我还敢再用这词的话。"我也和她谈了我所知道的斯托洛维鲁,由此必然不能不提到昔日我们相处的补习学校,以及萝拉的一家人(萝拉自己也已把她的身世告诉过她),最后谈及拉贝鲁斯老人,他和小波利的亲属关系,以及我来此时曾允许把这孩子给他带回巴黎,等等。因为莎弗洛尼斯加曾对我说过,她并不以波利再和他母亲同住为然,这时我就顺口问她:"何不把他放在雅善斯补习学校呢?"对她提出这建议时,我尤其设想到老祖父莫大的喜悦:知道波利已回来,住在他老朋友所办的学校,他随时都能去看他……但替孩子着想我并不以为把他送入那学校对他会有什么益处。莎弗洛尼斯加答应再作考虑,但我所告诉她的一切使她极感兴趣。

　　莎弗洛尼斯加认为小波利已臻痊愈,这已足证实她治疗的得法。但我怕她言之过早,自然我不愿和她争辩;而且我承认这孩子的种种怪癖几乎已全消除。但我总觉得:为避免医生时刻监视的目光起见,他的病症只是更往身体的内部隐匿起来,而如今且已播及他的心灵。正像当时手淫的习惯革除以后接着神经就起扰乱,如今则又转作某种不易觉察的忧惧。莎弗洛尼斯加眼见波利追随勃洛霞投向一种稚气的神秘主义,而深感不安,这也确是事实。以她的智力,她不难理解眼前波利所追求的这种新的"心灵的福音",与他昔日借手技所得的,两者间实在相差无几,而虽然身体方面所受的损害较少,但一样不借努力,而仅是一种虚无飘渺的梦幻。但当我对她提到这一点时,她就回答说,像波利与勃洛霞这一类孩子不能不有一种离奇的粮食,一旦废止,勃洛霞会堕入绝望之境,而波利会趋向一种极低级的唯物主义!此外,她又认为她不该去打破孩子们的热望,她明知他们的所谓信仰纯属子虚,但她愿认作是一种求升华、求晋级的企图,是启导,是自护……以及诸如此类的用词。她自己对教会的教义并不相信,但她承认"信心"的灵验。她很感动地谈起这两个孩子同念《启示录》①时的虔诚与热切,他们灵魂的洁净,以及他们与天使的交谈。和一切女人一样,莎弗洛尼斯加处处自相矛盾。但她说得对:我的确不是一个神秘主义者……但也不是个带惰性的人。我很希望雅善斯补习学校与巴黎的环境能将波利养成为一个实地苦干的人,使他从此摆脱一切虚幻的追求。这才是他真正的得救,我相信莎弗洛尼斯加已同意把波利交托给我,但无疑她会一同送他到巴黎,亲自替他设法安置在雅善斯家,这样,她使波利的母亲可以安心,她自信不难得到她的赞同。

---

① 《启示录》是《新约》中之最后一卷。

六

有些缺点，用之得法，比德性更光辉。

——拉罗什富科

俄理维给裴奈尔的信

老裴：

让我先告诉你我已顺利通过会考。但此事无关紧要。一个千载难逢的机会让我也能出去旅行。当时我尚在犹豫；但接读来信，我就毅然下了决心。最初，自然我母亲不很赞同，但文桑很快把她说服了。他这次那么替我帮忙，倒是我事前不曾设想到的。你来信中提到他的事，按实际情形说，我不能相信他的举动全出于自私。在我们这年龄，每易苛于责人。很多事我们初看认为值得非难，或竟觉得可恨，其实还因为我们不曾明白探究其中的动机。文桑并没有……但这事说来太长，我想告诉你的事还多着呢！

第一，先让你知道给你写这信的是新杂志《前卫》的总编辑。经过几番考虑后，我才接受担任此项职务，罗培耳·德·巴萨房伯爵认为我颇能称职。实际这杂志的后台是他，但他不很愿让人知道，因此封面上只印我的名字。第一期拟于十月出版；千万请你写点东西寄来。我会感到非常难受，如果第一期的目录上我的名字旁不见你的名字。巴萨房的意思，希望在第一期中有些崭新的材料，因为他认为一个初诞生的杂志最怕别人说它胆怯，这一点我也很同意。我们对这事谈得很多。他要我执笔并供给他相当冒险的一篇短篇小说的题材。我深怕惹起我母亲的反感，所以对这事感到相当棘手；但也管不了这许多。正像巴萨房所说：人愈年轻，闹出事来也就不易招祸。

我是在从维塞风给你写信。这是科西嘉①某一高山山腹中的一个小村庄，隐蔽在一大森林中。我们住的旅馆离村庄相当远，正适宜于游客远足的起点。我们来此已有几天。最初我们住在离波多湾不远的一家旅店。四周绝无人迹，早晨我们总在海湾中入浴，纵使你整天脱光着身子也无关系。这生活可真有意思；但天气太热，因此我们不能不回到山中。

巴萨房真是一个痛快的旅伴。他一点不固执他自己的头衔，他要我直截称他罗培耳；而他把我的名字改成了：橄榄②。你说，这够多有意思？他想尽方法使我忘去他的年龄，你可以相信我，这点他的确成功了。最初我母亲听说我要和他一同去旅行，着实吃惊不小，因为她不认识他。我因怕使

---

① 科西嘉，是法国地中海上的岛屿。
② 俄理维（Olivier），作普通名词用时，意即橄榄树，更变语尾即成橄榄（olive）。

母亲担心也踌躇起来。未接你来信之前，我几乎已决定作罢。结果文桑替我在母亲面前说妥了，而你的来信又突然给我增加不少勇气。出发前的那几天全花在跑公司。巴萨房是那样慷慨，他什么都要替我代付，倒反使我不能不屡次阻拦他。但他认为我的服饰太褴褛：衬衫、领带、袜子，没有一件使他喜欢。他屡次说如果我和他同行，我那些不合式的服饰实在使他太难堪——换句话说，太不能中他的意。自然为避免使妈疑心，买来的东西全送在他家。他自己就非常讲究，但他的鉴别力很高，以前很多我认为过得去的东西，今日对我都显得非常丑陋。你不能设想他跑入铺子去可真有意思。他说话真俏皮！我顺便举一个例：那天我们去布伦塔诺取他在修理的那支钢笔。当时他身后一个大个儿的英国人想抢在他前面，罗培耳稍稍用力挤了他一下，那人就开始向他嘟哝起来。罗培耳回过头去，若无其事地说：

"大可不必。我不懂英文。"

那人恼了，用纯粹的法文回答说：

"先生，您应该懂才对。"

于是罗培耳很有礼貌地微笑着说：

"您看，我不是说大可不必。"

那个英国人涨红着脸，却再想不出怎么说才好。他已中计。

另一天，我们在奥林比亚看戏。中间休息时，我们在大厅中闲步。有很多私娼在那儿来回逡巡，其中两个模样颇穷酸的过来和他搭讪：

"亲亲,请一杯啤酒吧?"

我们和她们在同一张桌上坐下。

"伙计!给姑娘们来一杯啤酒。"

"先生们呢?"

"我们?……啊!我们来香槟酒。"他很大意地说。他就要了一瓶"莫艾"牌香槟酒,我们两人饮起来。那时你看那些女人才叫够有意思!……我相信巴萨房最讨厌妓女,他说他从不曾去过妓院,意思是让我知道如果我上那些地方去,他决不能原谅。所以你看这实在是一个很正派的人,虽然他的态度与谈吐常带冷嘲——好像有一次他说:在旅行时,如果 before lunch① 还不曾遇到至少五个可睡的女人,他就把这日子称作"倒霉的日子"。我顺便对你提一句,至今我不曾再有过……——你懂得我的意思。

他教训人的方法非常别致。有一天他对我说:

"小东西,你看,做人最要紧的是不让自己沉沦下去。一次又一次,以后自己也就忘了自己在走的是什么路。以前我认识一个很不错的年轻人。他本来是打算和我女厨子的女儿结婚的。有天晚上,他偶然跑入一家小珠宝铺,把开铺子的人杀了。以后他盗窃,以后他隐匿,你看,他已跑到什么路上去!最后一次我看到他时,他已变作一个骗子。所以你千万要当心。"

他随时都是这样。我听了也并不讨厌。我们离开巴黎时

---

① 英语:吃中饭前。

原打算以后尽量工作,但至今除了洗海水浴、晒太阳、闲谈,别的几乎什么也没有做,他对任何事物都有他自己极新奇的议论与见解。经我不断的敦促,他告诉我不少海底动物的故事,它们有他所谓的"自身的光",因此用不着日光。他又把这与"神光"并论……我很能用这些材料写下不少极新的理论。我那么粗枝大叶地对你说,自然显不出什么,但当他谈起时,我可向你担保真像小说一样娓娓动听。平日,人们都不知道他对自然科学很有研究;但他故意隐藏起他对这方面的知识。他说这是他私人的珠宝。他说只有那些市侩气的人才沾沾自喜把自己的首饰逢人献宝,而尤其如果那些首饰是赝品。

他能很巧妙地运用人物、意象、见解,换句话说,他对一切都能利用。他说生活中最高的艺术并非享受而是如何去善用。

我已写成一点诗,但因自己并不满意,所以不预备寄给你。

再见,老裴。到今年十月时,你可以发现我也变了。每天我都增加一点自信。知道你在瑞士生活,使我很觉愉快,但你看,我自己丝毫用不着羡慕你。

俄理维

裴奈尔把这信递给爱德华看,但爱德华绝不显露这信对他所引起的骚动的情感。俄理维对罗培耳的种种恭维令他生气,最后引起他对罗培耳的怀恨。他自己的名字在这信中一字不提,俄理

维似乎已把他忘了,这尤其使他暗自伤心。他竭力想辨认信后用浓墨涂抹掉的三行附笔,但终无结果。原文是:

"告诉我舅父说我时时想念他;我不能原谅他把我丢下,而这致命的创伤永远存留在我的心头。"

这一封在愤慨中所写的耀武扬威的信,唯一衷心的吐露也就是附笔中的几句,但俄理维用墨涂去了。

爱德华一言不发把这封难堪的信交还裴奈尔,裴奈尔也一言不发把信接回手中。我已说过他们两人间不常说话,尤其当两人单独相对时,每每重压着某种奇特而难以言喻的拘束。(我不爱用"难以言喻"这四个字,因一时想不起适当的,故暂代用。)但当晚两人回卧室后正拟就寝,裴奈尔用了很大的勇气,终于哽着喉问道:

"萝拉有没有把杜维哀寄她的信拿给您看?"

爱德华一面上床一面回答说:

"我早相信杜维哀不会拒绝。他这人很不错。也许嫌懦弱一点,但很不错总是事实。我相信将来他一定会溺爱这孩子,而这小东西也一定要比他自己所生的来得更为结实,因为我看他自己并不太强壮。"

裴奈尔太喜欢萝拉,这使他对爱德华的这套风凉话不能不感到惊异,可是他并不表示出来。

爱德华把灯吹灭,继续说道:

"我本以为这事除了绝望简直一无办法,如今这样结束倒是最适宜不过的。人谁无错误?重要的是事后不一味坚持……"

"当然!"裴奈尔回答这话为的避免再作讨论。

"但是裴奈尔,我不能不向你直说:我怕我们相处也多少是……"

"一种错误?"

"是的,虽然我很真心待您,但几天来我常想到我们中间恐怕是生来不容易合作的,而觉得……(他踌疑片刻,思索适切的字)继续与我相处倒反使您迷途。"

爱德华不把这话说出以前,裴奈尔原是同一想法,但要使裴奈尔否认,也就没有比这话最为适宜。爱与人背道而驰的性格使他立刻起来抗议:

"您对我还不太认识,而我对自己也不够认识。您并不曾给我一个试验的机会,如果您对我并没有特别过意不去的地方,可否让我再等待一些时候?我承认我们的性格很不同,但我觉得惟其如此,对您对我也许都更能有点益处。我相信如果我能帮您忙,那多半就由于我们相异之处,由于我所能贡献给您的一点新的东西。如果我有失误的地方,请您尽管告诉我,我决不是爱诉苦或是喜回骂的那种人。但,这儿我对您有一个提议,也许这有点傻气……如果我不误解的话,小波利似乎有进浮台尔—雅善斯学校的意思。莎弗洛尼斯加不是曾向您表示她怕小波利在那儿会感到人地两疏吗?如果由萝拉的介绍,我是否在那儿能有希望得到一个监堂之类的位置?我需要谋生。服务方面,我并不计报酬,能供给我膳宿就行……莎弗洛尼斯加对我颇表信任,而波利和我也很能相处。我可以保护他,帮助他,做他的老师,做他的朋友。

而其间我仍可以为您工作，随时都愿为您效劳。您说您以为怎么样？"

为表示郑重起见，他又加上说：

"我对这事已有过两天的考虑。"

但这话并不可靠。如果这美丽的计划不是即口而出，他早该事前就告诉过萝拉。但可靠的，而他并没有说的是：自从他最初不经意间窃读爱德华日记以及日后与萝拉相识以来，他不时想及那个浮台尔学校。他希望结识俄理维的朋友阿曼，虽然这人俄理维从不曾向他提起过。而他更希望认识萝拉的妹妹莎拉；但这只是他私心的好奇，为萝拉起见，他连对自己也不敢承认。

爱德华一言不发；虽然他赞同裴奈尔向他提出的计划，而如果这计划能使裴奈尔得到一个歇身之所，他自己并不坚持把他留在身边。裴奈尔也把蜡烛吹灭，又接着说：

"您别以为我全不理解您的书以及您所设想的冲突，即是无情的现实与……"

爱德华插言道："我并非设想，事实就在那儿。"

"正是这话，所以我替您带回一些事实，给您作为斗争的资料，岂不是最合适的吗？我可以替您留意。"

爱德华怀疑是否裴奈尔的话中暗带讽示。实际是他自己感到有点受辱，因为裴奈尔太能说话。爱德华终于说道：

"我们再作考虑吧！"

经过很长的时刻，裴奈尔仍无法入眠。俄理维的信使他困恼。最后实在忍不住，而他听到爱德华也还在床上来回翻覆，他就轻声问道：

"如果您也没有睡熟,我还想再问您……您对巴萨房伯爵作何感想?"

"您自己就能设想。"爱德华说,一忽儿以后,仍又反问:

"您呢?"

"我吗?"裴奈尔愤然说,"我想杀死他。"

七

到达山巅以后，旅行者坐下来，举目四顾，然后再定下山之计；他亟思辨认他所走的这条险道在暮色中——因此时夜已来临——究竟会把他引向何处。同样，一个未先布局的作者停下笔来，透一口气，忧然自问：他这故事究竟会带他到何种境地？

我怕爱德华把小波利交托雅善斯家很可能是一件冒失的事。但又从何阻拦？每个人的行动都依据他自身的法则，在爱德华，他的法则即是喜好不断地尝试。不用说，爱德华有他善良的心地，但为别人的安静着想，我倒更愿意他多能考虑实际的利益问题。因为他的善良每每有着好奇作背景，所以常会产生可怕的结果。他认识雅善斯学校，他知道这个以道德与宗教来装门面的学校中孩子们所呼吸到的那种带有毒素的空气。他认识波利，认识他的温情与娇嫩。他早应预计到他在那儿会受到何种打击。但他仅考虑到孩子易失的纯洁在雅善斯老人的严教下可以得到保护、援助与支持。他也不知是听了谁的这种诡辩；无疑指使他的是魔鬼，因为来自别人他还不至于会听从。

爱德华使我恼怒或竟使我生气已不止一次（当他谈及杜维哀时即其一例）。我希望我并不曾太明显地表示出来，但此时直说也已无妨。他对萝拉的态度，有时纵使非常慷慨，但仍不免引起我的反感。

爱德华使我不喜欢的，是他那些自造的理由。为什么如今他还想自找解释，以为是在替波利谋福利？对别人说谎姑不必说，但又是对自己！溺毙孩子的激流难道他认为可以替孩子解渴用吗？……我并不否认世间有对自己一无利害关系的仗义行为；我只说即在最美的动机后面也每每隐匿着一个机巧的魔鬼，人自以为占他的便宜，而从中取利的却正是他。

夏季使我们小说中的人物东西分散，我们就利用这机会来对他们细作检讨。而且我们也已正达到故事的核心，一度松弛，此后它将以新的动力直奔前程。处理一件阴谋，在裴奈尔断乎还太年轻。他自信能保护波利，其实最多他也只能尽看守之职，我们已看到裴奈尔转变，情欲会更使他改样。我在一本小册子上找出过去我对他所下的判断：

"我早应提防到像裴奈尔在他故事开端时的那种过分的行为，由他以后的步骤作观察，我觉得当时他已像把由家庭中所受的抑郁的积储一泻而尽。自此，他生活在反动中，像是对他自己的行为所发的抗议。他固有的反叛与对抗的习惯促使他反叛他自己的反叛行为。无疑在我的这些主角中没有再比他更使我失望的，因为在这些人中我从不曾有对他似的抱着更大的期望。我想这也许由于他自己解放过早的缘故。"

但这判断我已觉得并不十分准确。我相信他仍是很有希望的。他有丰富的同情心，他勇于义愤。在他身上我感到某种雄劲与力。他爱听自己说话，但那也因为他善于发挥。我对一些容易表达的感情每抱怀疑。他是一个好学生，但真正新的情感决不能那么自如地流注于已习得的形式中。稍加构思他准会讷讷难言。他已读得太多，记得太多，而从书本中所学得的又远多于从现实生活中所学得的。

我始终抱憾的是裴奈尔在爱德华身边占据了俄理维的位置。事情的发生太不凑巧。爱德华所爱的是俄理维。为使他成人，他能什么不做到呢？他怎能不以爱慕去指导他，帮助他，使他与自己的旨趣相接近？必然，巴萨房会使他堕入深渊。没有再比这种一无忌惮的虚伪对他更有害的。我曾希望俄理维知道自卫；但他天性温顺，经不起别人对他的恭维。一切都使他沉醉。而且，从他给裴奈尔信上的某些语调中，我还看出他是一个颇带自负的人。色情、怨恨、自负，他是那样地落入在这一切的掌握中！我怕爱德华再把他找回时已将失之过晚。但他还年轻，我们有理由替他乐观。

巴萨房……自以不提为妙，除了如格里菲斯夫人式的女人以外当没有比巴萨房之类的男人最易招祸，但同时也最受人欢迎。我承认最初我对前者还相当重视。但很快我发现我自己的错误。如格里菲斯夫人之类的人物可说是用彩纸糊成的。来自美利坚的很多，但美国也并非唯一的产地。财富、智慧、美，这类人似乎全齐备，所缺的是灵魂。我相信文桑不久应能自觉。在这些人的肩头既不觉有过去的重担，也不知有任何约束。她们是无法，无主，无疑惧，逍遥自在，她们令小说家绝望，因为从她们身上决不能求得任何有价值的反应。我希望一时用不着再和格里菲斯夫人见面。我所惋惜的是她把我们的文桑也带走了。我对文桑较感兴趣，但与格里菲斯夫人结识以后，他也变得俗不可耐；他的天分不低，但经她的折磨，他已失去他固有的骨格。这是颇足令人惋惜的。

如果此生我再有创作一个故事的机会，其中应是些受过生活磨练的人物，不是为生活所消沉，而是为生活所尖锐化了的人物。萝拉，杜维哀，拉贝鲁斯，雅善斯……此辈与我何关？他们并不是我找来的，由于追踪裴奈尔与俄理维我才和他们在途中相值。算我倒霉，此后我已不能把他们抛开。

第三部　巴黎

当我们再能得到一些新的可靠的地域志时——在这情况下,但只能在这情况下,把所载的事实搜集起来,仔细相互比较,相互印证,我们才能再提及问题的全体,而作进一步的确切的探究,采取任何别种方法,那都只是,根据两三个简单而笼统的概念作一迅速的鸟瞰而已。其结果,每将特殊的、个别的、例外的置诸不问——换言之,也即忽略了问题中最有兴趣之点。

——吕西安·费贝弗[①]:
《大地与人类的进化》[②]

---

① 吕西安·费贝弗(现译为费弗尔。——编者注),法国历史学家。
② 现译为《大地与人类演进》。——编者注

一

回返巴黎，并不曾带给他一点乐趣。

——福楼拜:《情感教育》

爱德华日记

九月廿二日

酷热；沉闷。早回巴黎一周。我的急性每不能及时前往。如说因为热心宁说由于好奇，以先睹为快。我永不能安息自己的渴念。

带波利去看他祖父。昨日莎弗洛尼斯加已事先去通知他，回来时告诉我拉贝鲁斯夫人已进养老院。谢天谢地！

按过门铃，我把那小东西留在梯顶，因为觉得不参与他们的初次相见也许更为合适，我太怕老人的感恩。事后，曾问那小东西，但一无所得。重见莎弗洛尼斯加时，她对我说孩子也不曾告诉她什么。按照事先约定，她是一小时以后去把他领回来的。给她开门的是一位女仆。莎弗洛尼斯加发现老人独自坐在棋盘前，孩子则在屋子的另一端角落上发呆。

拉贝鲁斯颇显狼狈地说：

"真怪！起先他像很感兴趣；但突然他就厌了。我怕这孩子缺少耐性……"

把这一老一小留在一起太久实在是一种错误。

九月廿七日

今晨，在奥迪安戏院围廊下遇见莫里尼哀。菠莉纳与乔治后天才能回来。两天来莫里尼哀独自在巴黎，设若他也和我同样感到纳闷，那他见到我时所表露的欣喜也就不足为奇。我们便同坐在卢森堡公园中，等待午餐的时刻，因为我们约定一同去吃饭。

莫里尼哀对我谈话时故作趣论，有时竟或失检，无疑在他以为这是一个艺术家所爱听的。同时也因为他想显得自己还很年轻。

"其实我本性是一个很热情的人。"他先向我声明说。我懂得他的意思是说：一个很好色的人。我报以微笑，正像听到一个女人说她自己的大腿漂亮时别人对她所发的微笑一样。这微笑中的意思是："一定的，我自来就相信。"过去，我所见到的他，始终是一个法官，如今脱去长袍才现了原形。

我等待着直到我们在福约饭馆坐下时我才向他提及俄理维。我对他说我最近从他的一位同学得到他的消息，才知道他和巴萨房伯爵正在科西嘉旅行。

"是的，这是文桑的一位朋友，他愿意把他带去。因为俄理维在会考中的成绩顶出色，他母亲觉得不应打消他这股兴致……这位巴萨房伯爵还是一位文学家。我想您总认识他。"

我并不隐瞒他我不很喜欢这人，而且也不喜欢他的作品。

他反驳说：

"你们同行间有时相互的批评总比较苛刻。我曾试读他最近出版的小说，这书颇受有些批评家的赞誉。我并不发觉有什么了不起；不过，您知道，在这方面，我是外行……"

接着，由于我表示我怕巴萨房会对俄理维发生影响。他含混地补充说：

"说实话，在我个人，我并不赞同他这次旅行。但同时不能不顾到这一层：做孩子们的到某一年龄，您就无法管束他们。自来如此，实也无可奈何。菠莉纳，她和一切做母亲的人一样，还想紧跟着他们。有时我就对她说：'你使你那些孩子们讨厌。你不如顺他们自己的意思做去。你愈追问他们，结果倒反使他们得了暗示去实行……'在我，我认为孩子长大了，一味监视总是徒劳。重要的是，幼年教育时先给他们奠定一个良好的基础。但尤其重要的，就看他们出身如何。老朋友，您看是不是，遗传比一切都有关系。有些人根本无法补救，就是所谓的命定者。对这些人就不能不严格。至于那些天性善良的，那就不妨放宽一点。"

"可是您刚才说，"我紧接着说，"这次把俄理维带走并没有得到您的同意。"

"啊！得到我同意……得到我同意！"他把鼻子伸在菜碟中说，"有时人们并不征求我的同意。可注意的是在家庭中，自然我所指的是最和睦的家庭，做主的往往并不是做丈夫的人。您还没有结婚,这事实对您也许不感兴趣……"

"对不起,"我笑着说,"我可是小说家。"

"那么您一定能注意到一般并不一定由于做男人的个性软弱,所以才任他太太指挥。"

为使他欢心起见,我故意让步说:"的确,有些男人,个性很强,威权很大,但一到家中变得跟小绵羊一样地帖服。"

"您知道这是什么缘故?……"他接下去说,"十有九次如果做丈夫的对他太太让步,那一定因为他有需要求人原谅的地方。朋友!一个有德性的女人处处占势。做男人的一弯腰,她就跳在你的肩上了。唉!老朋友,做可怜的丈夫有时是让人同情的。当我们年轻的时候,我们都希望有贞淑的太太,殊不知这点德性在我们自身要花上多少代价。"

臂节枕在桌上,双手托着下颌,我凝视着莫里尼哀。这位可怜虫并不自觉他所诉说的屈膝地位倒和他脊骨很相称。他不断地擦着额上的汗,吃得很多,如说是食而知味,宁说是那种贪吃的人,而尤其像是赏识我们所要的那瓶勃艮第陈酒。觉得有人能听他,理解他,而无疑更认为是同情他,他就高兴得把什么话都招认出来了。

"以我做法官的经验,"他继续说,"我曾知道不少女人对她们丈夫都是口从心违的……但当做丈夫的在别处另觅所欢,她们便又盛怒起来。"

站在法官的地位,他用过去式开始他的句子;但做丈夫的则用现在式接下去,其中无可否认地他显露了真身。一面吃着菜,他又俨然地补充说:

"人在自己胃口不好时总嫌别人吃得太多。"喝下一大口酒,又说,"老朋友,这就可以告诉您,何以做丈夫的在家庭中失去他的权威。"

我已很明白,我已发现,从他表面不相联贯的谈吐中,他想把自己失检的责任归罪于他太太的德性。我不禁想起,像木偶似的这些支离不全的人们还不太懂得用自私去把自己容貌的各部分一一配合起来。一不小心,自己就散成碎片。他缄默了。我感到自己有发挥一点感想的必要,正像对一辆跑了相当路程的车子一样,你想让它再跑,就非给它加油不可。我就试探说:

"幸而菠莉纳是一个敏悟的女性。"

他回答一个"是——的",但拖长得令人难信,然后又说:

"可是有好些事情她并不理解。您知道,一个女人不拘如何敏悟,总……而且我承认在这事件中我自己也太不机警。最初是我自己先和她谈及这桩小遭遇,那时我自信已早回头,而故事也决不会再有下文,岂知故事仍未结束……而菠莉纳的猜疑也永无止境。这真是所谓作茧自缚。日后我就不能不托假,撒谎……这就是舌头长得太长的报应。您说有什么办法,我生性太信赖别人……而菠莉纳却是一个最爱妒忌的人。您不能想象我曾费过多少心计。"

"这事由来很久了吗?"我问。

"啊!几乎已有五年,而我以为我已完全使她信服。哪知旧事又将重提!试想前天我一到家……再来一瓶波马酒如何?"

"我已很够,请便!"

"也许他们有小瓶的。回家后我打算去睡一会儿。这天气热得使我实在受不了。……刚才我在对您说,前天,到家后为整理文件起见,我把书桌打开。我拉出抽屉,那抽屉中所收的都是……我所说的那个女的所寄的信件。朋友,请您想想当时我所受的惊慌:那抽屉竟是空的。啊!我已烛见一切。两周前,我一位同事的女儿出嫁,菠莉纳和乔治曾回巴黎一次,我自己因事未能参加;您知道,那时我正在荷兰……而且,这些婚礼之类,本是女太太们的事。回到巴黎,在几间空屋中,闲着无事,借口整理,您知道女人们的脾气,总有点多心……她一定开始东探西翻……啊!自然不是存心。我并不责备她。但菠莉纳有爱整理的怪脾气……但如今她手上有了证据,您说我还能对她说什么呢?如果那小东西不直称我的名字也就算了!一个多和睦的家庭;当我一想起我得……"

这可怜虫又不能把他的心事尽情吐露。他用手绢吸着额上的汗,一面摇着纸片取风。我喝的酒比他少得多,心中也无从假装同情,我对他只感到嫌恶。我承认他是一家之长(但说他是俄理维的父亲在我始终是一种痛苦),一种端正、老实、隐退的中产阶级人物;但这样的人处身情场,实在使我认为可笑。他那笨拙而庸俗的谈吐与比拟尤其令我难受。我觉得他对我表示的情感既不能由他的面部,也不能由他的声调传达出来。这正像低音提琴试奏中音提琴的调子,它所得的效果只是一种不入调的嘎声。

"您说当时乔治和他母亲在一起……"

"是的,她不愿把他一人留下。但到了巴黎,他自然不老钉着她……但朋友,您看我们这二十六年来的结婚生活中,我从不曾和她有过任何冲突,从不曾有过任何口角……当我想到这次不可避免的……因为菠莉纳两天内就回来……唉,不如不谈这些。对了,您对文桑有何感想?摩纳哥公爵,巡洋舰……真糊涂!……您没有听说吗?……是的,他正在阿索累斯附近监督测量与捕鱼。唉!对他,我倒真用不着关心!他自己已很能打出一条路来。"

"他的健康?"

"已完全恢复。像他那样聪明的天资,我相信他的前途无量。巴萨房伯爵曾很坦白地对我说,文桑是他所遇到的人中很出色的一个。他竟说:最出色的一个……但自然也应顾及别人的过于夸张……"

用完午餐,他点上一支雪茄,又继续说:

"告诉您俄理维消息的他那位朋友究竟是谁,我可以知道吗?不瞒您说我对我孩子们所来往的人一向特别注意。我认为这是非常重要的。幸而他们的天性都爱和上流人为伍。您看,文桑和公爵,俄理维和巴萨房伯爵……至于乔治,他已在乌尔加脱找到一个小同学叫作亚达芒第的,而且这孩子不久要和他同进浮台尔—雅善斯学校。这是一个很安静的孩子,他父亲是科西嘉上议院议员。但我举一个例您就知道这事应如何谨慎。俄理维曾有一个朋友,他的家庭似乎是很不错的,那人叫作裴奈尔·普罗费当第,我还得说明他父亲是我的同事,是一个很出色的人,而且也是我所特别敬重的。但是……(自然这是您我间所说的话)……最近我听说我那同事并不是他真正的父亲,那孩子只是顶他的姓!您看如何?"

"和我谈起俄理维的就正是这年轻的裴奈尔·普罗费当第。"我说。

莫里尼哀喷出大口的雪茄烟,他的双眉竖得很高,这使他额上满覆皱纹:

"我希望俄理维少和那孩子来往。我已得到不少对他不利的报告,而且这也无足为奇。我们很知道从这种不三不四的孩子身上是不能存什么希望的。这并不是说私生子的品德就一定不如人,但这种乱杂与叛逆之果必然隐藏着后患……是的,朋友,应该发生的事情终于发生了:这个年轻的裴奈尔突然脱离了家庭,其实这本来就不能是他的家。他正像爱弥儿·奥日埃①所谓的'自谋生活'去了,但既不知他如何去生活,也不知他生活在哪儿。这出恶剧是这位可怜的普罗费当第亲口告诉我的,最初他为这事显得非常难受。我劝他不必把事情看得那么严重。总之,这孩子的出走倒使万事有了解决。"

我力言对裴奈尔颇为相识,并自信能保证这孩子的温厚诚笃(不必说,对窃篋故事自然一字不提)。但莫里尼哀立即又咆哮起来:

---

① 爱弥儿·奥日埃(现译为埃米尔·奥日埃。——编者注),法国十九世纪剧作家。

"这样说,我还非把别的事情也报告您不可。"

他就伸着脖子,放低声音说:

"我的同事普罗费当第遇到了一桩非常棘手的案子,一半由于这案子本身的难以处理,同时由于这案子可能引起的反响与后果。这是一桩很难令人相信的故事,而且谁也不愿希望真有其事。……这真可说是一种聚娼的行为,一种……我都不愿意用这类下流的字,就说是一种茶社吧,但最伤风化的是大部分的顾客几乎都是很年轻的中学生。我已先告诉您这是难以置信的。无疑这些孩子们并不理解他们行为的严重性,因为他们简直就不回避。散学以后,他们就上那儿去吃点心,闲谈,和那些娘儿们打趣;而'把戏'就演出在邻接茶室的那些房间内。自然,并不人人都能进去,要有人介绍才许参加。这种把戏有谁在维持?房租有谁在负担?这一切都不难发现;但要从事调查就非极端谨慎不可,否则真到水落石出就怕会连累到很多有面子的家庭,因为人们怀疑主要的顾客就是他们的那些孩子们。所以我尽可能劝普罗费当第不必过于热心,他为这事像公牛似的东闯西撞,绝不想到他那牛角尖第一下……(啊!对不起!我并非存心要那么说;啊!啊!真够滑稽,我竟脱口而出)……就会顶穿他儿子的肚子,幸亏暑假把人人都解放了,中学生们也各自散开了,所以我希望不必把这案子多作铺张,单用私下警告的办法把这事情淡忘了就算了事。"

"您有把握说裴奈尔·普罗费当第与这事有关吗?"

"并非绝对,但是……"

"您从何相信呢？"

"第一，他是一个私生子就是事实。您可以相信像他那样年龄的一个孩子，如果不是干下了太无廉耻的事决不至于弃家出走。……第二，我看出普罗费当第自己也起了疑心，因为突然他对这事已不如从前那么热心了；我想说他似乎已转了方向。因为最近遇到他时，我问起这桩案子，他显得很不自然。他说：'我相信这事最后也不会有什么结果。'接着立刻他就改谈别的。可怜的普罗费当第！您知道，他实在不该受这冤屈！这是一个品德兼备的人，而尤其难得的，是一条好汉。您看，他女儿最近很美满地结了婚。我自己不及参加，因为那时我正在荷兰，但菠莉纳和乔治回来参加了。我已经对您说起过？现在我得回去睡了。……什么，真的全由您破钞？不必！不必！大家好朋友，不如平分吧。……不答应？那末，好，再见吧！别忘了菠莉纳两天内就回来。上我们家来谈谈！再有一事：以后别再叫我莫里尼哀，单称俄斯卡就行！……好久我就想对您有这要求。"

今晚接到萝拉之姊蕾雪的一张便条：

"兹有要事相商。可否费神于明日午后驾临敝处一叙？不胜企祷之至。"

如果是为和我谈萝拉的事，这就不必等到今天。她给我写信，这还是初次。

二

爱德华日记（续）

九月廿八日

我在楼下大自修室门口找到蕾雪。两个仆人正在洗刷地板。她自己也系着围裙，手上拿着抹布。她向我伸手说道：

"我知道您决不会失信，"说时态度非常温顺忧郁，但仍不失微笑，是一种比美更动人的表情，"如果您不太急，最好先上楼去看看外祖父，回头再看我妈。他们要知道您来了而不去，一定会觉得很难受。但留一点时间给我，因为我有事必须和您商量。回头您再上这儿来找我，您看我正忙着监工呢。"

为顾面子起见，她从来不说：我正工作着呢！蕾雪把她自己的一生全埋没了，但没有再比她的德性更为谦逊谨慎。退让对她已成自然，以致一家人无一顾念到她不断的牺牲。这是我所认识的女性中最美的灵魂。

至三楼拜访雅善斯。老人已离不开他的靠椅。他让我坐在他的身旁，并立刻向我谈起拉贝鲁斯。

"如今他孑然一身使我颇为关心,我很想让他搬到学校来住。您知道我们是老朋友。最近我曾去看他。我想他太太的进养老院对他的影响不小。他的女仆对我说,他已几乎片粒不进。我想平时我们都吃得太多,万事首重分寸,过多过少都免不了是极端。他觉得为他一人做饭大可大必;但和我们同吃,人多了也许能引起他的食欲。来此又可和他那可爱的孙儿朝夕相聚,学校离他的住处太远,否则平时很难见面。尤其我不愿让孩子独自在巴黎外出。我和拉贝鲁斯认识已久。他这人向来有点特别。这并不是他的缺点。他天生带点傲性,他要不自己出点代价,恐怕不肯接受我的邀请。所以我想不如请他担任监堂,这对他并不费力,而且尤其能使他容易消磨时间,并以解闷。他的数学不错,必要时可以替学生温习点几何或代数。如今,他已没有学生,他的家具与钢琴对他已无需要;他可以把房子退了,而且搬来这儿住,尤其他可以省去一笔房租。我们就不妨收他一点膳宿费,免得使他挂心,免得使他因受人之惠而感拘束。希望您能及早提醒他,因为按他目下的起居,我怕对他的健康太不相宜。尤其两天之内就要开学。我们很信赖他,最好同时能知道他对这事是否也有诚意……"

我答应第二天就去看拉贝鲁斯。立刻他像放心了:

"唉,说回来,受您保护的那位年青的裴奈尔倒真是一个好孩子。他很和蔼地跑来自愿替我们这儿尽点义务,他谈起担任低班的监堂,但我怕他自己还太年轻,不易受学生尊敬。我和他谈得很久,而我认为他是一个很有同情心的人。

要锻炼成最好的基督徒就需要这种性格。深可惋惜的是他幼年的教育没有使他的灵魂走入正道。他向我自认他并没有信心,但他对我说这话时的语调却给我很大的期望。我回答他说,我希望在他身上发现养成一个勇敢的青年基督徒所必不可少的一切品格,而他必须时时念及如何善用上帝所赐予他的才智。我们又同念《圣经》中的喻言,而我相信优种并不曾落入在瘠土中,他显得很受我的话感动,而且答应再去细作考虑。"

裴奈尔已早把和老人的谈话告诉过我。我明知他对这些事情的看法,所以眼前的这一席话使我听了倒更难受。我起身告辞,但老人握着我伸过去的手,并不放松:

"嗳?告诉我。我已见着了我们的萝拉!我知道这可爱的孩子曾和您度了一个月的山居生活,看去这对她得益很多。我很高兴知道她已回夫家,她丈夫已该开始觉得忍不住这长时间的分离。可惜他的工作不容许他当时参加你们的旅行。"

我因为不知萝拉能对他谈了些什么,所以当时愈加感觉局促起来。我正脱手想跑,他却突然不由分辨地把我拉近他身边,靠着我的耳朵说:

"萝拉向我透露了她的喜讯,但千万小声!……她还不愿让人知道。我对您说,因为我知道您对这事已有所闻,而您我都是可靠的人。这可怜的孩子对我说时通红着脸显得很不好意思。她是那么寡言。当她在我身前跪下时,我们一同感谢上帝对他们夫妇的恩赐。"

我认为萝拉暂缓透露她的秘密也许更好,至少她的现状还不致使她非如此不可。如果她事先和我商量，我一定会劝她在未见杜维衰之前不谈一切。雅善斯可以不辨真相，但她家里人并不都像他一样容易受恩。

老人又搬弄了一些牧师们的论调，接着才对我说他女儿一定很高兴见到我，我便回到二楼浮台尔夫妇的住处。

重读以上所写的，我觉得令人可憎的倒不是雅善斯，而是我自己。而这也是我的本意。为预防裴奈尔再有窃看这日记的机会，我索性再为他添上几行。只要他继续有和老人接触的机会，他不难理解我的意思。我很喜欢这位老人，用他自己的口头语，我"尤其"尊敬他；但一在他身边，我自己就失去存在的余地，所以我才感到和他相处的困难。

我也很喜欢他的女儿牧师夫人。浮台尔夫人颇似拉马丁诗中的爱尔维①，一个年老时的爱尔维。她的谈话自有它的风趣。她常把一句话说一半，这使她的意思蒙上一种诗意的轻浅。她用飘忽与未竟来造成无限。现世对她所缺少的她都待诸来世，这使她的希望扩大至无限。她在寸土中取得跃力。由于很少见到浮台尔，就容易使她想象她很爱他。此老无时不在启程中，忙着布道、开会、抚贫、探病，以及成千成万的琐事。他只在照面时和你拉一拉手，但因此也特别显出恳挚。

"今天实在不能奉陪。"

---

① 爱尔维是法国十九世纪诗人拉马丁的诗作中常见的女人名，为诗人爱慕的对象。

"不忙，我们到天堂时再见吧！"我对他说，但他连听这话的时间也没有。

"他连片刻的空闲也没有。"浮台尔夫人叹气说，"您要知道压在他双肩上的一切，从……因为谁都知道他从不拒绝，人人就都向他……当他晚上回家时，他每疲乏得连我几乎不敢再和他谈话，怕他……他全副精力花在别人身上，使他无暇再顾及自己的人。"

而当她和我谈话时，我不禁回忆起昔日我自己住在这学校时浮台尔回家时的神情。我常看到他双手托着头，享受这片刻的轻松。但那时我已想到这轻松，与其是他所盼望的毋宁说是他所畏惧的，而最令他痛苦的怕也就是给他一点反省的时间。

当一个年轻的女仆端上一个装满的托盘时，浮台尔夫人问我说：

"您也用杯茶吧？"

"太太，糖已没有了。"

"我已告诉过你这些东西你向蕾雪小姐去要。快去。……你已请过先生们了吗？"

"裴奈尔先生与波利先生出门了。"

"那末，阿曼先生呢？……快去！"

不等女仆离开，她就说：

"这可怜的女孩子是从司特拉斯堡来的。她全无……样样都得告诉她……喂，你还等着什么呢？"

女仆又回过头来，像是一条被人踩着了尾巴的蛇：

"楼下的那位温课的教员要上楼来。他说不付他钱他决不走。"

浮台尔夫人的面色显出忧戚的烦恼：

"我还得说多少遍我不是管付账的？告诉他去见小姐。快去！……简直没有一点钟的安静！我真不知道蕾雪在想些什么。"

"我们不等她用茶吗？"

"她向来不用茶……唉！这开学可真给我们不少麻烦。这些自荐的温习教员不是索价过高，便是自身太不成。那一位，爸爸本来就不愿意他；但爸爸心肠太软。如今，倒是他来作威了。您刚才总听到那女仆所说的。所有这些人，眼中只有钱……好像世间就没有比这更重要的……暂时，我们倒也找不到一个替代的人。普洛斯贝始终相信只要祷告上帝，万事都能解决……"

女仆取了糖回来。

"你已请过阿曼先生了吗？"

"是，太太；他立刻就来。"

"莎拉呢？"我问。

"她两天内才能回来。她在英国，在她那位朋友家里，就是您在我们这儿遇见过的那小女孩家里。她父母都很和气，而我也很高兴莎拉可以稍稍……萝拉也一样。我发现她的面色好多了。在南部疗养以后，这次在瑞士的小住使她得益不少，而这也全仗您她才有这决心。就只有可怜的阿曼在整个假期中没有离开巴黎一步。"

"蕾雪呢?"

"是的,那倒是真的,她也没有。各方面都邀请她,但她宁愿留在巴黎。而且她外祖父也需要她。再说,在生活中,人也不能永远随己所欲。所以我就不能不时常提醒孩子们。人也应该想到别人。难道您以为我有机会去沙费我不会同样觉得有意思吗?而普洛斯贝,当他出去旅行时,您以为他是在求自己的快乐吗?阿曼,你知道我不喜欢你连衬衣的领子也不系就跑进这儿来。"最后一句是看到她儿子进来才说的。

"我亲爱的妈,您曾再三叮嘱我,教我不必重视外表,"他说着伸手给我,"而且也是凑巧,因为洗衣房的女人礼拜二才能来,而我留下的领子又都是破的。"

我记起俄理维谈起他同学时对我所说的话,的确我也看出在他顽皮的讥讽后面隐藏着一种深沉的表情。阿曼的面部显得俊俏。他的鼻子紧缩起来,弯曲在他单薄而苍白的嘴唇上。他继续说道:

"您可曾告诉您那位贵宾,今年冬季开场时,我们这戏班中新添了,新请了几位出色的名角:一位有思想的上议员的公子,以及年轻的巴萨房子爵,也就是那位名作家的弟弟?而您所认识的两位生力军还不计在内,而由此也愈显出他们的光荣来,那就是波利公子与普罗费当第侯爵。再加上其余几位,虽然他们的头衔与技艺尚待探悉。"

"您看他总变不了。"这位可怜的母亲对他的打趣微笑着说。

我真担心他会提到萝拉,因此不便久留,及早下楼去看蕾雪。

她卷起上衣的袖管正在帮着安排教室,但看见我走近,赶紧把袖管放下。

"这次求您帮忙在我实在是万分惭愧的,"她把我带到间壁作补习用的一间小教室时就开始说,"我原想和杜维哀商量,而且他也曾请求我那样做的;但自从这次见到萝拉以后,我才明白我不能再作这打算……"

她脸色很苍白,而当她说出最后这几个字,她的下颌与嘴唇都颤动得抽搐起来,这使她一时不能把话继续说下去。为怕她难受,我便把目光转移到别处。门是早就关上的,这时她倚门站着。我想握住她的手,但她从我的手中脱开。终于,她像从无限的挣扎中哽咽着说:

"您能借给我一万法郎吗?今年开学时的收入看去相当可观,我希望不久就能偿还。"

"这款子什么时候需要?"

她不回答。

"我身边只有一千多法郎,"我接着说,"但明天,我就可把整数凑齐……如果必要的话,今晚也可以。"

"不必,明天就成。但如果在您方便的话,可否请把一千法郎先给我留下……"

我从皮夹中把钱取出递给她:

"一千四百法郎如何?"

她低着头回答说"好的",但说得那么轻,我几乎分辨不出来;接着她便蹒跚地跑向一张小学生坐的板凳前,倒下了,双肘支在桌上,手蒙着脸。我以为她在哭泣,但当我把手放在她肩上时,她抬起头来,我看到她的眼睛仍是干枯的。

"蕾雪,"我对她说,"您别因为有求于我而感到难受,我很乐意替您尽力。"

她庄重地凝视着我:

"使我惭愧的是我必须请求您别把这事向外祖父或是妈妈提起。自从他们把学校的经济交我经手以后,我总让他们相信……总之,他们并不知道。所以我恳求您别向他们提起。外祖父老了,而妈妈又很操劳。"

"蕾雪,操劳的不是她……而是您。"

"她曾操劳过来;如今,她已累了,就轮到我,我自然责无旁贷。"

她仅仅简单地说出这几个简单的字。我并不感觉到在她的顺命中含有任何怨意,相反,这几乎是一种宁静。

"但您不必把事情看得太严重,"她接着说,"这只是一时的困难,因为有些债主已不耐再等。"

"刚才我还听到女仆在说一位温课的教员跑来索薪。"

"是的,他跑来向外祖父闹了一场,不幸我不能设法阻拦。这是一个粗野的人。我必须先去付钱给他。"

"您愿意我替您去吗?"

她略微踌躇,勉强想现出一点笑容。

"谢谢。但不必,不如我自己去……但最好您也出来,可以吗?我有点怕他。如果他见到您,他一定不敢再说。"

学校的前院有石阶与校园相通,中间隔着栏杆,那位教员就靠在栏杆上,双肘反支着。他戴着一顶奇大的软呢帽,吸着烟斗。当蕾雪和他在谈判时,阿曼跑近我身边。

"蕾雪可敲着您了,"他冷笑着说,"您在这千钧一发之际到来正好解救她脱离苦难。这又是我那位蠢货哥哥亚历山大在殖民地欠了债。她想把这事隐瞒我父母。她已经把她嫁妆的一半给萝拉装了门面,但这次可全盘倾出了。我敢担保她决没有对您说。她的谦让真使我生气。这真是人间一个最险毒的玩笑:每次有谁为别人牺牲,这人一定比那些人高出万倍……一切她替萝拉打算!这娼妇可真算是报答了她……"

"阿曼,"我怒色地喝住他,"你没有权利来批评你姊姊。"

但他发着急促的尖声继续说道:

"我批评萝拉正因为我并不比她强,我很知道。蕾雪,她,就从来不批评我们。她从来不批评人……是的,那娼妇,那娼妇……我对她所想的,我还不曾让人转告她,我保证您……而您,您竟蒙蔽,竟袒护这一切!您不是不明白……外祖父,他,就不辨是非。妈妈尽量装作不懂。至于爸爸,他自己已整个交付给'我主';那就更方便。每遇困难,他就下跪祷告,而让蕾雪去想办法。他所要求的,最好是万事不作正视。他奔走,他自扰,他几乎永不在家。我知道在家使他气闷;但在这家庭中,我可会爆炸。他竟自寻陶醉,天哪!这时候,妈妈忙着作诗。啊!我不是和她开玩笑,我自己也一样作诗。但至少,我知道我自己的下流,而我也从不冒充好人。您说这这么能教人不作呕!祖父显得对拉贝鲁斯那么'关怀',实际倒是他自己需要一位温课的教员……"而突然又说:"那猪仔在那边敢对我姊姊说什么?如果他走时不向她行礼,我准一拳打烂他的嘴……"

他冲向那流氓,我相信他就会伸拳出去,但当他跑近时,后者带讽意地行了一个脱帽礼,就从穹门下消失了。这时为了让牧师进来正门大开。他穿着礼服,头戴高筒帽,手上是黑手套,像是刚参加洗礼或是葬礼后回来似的。这位前任的教员和他互致敬礼。

蕾雪与阿曼跑上前去。当浮台尔和他们都走近我身边时,蕾雪对她父亲说:

"一切都办妥了。"

后者在她额上接了吻:

"孩子,你记得我常对你说的:上帝永不让信他的人绝望。"

接着就向我伸过手来:

"您已想走了吗?……那么改天再谈。"

三

爱德华日记（续）

九月二十九日

访拉贝鲁斯。女仆踌躇着不想让我进去："先生不愿见客。"经我十分坚持，她才引我进入客室。百叶窗全关着。我那老师颓坐在一张直背的大靠椅上，在阴暗中我几乎不曾辨认出来。他并不起立，也不对我注视，只从旁向我伸出他那软弱的手，而这手，当我紧握以后，便又垂下了。我坐在他身旁，因此我看到的只是他的侧面。他的面部像是凝冻了的，冷漠得一无表情。偶尔嘴唇略微蠕动着，但不发一言。我开始怀疑是否他认识我。这时挂钟敲了四下；于是，像被时钟的机轮所推动，他慢慢转过头来，用着一种非人间的、沉重的语音，有力而平直地说道：

"为什么别人让您进来？我已叮嘱过女仆让她告诉任何来访的客人，说拉贝鲁斯先生已故世。"

我觉得非常痛苦，并不单由于这些荒诞的言词，而尤其是其中的声调，一种极端夸张而做作的声调，这出于平日对我那么自然、那么信赖的老师,在我实在还是初次经历。

"那女孩子不愿说谎,"终于我回答说,"别因为她给我开门而谴责她。能重见您在我实在是很愉快的。"

他木然重复说:"拉贝鲁斯先生已故世。"以后重又落入沉默中。我一时颇不高兴,正拟起身告辞,待改日再来探研这幕可悲的戏剧的起因。但这时女仆进来,端上一杯冒着热气的巧克力茶。

"先生振作点吧。今天他还什么也不曾用过。"

拉贝鲁斯不耐烦地惊跳起来,正像一位演员被另一笨拙的角色破坏了他的效果似的:

"等这位先生走后再说。"

但女仆才把门带上,他就说:

"朋友,劳驾给我去端杯水吧。一杯清水就成。我渴得要死。"

我在餐室中找到一个水瓶和一只玻璃杯。他把杯注满,一饮而尽,用他旧驼绒上衣的袖管擦着嘴唇。

"您觉得发烧吗?"我问他。

我这话立刻提醒他自己在扮演的人物:

"拉贝鲁斯先生并不发烧。他已无感觉。从礼拜三晚上起,拉贝鲁斯先生已停止生活。"

我正踌躇是否最好自己也参加他这幕戏剧:

"礼拜三可不正是波利来看您的那一天吗?"

他向我转过头来,提到波利的名字时,他的面部闪出微笑,像是昔日的微笑之影,而终于放弃了他在扮演的角色:

"朋友，对您，我不妨明说：上礼拜三是我生命中最后的一天。"他用更低的声音对我说："正是……在结束这生命前我留给我自己的最后一天。"

看着拉贝鲁斯又回到这骇人的话题，使我感到万分痛苦，我明白过去他对我所说的话，我从不曾把它看作很认真，因为在我记忆中早经淡忘了；如今我才责备起自己来。如今，我才回忆起一切，但我所奇怪的是他最初和我谈起时所定的日期比这更远，而当我向他道破这点时，他重又回复自然的语调，并略带讽意地对我招认，说他故意欺瞒我确实的日期，说他怕我加以阻拦或是因此赶回巴黎，所以才把日期定得较远，但说他曾接连几夜跪求上帝，让他在死前能见到波利。

"我还和'他'约定，"他加上说，"必要时，我得把行期展缓几天……正因为您曾保证我能把他领回，您记得吗？"

我已握住他的手，它是冰冷的。他让它在我手中取暖，他用单调的语声继续说道：

"所以，当我知道您在假期结束前就能回来，而我不必展缓行期就能重见到那孩子，我相信……我以为上帝已接受了我的祷告。我相信他是赞同我的。是的，我真这样相信。我并不曾立刻想到他始终是嘲弄着我。"

他把手从我手中缩回，带着较兴奋的语调：

"所以在礼拜三晚上我决定告一结束，而正是礼拜三的白天您把波利带来。我不能不说在见到他的时候，我并不曾感到我所预期的喜悦。以后我考虑到这层。显然我没有理由去希望这孩子见到我会感觉愉快。他母亲从不曾向他谈起过我。"

他停住了；他的嘴唇颤抖着，我相信他将哭泣。

"波利巴不得能喜欢您，但您也该让他有认识您的时间。"我插言说。

"孩子走后，"拉贝鲁斯只顾继续他自己的话，"夜间当我又是一人的时候（因为您知道拉贝鲁斯夫人已不在这儿），我便对自己说：'来吧，这正是时候。'您应知道我已故的兄弟曾留给我两支手枪，我始终放在床头前的盒子内，所以我就把盒子取来，当时我就坐在一张靠椅上，正像此刻一样，我装好一支手枪……"

他突然猛力转向着我，像是怕我怀疑他的话，重复说道：

"是的，我已把枪装好了。您可以去看：这会儿还装在那儿。但结果发生了什么呢？我也无从明白。我把手枪举向前额。许久枪口贴在我鬓角上，而我不曾射击。到这最后关头，我竟不能……这说来实在是可耻的……我没有勇气开枪。……"

他愈说愈兴奋，他的目光变得更锐利，血色微微地染红他的双颊。他摇摇头正视着我：

"您看这怎么解释呢？一件我所决定的事情，对这件事情，几个月来，我不断地想……也许正因为这缘故，也许由于事前想得太多，反使我失去了执行的勇气……"

"这正像在未见波利之前，您已把见他时的快乐先在思索中耗尽了。"我对他说，但他继续讲下去：

"许久我把枪口贴在我的鬓角上。我的指头按在扳机上。

我轻轻地扳动,但不够用力。我对自己说:'我快要用力扳动,而子弹就会射出。'我感觉金属的寒冷,而我对自己说:'我快不会再有这种感觉。但在这以前我必先听到可怕的轰击声……'试想!离耳朵那么近!……使我住手的特别是这一点:怕听枪声……其实真够荒谬,因为人一死去……是的,但我所希望的死,是像安眠一样;而一种爆炸声,它不会使人睡熟,它使人惊醒……是的,我所怕的必定是这个。我怕不曾使我睡熟,倒反突然把我惊醒。"

他似乎竭力使自己镇定,或宁说使自己能贯注精神,但他的嘴唇重又茫然启翕起来。

"这一切,"他接着说,"都是事后我才对自己所说的。如果我没有自杀成功,真正的原因却由于当时我并不是自主的。如今我说:我怕了;其实并不是那么回事。某种与我自己的意志完全无关,而是比我自己的意志更强的东西把我挡住……像是上帝不愿让我离去。设想一个牵线的木偶,它想在幕落以前离开舞台……站住吧!终场时还需要你。唉!你以为你想什么时候走就能什么时候走吗?……我才明白他们所谓自己的意志,实际只是上帝牵在手上不使木偶行动的线索。您不懂这意思吗?让我来替您解释。譬如说,此刻我说'我来举起我的右臂',而我就举起来。(他说时真举起右臂。)但由于这后面已有人把线牵动,为了使我想起并说出'我要举起我的右臂'……要证明我并不是自主的,只须看如果必须举起另一只手臂时,我一定会对您说'我来举起我的左臂'……不,我看出您并不明白我的意思……啊!如今我很明白上帝在开玩笑。一切他让我们做的,他装作使我们相信以为是我们自己愿意做的,他就以此取乐。这就是他的恶作剧……您以为我疯了吗?说起这点,试想拉贝鲁斯夫人以为……您知道她已进了养老院……对了,试想她以为那是一个疯人院,而我使她入院为的可以摆脱她,为的可以把她当作疯老太婆……您说这真是够奇怪的,任何一个路人也会比这终身相许的她更能多理解我一点……最初,我还每天去看她。但当她一窥见我,她就说:'唉!您又来了。在这儿您还来刺探我……'我只好不再去探望她,因为这只使她生气。您教我对生命再能有什么留恋,当我对别人已一无用处?"

他的呜咽抑住他的语声。他低下头,我以为他重将堕入在颓丧中。但突然他又奋起:

"您知道她临走前干些什么?她撬开我的抽屉,焚毁我已故的兄弟的一切遗简。她一向妒忌我的兄弟,而尤其在他死后。夜间,当她发觉我在那儿重读他的信札时,她便和我争闹。她叫着说:'唉!您就等着我去睡觉。您躲开我。'或是:'您不如去睡觉更好。您使您的眼睛疲累。'别人也许会说她体贴入微;但我很知道,这完全出于妒忌。她不愿单独让我和我兄弟留在一起。"

"那因为她爱您的缘故。妒忌中没有不含有爱的成分的。"

"但您不能否认这是可悲的事实:爱情不但没有使生活更幸福,倒反成了苦难……无疑,所谓上帝爱我们,就是如此而已。"

他愈说愈兴奋,而又突然说:

"我饿了,"他说,"当我想吃的时候,女仆总给我端来一杯巧克力茶。拉贝鲁斯夫人一定告诉她我不吃别的。可否请您上厨房……走廊中右手第二扇门……看是否还有鸡蛋。我像记得她说还有似的。"

"您愿意她给您预备一个油烤鸡蛋吗?"

"我想我能吃两个。能劳您驾吗?因为我说的话人都不听。"

"亲爱的朋友,"我回来时对他说,"您的鸡蛋一会儿就得。如果您允许的话,我可以陪着看您吃。是的,这使我高兴。刚才听您说您对别人已一无用处,这话使我非常难受。您似乎忘了您的孙儿。您的老友雅善斯先生向您建议请您上他学校去住。他托我转达他的意思。他想如今拉贝鲁斯夫人已不在这儿,您再没有别的牵挂。"

我原以为他会多少加以推托,但他连对方的条件也不打听。

"虽然我没有死成,但我也和死了差不多。这儿或那儿对我都一样,"他说,"您带我去就是。"

我和他说定后天来陪他同去,并在这期间内给他送两口箱子来,他可以把需用的衣服以及一切他喜欢带走的东西都装在里面。

"而且,"我又加上说,"您这房子的租期还没有满,随时您都可以回来取您所缺少的东西。"

他狼吞虎咽地吃了女仆端来的鸡蛋。我又替他吩咐了晚餐,看他一切已恢复了正常我才安了心。

"我太麻烦您了,"他重复说,"您真是好人。"

我对他说希望他把他的手枪交我保存,因为这对他已无用处;但他不愿意留给我。

"您再不必担心。我在那天所没有实行的,我知道此后我也永不会再去实行。但如今这两支枪是我兄弟给我留下的唯一的纪念品,而我愿它们随时能提醒我:我只是上帝手中的玩物。"

四

那天天气很热。从浮台尔补习学校开着的窗口，人们可以看到校园的树梢上还浮漾着大量未退的暑热。

这开学日对雅善斯老先生是一个演说的机会。他按例站在讲座前，面向着学生。讲座上坐着拉贝鲁斯老人。当学生们入室时他站立起来，雅善斯对他点首示意，他才重又坐下。他那殷切的目光最初就投在波利身上，这目光使波利感到局促，尤其当雅善斯在演说中给孩子们介绍新先生时特别提出老人与他们同学中某一位的关系。拉贝鲁斯却深苦不能遇到波利的目光。他以为这是孩子对他的冷漠，无情。

波利则想："啊！但愿他让我安静一点！但愿他别让我受人'注意'！"他的同学们使他丧胆。散学时，他不能不和他们在一起，自学校至宿舍，一路上他听到他们的谈话。为求得他们的同情起见，他不是不希望自己也加入进去，但他娇洁的天性使他厌恶这一切，话到口边便又带住。他恼恨自己的拘束，竭力想设法掩饰，而为避免别人讥嘲起见，竭力装作欢笑，但这总是徒劳。在众人前，他显然像一个女孩子，这意识使他深自忧苦。

孩子们很快地形成小组。其中一个叫作莱昂·日里大尼索的当着中心人物，且已很有声势。他比别的孩子们年龄稍长，而且班次也较高，棕色的皮肤，黑头发，黑眼睛，但个儿既不很高，体格也并不特别魁梧，不过他正是人们所谓"厚脸皮"的那种孩子，一个真正无赖的狡童。即连小乔治·莫里尼哀也自认"拜倒"："而你知道，能让我'拜倒'，确实是要有点了不起的！"那天早晨，他不就亲眼看到日里大尼索跑到一个抱着孩子的少妇跟前：

"太太，这是您的孩子吗？（他极谦躬地问道。）这小子可长得真够丑，但您放心，他是活不长的。"

乔治一提到这事还止不住哈哈大笑。

"不见得吧！真有这事吗？"当乔治把这故事讲给他的朋友费立普·亚达芒第听时，后者问道。

这类无耻的取笑使他们听得非常高兴，以为没有再能比这更俏皮的了。其实这并不希奇，莱昂不过是从他表兄斯托洛维鲁那儿学来的，但乔治却不知道。

在课室中，为避开监堂者的视线起见，莫里尼哀与亚达芒第和日里大尼索同占了第五排的长凳。莫里尼哀的左手是亚达芒第，右手是日里大尼索，别人也叫他日里；波利坐在长凳最靠边的坐位，他后面是巴萨房。

龚德朗·德·巴萨房从他父亲死后一直度着惨淡的生活，其实他以前的生活也并不愉快。许久他就认清想从他哥哥那儿得到任何同情或扶植是不可能的。他在布勒塔尼①度过暑假，这是他那忠仆赛拉菲把他带去的，而他就住在她家里。他的一切才能无从舒展。他工作。他要证明给他哥哥看，他自己比他还强，这一线

----

① 现译为布列塔尼。——编者注

潜在的希望刺激着他。他自愿在学校寄宿，为的可以不住在他哥哥家里，因为在巴比伦路的爵府只能唤起他凄惨的回忆。赛拉菲因为不愿离开他，便在巴黎租了房子，故伯爵在他遗嘱上指定有他两位少爷给她的年金，她利用这笔小款项才能有此方便。她留给龚德朗一间房子，备他从学校回来时住宿。他把这间房子按他自己的趣味布置。每周他和赛拉菲同餐两次，她看护他并照料他的一切。在她跟前，龚德朗谈笑自如，虽然任何知心的话他仍未便向她吐露。在宿舍中，他竭力避免受别人的影响，对同学们的取闹概不理会，且也不常参加他们的游戏。这也由于他对阅读比任何非户外的游戏更感兴趣。他喜好运动，各种运动，但特别是个人的运动；这也由于他的孤傲，他的不喜随俗。按着季节的不同，礼拜天他出去溜冰，游泳，划船，或到乡间远足。他既不设法去克服自己的憎恶，也不设法去开拓自己的胸襟，相反，却使它坚定起来。也许他没有他自己所设想的，或是他自己想做到的那么单纯。我们曾看到过在他父亲临终的床前守灵的他。但他并不喜欢神秘，而每当他不能自主的时候，便感不快。如果他在班中名列前茅，这并非由于敏捷，而全是勤读的结果。如果波利知道去和他亲近，倒可以受到他的不少保护，但吸引波利的则是邻座乔治。至于乔治，他只听从日里，而日里则对谁也不加注意。乔治有紧要的消息想转达给费立普·亚达芒第，但觉得给他写信总欠谨慎。

开学的那天早晨，他在开课的前一刻钟便到学校门口空守着他。当他在门口来回巡逻时，他才听到莱昂·日里大尼索那么俏皮地诘问一个年轻的女人；事后这一对狡童便接谈起来，而使乔治感到莫大愉快的，是发现了他们还将是这补习学校的同学。

散学时，乔治与费费终于遇见了。他俩和别的寄宿生们一同走回雅善斯寄宿舍，但故意离远一点，为的可以自由畅谈。

"你不如也把那东西收起来。"乔治先开始，指着费费还挂在钮孔中的黄丝带。

"为什么？"费立普问道，发现乔治的丝带已不挂在身边。

"人会把你捉起来的。好小子，我原想在上课前把这话告诉你，你要早到一会儿就赶上。我等在学校门口就为的通知你。"

"但我不知道。"费费说。

"我不知道，我不知道，"乔治学着他说，"但在乌尔加脱分手以后你早该想到也许我有话想对你说。"

这两个孩子最挂心的是各人想占对手的上风。费费由于他父亲的地位与家境占到某些便宜，但乔治借他自己的大胆与傲慢又远胜费费。费费不甘示弱，必须加倍努力。他并不是个恶劣的孩子，但性格非常软弱。

"好吧，你有话想说，那就说吧！"他说。

莱昂·日里大尼索已挨近他们，听着他们的谈话。乔治也乐意让他窃听。早晨日里的谈吐使他非常吃惊，这时乔治也想同样给他一个报复，因此他装作很平淡地对费费说：

"小泼辣给关起来了。"

"小泼辣！"由于乔治的从容自若倒使费费惊叫起来。莱昂显得对这事很感兴趣，费费便问乔治：

"可以对他说吗？"

"随你便吧！"乔治耸耸肩说。于是费费对日里指着乔治：

"这是他的相好。"他又回头问乔治：

"你怎么知道的呢？"

"我遇到十里美，是她告诉我的。"

于是他告诉费费十二天前他回到巴黎时，想再去访问法院院长莫里尼哀曾指为"纵乐的场所"那幢房子，如何发现门已封锁，如何他在附近徘徊，不久遇到了十里美，费费的相好，她告诉他在假期开始时警察局如何在这房子内搜查以及封闭等事。为这些女人与孩子们所不知道的是普罗费当第进行这件工作时曾煞费苦心，直等这些未成年的触犯者离散以后才肯下手，为的不使他们也一并打入网内以致牵连到他们父母的体面。

"哎哟！老乔……"费费不加批评，只连连地说，"哎哟！老乔……"意思是他和乔治可真算侥幸脱了身。

"这使你脊梁也发冷了吧？"乔治冷笑着说。但他自己也曾受莫大的惊吓，这是他认为无须再作招认的，尤其在日里大尼索面前。

从这段对话，人们可能把这些孩子看作比实际更为卑劣。其实，我敢相信他们类似的论调多半还为的相互示威，其中有着不少夸大的成分。总之，莱昂·日里大尼索听着他们，听着他们，而且鼓励他们继续地说。当他晚上把这些话题报告给他表兄斯托洛维鲁时，后者一定会很感兴趣。

同天晚上，裴奈尔去见爱德华。

"今天开学的经过还不错吧？"

"不坏。"

由于接着他不再作声，他说：

"裴奈尔先生,如果今晚您没有谈话的心境,别希望让我来催促您。我最怕审问人。但原谅我提醒您,您曾自愿替我服务,因此我有权利希望您会报告一点消息……"

"您想知道的是什么?"裴奈尔很勉强地回答,"是不是雅善斯长老那篇庄重的演说,其中他勉励孩子们'应抱少年之热诚共同奋发'。我把这些字眼全记住了,因为他曾反复用了三次。阿曼就说老人没有一篇演讲中不用到它们的。我和他同坐在课室中最后一排的板凳上,守望着孩子们进来,正像挪亚①在方舟中守望他的动物一样。真是各类齐备:有反刍类的,有厚皮类的,有软体类的,以及其他种种无脊椎动物。演讲告终以后,当他们开始相互交谈时,我和阿曼注意到他们十句话中间便有四句是这样开始的:'我敢打赌你不……'"

"其余六句呢?"

"那就是:'我吗,我……'"

"这倒观察得不坏。其余还有什么呢?"

"有些在我看来都含有一种假造的性格。"

"这话怎么讲呢?"爱德华问道。

"我特别想到其中的一个,他坐在小巴萨房身边。小巴萨房在我看来倒只是一个沉静的孩子。我曾仔细观察他的邻座,那孩子似乎以古人的'Ne quid nimis'②拿来作处世的法则。以他的年龄,

---

① 《圣经·创世记》中说,洪水泛滥时,挪亚遵上帝之意旨造方舟,携妻儿及动物中之公母各一登舟,得免于难。

② 拉丁文,意即"中庸之道"。

您不觉得这箴言的荒谬吗？他的衣服非常贴身，领带非常整齐，自上至下即连袜带的结也毫厘不差。在我和他简短的谈话中，他已赶紧对我申说，他认为随处都是精力的浪费，而像歌曲中的叠句一样，反复地说：'勿作无用的企图。'"

"可诅咒的节约。"爱德华说，"这应用在艺术上适成烦赘。"

"为什么？"

"因为他们什么也不忍割爱。其余还有什么呢？您一点也不和我谈到阿曼。"

"这一位，倒是一个稀有的角色。其实我倒并不喜欢他。我不爱畸形的人物。不用说，他决不是傻子；但他的心力完全用来破坏，而且，特别是破坏他自己。他自己内心的善良、仁慈、高贵、温顺，他都认作是耻辱。他应该多多运动以作舒散。整天关闭着使他愈感气愤。他似乎很希望和我接近；我也并不躲避，不过我不能和他相合。"

"您不以为在他的冷嘲热讽后面隐蒙着一种过度的敏感，或是一种深沉的痛苦？俄理维倒那么揣想。"

"那也可能；我也对自己说过。我对他还不够认识。我其他的感想都欠成熟。我还得再作考虑，日后我再告诉您。今晚原谅我不能奉陪。我两天内还有考试；而且，我不如对您明说……我颇觉伤心。"

五

> 如果不是我的误解，惟有方物之花才是可取的……
>
> ——费奈隆

俄理维当晚回到巴黎，一夜的休息已把精神恢复。天气非常晴朗。刮净了脸，洗了喷水浴，穿得整整齐齐，他便出门，周身意识到自己的力量、青春与美。这时巴萨房还未睡醒。

俄理维匆忙地跑向梭蓬①。这正是裴奈尔应受笔试的早晨。俄理维怎么会知道？但也许他并不知道，他是探问消息去的。他走得很快。自从裴奈尔在他那儿借宿的那天晚上以后，他再没有遇见过他的朋友。这其间，发生了多少变故！谁知道，也许他想在他朋友面前炫示自己，比想要和他见面的情绪还更迫切？可惜裴奈尔太不讲究服装！但这种趣味每是优裕的产物。俄理维得到这种经验完全由于巴萨房伯爵的缘故。

这天早晨裴奈尔应考的是笔试。他到正午才能出来。俄理维在院子中等着他。他遇到几个认识的同学，拉拉手，便又走开了。

---

① 梭蓬（现译为索尔邦。——编者注）原系巴黎神学院创办人。今指巴黎大学文理学院所在地。

他的服装使他稍感拘束。但使他更为局促的是，当裴奈尔散场出来，跑往院子，向他伸出手去，叫着说：

"多漂亮呀！"

俄理维自以为再不会脸红，这时竟脸红起来。虽然这话的语调非常坦直，但叫人怎么能不看出其中的讽意呢？至于裴奈尔，他所穿的还是出奔时的那身衣服。他并不曾想到能遇见俄理维。他拉着他，边问边走。旧友重逢的快乐在他是非常突然的。如果最初他对他朋友服装的精致稍含微笑，实际并无恶意在内。他的心地非常坦直，并不爱讥刺别人。

"我们一同吃中饭，怎么样？是的，下午一点半钟我还得去考拉丁文。今天上午是法文。"

"满意吗？"

"是的，我自己倒满意。但我不知道我的议论是否能合阅卷人的口味。题目是论述拉封丹①的四句诗：

我，巴那斯山②之蝶。

恰似善心的柏拉图③喻作人间杰作之蜜蜂。

一身轻捷，掠过各事各物。

穿梭花间，来回翩跹。

---

① 拉封丹，法国十七世纪寓言诗人。
② 巴那斯山是古希腊中部之名山，神话中阿波罗和缪斯居住处。
③ 柏拉图，古希腊哲学家。

你说，要是你，你会发表一些什么意见？"

"我会说拉封丹用这些诗句来描写他自己，同时也就是替艺术家所作的一幅肖像，所谓艺术家即是只对外在世界、对表面、对花感兴趣的人。接着我就用一幅学者的，也即探究与发掘者的肖像来作对比，而最后证明学者所探究的正是艺术家所得到的。从事发掘的人，愈发掘愈深陷，愈深陷愈成盲目；因真理即是表象，神秘即是形相，而人身上最深奥的即是他的皮囊。"

这最后的句子，俄理维是从巴萨房学来的，巴萨房自己又是有一天听保罗·安布罗兹在一个沙龙中演讲时带回来的。一切未经印刷成帙的，在巴萨房认为都是合法的获得，也即他所谓的"游思"，总之，是别人的意思。

裴奈尔从俄理维语调中的某种犹豫，觉出这决不能是他自己的句子。当时俄理维的声音很不自然，裴奈尔正想问："这是谁说的？"但除了不愿开罪他的朋友外，他还怕听人提到巴萨房的名字，这名字是俄理维至今谨慎地带住在口边的。因此裴奈尔只好觊觎地迫视着他的朋友，而俄理维又再度脸红起来。

听着伤感的俄理维发表与他所认识的完全相反的见解，裴奈尔的惊愕几乎立时转成激烈的愤慨，像是一阵突发的、惊袭的、难以抗拒的旋风。但这些见解固然在他认为荒谬，他的愤慨却并不纯然对此而发。退一步说，这些见解也不像一般所设想的那么荒谬。他很可以拿来和他自己的对列在他那本记载相反意见的小册子上。果真这些见解是俄理维自己的，他不会对他朋友，也不会对他朋友的见解，发生愤慨；但他觉得后面还隐藏着另一个人，因此这愤慨是对巴萨房而发的。

"人们用来摧残法国的，正是这类见解！"他以沉着而激忿的语声喊着说。他故意张大其词，企图高凌于巴萨房之上。而他所说的使他自己也惊异起来，像是他的言词先于他的思想。而实际上他上午试卷中的主意确是从这思想出发；但为谦逊起见，他厌恶在自己的语汇中，而尤其在和俄理维谈话时，显露他所谓的"夸大的情感"。因为一经表达，这些情感在他便认为不够真切。因此俄理维从不曾听到过他朋友提到"法国"的利益，这次是轮到他来表示惊异了。他瞪大着眼，已想不起再作微笑了。他已不认识他的裴奈尔。他茫然追随着说：

"法国？……"接着为卸却责任起见，因为裴奈尔说的决不是戏言，"但是，老裴，这并不是我的意思，这是拉封丹的意思。"

裴奈尔几乎变成挑衅。

"天哪！"他叫着说，"我早知道这不是你的意思。但是，朋友，这也不是拉封丹的意思。如果他只凭借这点轻浮，何况这种轻浮他自己在晚年也很追悔，他决不能成为我们所景仰的艺术家。这正是今天上午我在论文中所发挥的，我还用了很多引证去增强我的论据，因为你知道我的记忆力相当不错。但不久撇开拉封丹，论及有些浅薄的人们以为这种无忧无虑、谐谑讽嘲的精神可以在他的诗品中找到依据，我便对这有时使我们在国外名誉扫地的所谓'法兰西精神'痛加了一通评责。我说那种精神只能认作是法兰西的怪相，连微笑也称不上；而真正的法兰西精神是一种探究的、推理的、仁爱的、深智洞察的精神；如果拉封丹不受这种精神所激励，也许他一样可以写出他的短篇故事，但决不会产生他的寓言诗，也不会有这篇令人惊叹的书简（我表示我知道其中的来历），今天给我们用作论题的诗句就是从那儿引来的。是的，老俄，全篇就是辩驳，很可能我会因此落第。但我不在乎，我非那样说不可。"

俄理维并不特别坚持他适才所发表的意见。他只是顺从了一时想炫耀的心理，才装作漫不经意地引了一句以为足以使他朋友惊愕的警句。如今后者来势汹涌，他唯一的办法只能鸣鼓退兵。他最大的弱点由于他需要裴奈尔的友情远胜裴奈尔需要于他的。裴奈尔的议论使他感到羞辱与屈服。他自恨开口太快，如果他先让裴奈尔发言，他定会追踵唱和，如今则已失之过晚。但他如何能想到曾几何时，这叛逆的裴奈尔，竟成了巴萨房认为只应以微笑置之的这些情感与思想的辩护者？微笑，无疑这时他已再没有这样的心绪；他所有的，是羞辱。他既不能收回自己的话，更不能对裴奈尔真切的情绪起而抗辩，他只求设法自卫与闪避：

"既然这些都是你写在文章中的，那末至少不是对我而发的……那就没有什么。"

他说这话时颇感困惑，绝不是他自己自然的声调。

"但至少现在我是对你而发的。"裴奈尔接着说。

这句话正刺中俄理维的心坎。裴奈尔说时固然并不带有敌对的用意，但听者如何能不这样解释？俄理维不再作声。裴奈尔与他之间已造成一道深渊。他思索着用些什么论题才能把深渊两岸的间隔重又连接起来。他终竟一无所获。"难道他不理解我的窘困吗？"他自忖着，而结果更增加他的窘困。也许他还用不着忍泪，但他实觉心酸。这也是他自己的过失：如果他预期的愉快较淡，这次会见又何致使他如此伤心。这情形和他两月以前欣奋地去迎接爱德华是一样的。在他也许永远如此，他自语说。他真愿弃绝裴奈尔，忘去巴萨房、爱德华，从此摆脱一切……突然，一桩意外的遭遇打断他这阵灰暗的思潮。

他们正走在圣密西大街，俄理维迎面瞥见他的小兄弟乔治。他抓住裴奈尔的手臂，立刻转背拖着他急忙跑开。

"你相信他看到我们吗？……我家里还不知道我已回巴黎。"

当时小乔治并非一人，同行还有莱昂·日里大尼索与费立普·亚达芒第。三个孩子正谈得起劲，但这并不妨碍乔治的所谓"顾盼"。为倾听他们起见，我们暂时离开俄理维与裴奈尔。况且我们这两位朋友跑进一家饭馆以后，目前吃比说更忙，这使俄理维也放下心来。

"好吧，那么你去。"费费对乔治说。

"啊！他怕！他怕！"后者还刺着说，语调中充满着正足以激动费立普的讽蔑。而日里大尼索显作全不介意：

"我的羔羊们，如果你们不想干，不如立刻就说。我要找几个比你们更有胆量的家伙并不困难。好吧，快还给我。"

他转向乔治，后者手心中紧握着一枚钱币。

"看我去吧！"乔治突然鼓起勇气嚷着说，"跟我来！"（他们正在一家烟草铺前面。）

"不，"莱昂说，"我们在路角等你。费费，来吧！"

片刻以后乔治从铺子内出来，手上执着一包称作"上等"的纸烟，分赠给他的朋友们。

"怎么样？"费费关心地问。

"什么怎么样?"乔治故意冷冷地反诘着说,像是自己适才所做的事突然已变作那么自然,在他已不值一提。费费却坚持着:

"你把它用出去了吗?"

"自然啰!"

"别人什么也没有说吗?"

乔治耸一耸肩:"你希望别人说什么呢?"

"零钱也找给你了?"

这次乔治已不屑置答。但因对方还带疑惑与胆怯,并坚持着:"拿出来看。"乔治便把钱从袋中取出。费费数着,果然是七个法郎。他还想问:"至少你相信它们是真的吧,这一些?"但他忍住了。

乔治是花了一个法郎买这假钱的。当时说定找回的钱以后大家平分。他递给日里大尼索三个法郎。至于费费,活该一文也不能到手;至多给他一根烟抽,这可以让他受一次教训。

由于这初次成功所得的鼓励,如今费费也很想一试。他要求莱昂也卖给他一枚。但莱昂看出费费畏葸不足恃,而特别为使他警醒起见,故意对他先前的怯懦表示某种鄙弃,并且佯作恼怒:"他早不打定主意;没有他,我们一样干。"加之初次尝试以后,紧接着再作第二次的冒险,莱昂认为太不谨慎。而且,如今时间已太迟。他的表兄斯托洛维鲁等候他去午餐。

日里大尼索并不愚笨到自己不会把这些钱币流散出去;但遵从他表兄的吩咐,他设法觅取同谋。他将报告他这次任务的圆满完成。

"有门第的孩子们,你知道,我们所常需要的正是他们,因为事后万一破案,家长们会设法去暗中了结。"(对他说这话的是他的临时保护人斯托洛维鲁表兄,其时他们正在午餐。)"只是把这些钱币逐一脱手的办法总嫌倾销得太慢。我有五十二盒的存货,每盒二十枚。每盒应售二十法郎;但你知道,并不能随便售给任何人。最好能组织一种团体,加入的人应先备担保品。必须使孩子们卷入旋涡,呈缴足以牵制他们父母的一切。在出让钱币以前,你先得使他们明白这一点。啊!自然用不到恐吓他们。对孩子们永远不应加以恐吓。你对我说莫里尼哀的父亲是法官?很好。那末亚达芒第的父亲呢?"

"上议院议员。"

"那就更好。这点世故你得有的。你知道任何家庭都有它的秘密,被人发现时当事人就会不寒而栗。应该让孩子们去搜索,免得使他们闲着无事。平常他们在家里都觉得气闷,而且,这可以使他们学习去观察,去探究。事情很简单:谁不带什么来,就不给谁。当有些家长们知道自己落在别人手里时,为堵口起见,他们就不惜偿付最高的代价。自然啰,我们并不存心想要挟他们;我们都是正直人。我们只是想牵制他们。以他们的沉默换取我们的沉默。他们不作声,而他们让别人也不作声,那么我们也就不作声。喝一杯祝他们的健康吧!"

斯托洛维鲁斟满两杯酒。他们碰杯共饮。

"使国民间,"他继续说,"发生互相的联系不但是好的,而且是必需的;一些健全的社会就是这样形成的。也就是互相牵制!我们掌握小东西们,这些小东西们又掌握他们的父母,他们的父母又掌握我们。真可谓万无一失。你明白吧？"

莱昂洞若观火。他冷笑着。

"小乔治……"他开始说。

"什么？小乔治……"

"莫里尼哀，我相信他已懂事。他私窃了奥林比亚的一个女演员给他父亲的一些信件。"

"你看到了吗？"

"他拿给我看的。他和亚达芒第在谈论，我从旁听着。我相信他愿意让我听到；总之，他们对我并不顾忌。我事先已准备，而且和你所说的花样一样，先取得他们的信任。乔治对费费说（自然为的对他示威）：'我的父亲，他有一个情妇。'费费不甘示弱，还刺说：'我的父亲，他有两个。'这根本就滑稽，并没有什么了不起的。但我跑近他们身边，我对乔治说：'你从何知道呢？'他对我说：'有信件为证。'我装作不信，我说：'别开玩笑……'总之，我步步不肯放松；最后他就对我说这些信件他还带在身边；他从一本厚书夹中取了出来，而且拿给我看。"

"你念了吗？"

"来不及。我只看到这些信件都是同一人的笔迹；其中有一封的称呼是：'我亲爱的大宝宝'。"

"署名呢？"

"'你的小白鼠'。我就问乔治：'怎么会在你手上呢？'于是，他大笑着从裤袋中抽出一大串钥匙，对我说：'每个抽屉的都有。'"

"费费公子说什么呢？"

"一言不发。我相信他心里很妒忌。"

"乔治会把这些信交给你吗?"

"必要的话,我有办法。我不想向他要。他一定肯给,如果费费也拿出他的来。这一对各不相让。"

"这就是人们所谓的竞争。而在寄宿舍中你没有看到别人的吗?"

"我可以去找。"

"我还想叮嘱你……寄宿生中有一个叫作小波利的。那一位,你可以不必惊动他。"他略一停顿,接着低声说,"暂时别惊动他。"

这时俄理维与裴奈尔已在大路上的一家餐馆内坐下。俄理维心头的忧念在他朋友温暖的笑容前宛如阳光下的冰霜消融了。裴奈尔避免提及巴萨房的名字,俄理维无形中已体会到这种感觉,但这名字挂在他口边,无论如何,他非说不可。

"是的,我们回来得比我对家里所说的日期更早。今晚亚各诺脱同人举行聚餐。巴萨房坚持参加。他希望我们的新杂志能够和它的老前辈友善相处,而不站在敌对的地位。……你应该来参加,而尤其……你最好让爱德华也能来……或是不在聚餐的时候,因为那必须有请柬,但餐后就成。地点是万神庙酒家二层楼的一间大厅内,亚各诺脱的主要撰稿人都会列席,而其中有几位已答应与《前卫》合作。我们的创刊号几乎已准备好了;但,告诉我……为什么你一点稿件也不寄来?"

"因为我现成的什么也没有。"裴奈尔无精打采地回答说。

俄理维的声音几乎像是哀求:

"在目录上，我已把你的名字写在我的旁边……需要的话，我们延缓一点也可以……不拘什么，但总得有一点……你原先几乎已答应我们……"

裴奈尔不忍使俄理维难堪，但终于硬着心肠：

"老俄，我不如立刻就对你说：我怕我不能和巴萨房合作。"

"但既然主编的是我！他让我有绝对的自由。"

"而且使我感到不快的正就是给你寄一点'不拘什么'。我不愿意'不拘什么'都写。"

"我刚才说'不拘什么'，正因为我知道你笔下的'不拘什么'都会是有价值的……正因为那决不会是'不拘什么'。"

他不知道怎么是好。他讷然难吐。如果没有他朋友在他身边，这杂志对他也就失去了兴趣。共同创始，这该是多么美丽的梦！

"而且，老俄，如果我已开始觉察到我所不愿做的，我还不很知道什么是我所要做的。我还决不定是否我会写作。"

这声明使俄理维更为狼狈。但裴奈尔又接着说：

"一切我能挥笔写成的决难使我自己满意。正因为我可以写得很流畅，这才使我痛恨流畅的文字。这并不是说只要艰难的我就喜欢，但我觉得现今的文人们实在把写作看得太容易。如果要写一本小说，我对别人的生活还欠认识；而我自己也还没有生活经验。诗使我感到厌倦。亚历山大诗体[①]已变作陈腐不堪，自由诗则一无格调。今日唯一使我满意的诗人只有韩波[②]。"

---

① 亚历山大诗体，诗句以十二音节构成。
② 韩波，法国十九世纪象征派诗人。

"这正是我在卷头语中所说的。"

"那就更用不到我来重说。不,老俄,不,我真不知道是否我会写作。有时我感到写作妨碍生活,而行动比文字更能使人表达自己。"

"艺术作品是不朽的行动。"俄理维胆怯地插言说,但裴奈尔不作理会。

"韩波最使我景仰的,即是爱生活。"

"但他的生活是个失败。"

"从何而论?"

"啊!那,老裴……"

"我们不应对别人的生活从外表去下判断。退一步说,纵算他的生活是个失败,至少他曾经历过厄运、穷困与病患……这样的生活,我还是羡慕的;是的,即连他最终污浊的结局,我羡慕他的生活仍远胜于……"

裴奈尔的话没有说完,他正想举出一个当代的名人,但在太多的人名前,他感到踌躇了。他耸一耸肩,又接着说:

"我仿佛在自身中感到种种非凡的抱负,犹如心底汹涌的波涛,翻腾激荡,难以喻晓,而我并不设法去理解,也不愿加以注意,以免阻碍它们的发展。不久以前,我还不断地分析自己。往常我有这种自问自答的习惯。如今,就是我自己想有,也不可能。这种怪习气不知不觉中突然消失了。我想这种自语,这种'内心问答',像我们的教员所说似的,源于某种矛盾;一旦我开始爱我自己以外的另一人,爱另一人甚于爱我自己时,这种心理上的矛盾也便不复存在了。"

"你是指的萝拉,"俄理维说,"你始终那么爱她吗?"

"不,"裴奈尔说,"我愈来愈爱她。我相信爱情的本质在于不能保持同一的局面,不进则退,它和友情所不同的正由于此。"

"可是,友情也会淡薄下去。"俄理维凄然说。

"我相信友情的范围不能那么大。"

"说……如果我问你一句话,你不会见怪吧?"

"那看是什么。"

"因为我不愿意使你见怪。"

"如果你藏着不说,也许我更见怪。"

"我想知道你对萝拉是否也发生一种……欲念?"

裴奈尔突然变成非常严肃。

"这也正因为是你……"他开始说,"好吧!老俄,这事情非常奇怪,自从我认识她以后,我一切欲念都消失了。我,你还记得那时候,我可以同时对街上遇到的二十个女人起念头(而也由于这缘故反使我无从下手),如今我相信除了她,我从此再不能对别种形体的美发生兴趣。除了她的,我再不会另爱别一个面貌,别一对嘴唇,别一线目光。但我对她的纯粹是崇拜,在她身边,任何肉体的思念在我都认为是亵渎。我相信过去我对自己的认识是错误的,实际我的本性非常纯洁。由于萝拉的缘故,我的各种本能都起了升华。我感到自身中弃置着巨大的力量。我愿加以应用。我羡慕查尔特勒修会的僧侣,借规律去克制一己的傲慢。我羡慕那种人,对他,人可以说:'我信任你。'我羡慕军人……不,或是不如说我对谁也不羡慕;但我内心的骚动紧迫着我,我渴望能使它驯服。这正像在我体内的蒸汽,它可以发着咝声向外奔逸

(这就是诗),它可以推动活塞与机轮,它也可以使机器自身爆炸。你知道有时我感到最适于表达我自己的动作是什么?那就是……啊!我知道我是不会自杀的,但我很能体味特米脱里·卡拉马佐夫①的意思,当他问他兄弟是否理解人的自杀可以由于热情,或是仅由于生命的逾量……由于爆炸。"

他全身中发射出一种异样的光辉。他是多么能表达自己啊!俄理维出神地注视着他。

"我也明白,"他胆怯地絮声说,"人可以自杀,但那除非在经历一种极强烈的快乐以后,相形之下,此后的生命已成黯然无光,使人想到:好了,我已满足,此生我再难……"

但裴奈尔并不注意他。他沉默了。空谈何益?他自己的天地重又阴沉起来。裴奈尔取出他的表:

"我该走了。那末,你说,今晚……几点钟?"

"啊!我想十点很来得及。你来吗?"

"好的,我设法把爱德华引来。但你知道:他不很喜欢巴萨房,而文人的集会更使他头痛。如果来,完全为的是看你。你说,考完拉丁文以后我们还能见面吗?"

俄理维并不立时回答。他绝望地想起自己已答应巴萨房四点钟上预备承印《前卫》的那家印刷所相见。如果能脱身,任何代价在他又算什么呢!

"我很希望,但可惜我先有了约会。"

外表上他绝不显露自己的苦恼,裴奈尔说:

---

① 陀思妥耶夫斯基小说《卡拉马佐夫兄弟》中主要人物之一。

"那就算了。"

两个朋友就此分手。

俄理维原拟对裴奈尔所说的话一字未提。他怕已使他不悦。他对自己也不满意。早晨他还那么欢忭，这时却垂头丧气地走着。巴萨房的友谊当初在他认为是非常光荣的，如今反使他烦恼，因为他感到裴奈尔的非难由此而起。今晚在席间如果他再见到他的朋友，在众人的目光下，他很难和他有说话的机会。除非事先他们有了谅解，否则这宴会决不会有兴趣的。而激于虚荣，他竟不加思索，偏把爱德华舅父也邀在一起！在巴萨房身旁，在先进、同行与《前卫》未来的撰稿人之间，他必须炫耀一番，爱德华会因此对他更起误会，永难剖解的误会。……如果至少他能在宴会以前先见到他！这时立刻见到他！他会扑上去抱住他；也许他会痛哭起来；他会把一切都告诉他。……四点以前，他还有时间。赶快，来一辆汽车。

他把地址告诉车夫。他到达门前，他的心跳着，他按铃……爱德华却外出了。

可怜的俄理维！为什么偏躲避着他自己的父母而不径自回到他们身边？否则他会在他母亲那儿遇见他的舅父爱德华。

六

爱德华日记

小说家们欺蒙我们,当他们只铺叙人物而不顾及环境的压力的时候。决定树木的形状是树林。留给每一棵树木的地位是多么有限;多少新芽因而枯萎;每一棵树尽可能往空隙处抽放它的嫩枝;玄秘的枝条,每是窒息的产物。除往高处伸展别无出路。我不理解何以菠莉纳不萌发玄秘的枝条,我更不理解她还等待何种更大的压力。过去她不曾对我有过类似的接近的谈话。我承认我不曾猜疑到在幸福的表面下她所隐藏的种种苦恼与容忍。但我认清除非她也是一个极粗俗的灵魂,否则决不能不对莫里尼哀感到失望。从我前天和他的谈话中,我已能测知他的限度。菠莉纳当时怎么可能嫁他呢!……唉!最可悲的贫匮,个性的贫匮,是隐蔽的,不经长时间的接触不易发觉。

菠莉纳勉力在众人面前,而尤其在孩子们面前,隐藏俄斯卡的缺陷与弱点。她用尽心计使孩子们尊敬他们的父亲;而这确不是容易的事,但她竟安排得使我也被蒙蔽了。她提到她丈夫时从不带轻视的口吻,但看去像是不作计较,其中却别含深长的意义。她叹息他对孩子们已失去了尊严,而当我对俄理维和巴萨房相处表示遗憾时,我看出如果这事凭她做主,这次去科西嘉的旅行是决不会实现的。

"我并不赞成他们去,"她对我说,"而这位巴萨房先生,实在说来,并不使我喜欢。但有什么办法?明知自己无法拦阻的事,我宁愿慨然允诺。俄斯卡,他可总是让步;他对我也让步。但当我认为对孩子们的有些计划应该反对或拒绝时,我就丝毫得不到他的支持。文桑也夹在里面。到那时我还借什么去拒绝俄理维的要求,除非自愿失去他的信任?而我唯一关心的也就是孩子们的信任。"

她正补着旧袜子,我想是俄理维所不要了的。她停住了,往针上穿一根线,接着便更低声说,仿佛是更知心也更伤心:

"他的信任……如果至少我还自信能保持的话;但不,我连他的信任也失掉了……"

我试作辩解,虽然自己并无把握,她却微笑了。她放下针线,接着说:

"您看,我知道他在巴黎。今天早晨乔治还遇见他,他顺便说起,而我也装作没有听到,因为我不喜欢看他告发他的哥哥。但总之我知道,俄理维躲避着我。当我以后见到他时,他准以为非对我撒谎不可,而我也只好装作相信,正像每次他父亲躲避我时,我也装作相信。"

"那由于怕使您难过。"

"他这样做倒使我更难过。我并不是狭量的人。多少小过失我都容忍,我都装作看不见。"

"现在您所说的是指谁?"

"啊!父子都一样。"

"装作不看见,等于您对他们也是撒谎。"

"但您让我有什么办法?我不叹苦已很不易,至少我不能再加赞同!不,您看,我对自己说,迟早人会抓不住,纵有衷心的爱也无补于事。再有什么可说?爱人反使人苦恼,反使人讨厌。结果,我只好把这份爱也隐藏起来。"

"现在您是在说孩子们吧。"

"这话是什么意思?难道您以为我对俄斯卡已无爱可言?有时我也那么想;但我也对自己说,我不更进一步去爱他,为的是怕自己太受痛苦。而……是的,您的话应该是对的,如果就俄理维而论,我倒宁愿痛苦。"

"文桑呢?"

"所有我和您谈到关于俄理维的,几年以前,都是我可以为他而说的。"

"我可怜的朋友……很快,您这些话又可以用在乔治身上了。"

"但慢慢人就忍受下去了。我对生活并没有太大的要求。经验让我对生活的要求让步……愈来愈让步。"她又温柔地加上说,"而对自身,则愈来愈苛求。"

"您这看法,倒已几乎成为基督徒了。"说着我也微笑了。

"有时我对自己也这么说。但仅此也不能成为基督徒。"

"同样,要达到这地步单凭基督徒也不成的。"

"我常想,让我对您说吧,您可以代他们的父亲和孩子们谈谈。"

"文桑离得很远。"

"对他已太迟。我在想的是俄理维。我当时倒希望您会把他带走。"

这几个字突然使我想象到一切可能发生的事,如果当时我不轻率地接受那桩意外的遭遇。我不禁一阵心酸,而一时竟想不出一句可以回答的话,眼泪已出现在我的眼眶。希望给自己的狼狈加以一种疑似的动机,我便叹息说:

"我深怕对他也已太迟了吧!"

于是菠莉纳握住我的手,感叹着说:

"您实在太好了。"

看她如是误解我的意思,自己越发踌躇不安,使她明了实情既不可能,我希望至少能把谈话转移目标,我便问:

"乔治呢?"

"他比那两个孩子更使我费心,"她回答说,"我对他谈不上已失管教,因为他一向既不信任,也不服从。"

她踌躇片刻。无疑,她想说的话在她是煞费考虑的。

"今年夏天发生了一桩严重的事情,"她终于接着说,"这事说来使我很痛心,而尤其我对事情的本身至今还相当怀疑。……一张一百法郎的钞票从我平时放钱的衣柜中不翼而飞。我不敢声张,为的怕错疑到别人身上。旅馆中侍候我们的女仆是一个年轻的小姑娘,我看那人是诚实可靠的。我当着乔治的面说起失钱的事,意思也就是我多少疑心到他。但他并不慌张,也不脸红。……我反怪自己不该猜疑,我希望也许是自己的错误,我便把账目重加检点。不幸事实很明显:始终缺少一百法郎。我几经犹豫,结果仍没有质问他,原因是怕他偷了钱又给他自己加上一重说谎的罪。这是否是我的不对?……是的,如今我责备自己当时不够积极,也许我是怕应该严厉处置,而又不能严厉处置。我只好装作不知道,但您可以相信,我心里是非常难受的。眼看着时间过去,而我说,现在已来不及,罪与罚,两者已相去太远。况且能用什么去责罚他?总之,我一无表示。我很怪自己……但我又能有什么办法?我曾想把他送到英国去。对这事我曾想征求您的意见,但当时我不知道您在哪儿……至少我并不对他隐瞒我的忧念与焦虑,我相信他也会觉到的,因为您知道,他的心地不错。如果这事果真是他干的,我希望不必去责备他,他自己一定会责备自己。我相信以后他不会再干那样的事。他在那儿的一个同伴很阔绰,无疑他也跟着花钱。无疑我没有把衣柜关上。……归根结底,我不能确定是他干的。旅馆中来往的人很多。……"

我真佩服她替孩子辩护得周到。

"我希望他会把钱归还原处。"我说。

"我也屡次对自己那么说。但他既不归还,我希望由此可以证明他的无辜。我也想他恐怕不太敢。"

"您对他父亲说起过吗?"

她踌躇片刻。

"不,"她终于说,"我不希望让他知道。"

无疑她像听到邻室中有声音,她看了并没有人,便又在我身旁坐下。

"俄斯卡对我说那天您和他一同吃的午饭。他在我面前对您非常称赞,我想多半因为您一定听他说。(说这话时她凄然微笑。)如果他告诉了您什么秘密,我并不想知道……况且他的私生活我知道得比他以为的更多。……但自从这次我回来以后,我不明白他心里有了什么。他显出非常温柔,竟可以说,非常低声下气。……倒几乎使我感到拘束。他好像是怕我。其实他大可不必。很早我已知道他在外面的关系……连对方是谁我也知道。他以为我不明白,还想尽方法来隐瞒我;但他做得那么笨拙,他愈隐瞒,结果倒愈明显。每次他想出去时,他装作很忙,不快乐,满肚子像有什么心事,而我明知道他是寻乐去的。我很想对他说:'但是,朋友,我并不拦阻你;你怕我妒忌吗?'我要是笑得出来,我真会大笑一通。我唯一担心的,倒是别让孩子们发觉。他自己是那么大意,那么笨拙!有时,他自己并不知道,我还不得不帮他的忙,好像我是他的同党。您可以相信,最后我几乎把这事看作非常好玩。我想法替他辩解。我把他乱扔的信件放回到他大衣袋中。"

"果然,"我对她说,"他怕您已发觉了什么信件。"

"是他对您说的吗?"

"他所以胆怯起来就因为这缘故。"

"您以为我会偷看他的信件吗?"

这像伤了她的自尊心,她昂起头来。我赶紧补充说:

"这些信件并不是他在无意中遗失的,他说他放在抽屉中而如今已找不到。他以为是您拿了他的。"

这话使菠莉纳脸色变白,突然我体会到这疑虑使她所受的打击。我后悔失言,但已来不及。她躲开我的目光,自语着说:

"但愿落在我的手上也就好了!"

她似乎已无力挣扎。

"怎么办?"她重复说,"怎么办?"于是她又抬头注视着我,"您,您不能和他说吗?"

虽然和我一样,她也避用乔治的名字,但很明显她心中所想的是他。

"我可以试一试。我可以考虑一下。"我对她说,一面起身告辞。当她送我到外客厅时,说:

"我恳求您不必对俄斯卡说。让他继续疑心我好了,继续让他相信他自己所相信的。……那样更好。有空再来看我!"

七

俄理维未能遇见爱德华舅父,颇感懊丧,不堪孤寂,他那渴求友情的心使他转到阿曼身上,他便走向浮台尔寄宿舍。

阿曼引他到自己室内。通到那儿去的是一道后扶梯。斗室的窗对后院开着,那儿正是邻宅的厕所与厨房。一个铅质合成的反光器使阳光自上阴惨地反照进来。室内弥漫着一种刺鼻的臭味,空气非常恶劣。

"但我也习惯了,"阿曼说,"你知道我家里人把最好的房子全留给出钱的寄宿生住。这也是当然的。我把去年住的那间让给了一位伯爵,就是你那位大名鼎鼎的朋友巴萨房的老弟。那可真配贵人住的,可惜受蕾雪那间房子的监视。这一带有不少房子,但并不每间都是孤立的。所以可怜的莎拉今天早晨从英国回来以后,想上她新被派定的寝室去就非经过父母住的房子不可(这对她当然很不方便),否则就得经过我的房子,这房子原来也就是一间盥漱室或是一间堆房。这儿至少我有出入自由的便利,谁也管不着。这比仆役们住的阁楼总强得多。实在说来,我倒喜欢住得简陋一点;我父亲会说这是爱好苦行,而他会向你解释:有损于身体的必然使灵魂得救。况且他也从不上这屋子来。你知道他事情多得很,哪能顾到他儿子的居室。我爸爸实在是个人物!他对生活中所发生的重大变故，总能背出一大套抚慰的话。倒是动听！可是他从没有谈话的时间。……你看我满壁上的图画，早上看更有意思。那是一张彩色的铜版画，出自保罗·乌采洛①的一位高足的手笔，是为兽医用的。这位艺术家以惊人的总合笔法把造物主用来净化马类灵魂的百样病痛全集中在一只马上，你可以注意到它的目光多么含神。……那是一幅象征意味的百寿图，从摇篮起一直到进入坟墓。构图虽不足道，但立意很高。稍远，你可以欣赏照片中提香②画的一个娼妓，我把它挂在床头，为的给我引起一点淫念。这扇门，就是通莎拉那间屋子的。"

这室内几近龌龊的景象使俄理维深感痛苦，床铺未经整理，盥洗台上盆中的水也未倒去。

"是的，房子是我自己收拾的。"阿曼说，像是回答他朋友探索的目光，"你看，这是我的书桌。你想象不到这室内的气息所给我的灵感：

'一间堪人恋念的小屋的气息……'

我最近的诗《夜瓶》写作的初念就是因这气息而起的。"

俄理维来找阿曼原是想和他谈谈他自己的杂志以及取得他的合作。这时他已不敢再提。但阿曼自动地开始了。

"《夜瓶》，这是多么美的诗题！……加上波德莱尔的这句诗作

---

① 保罗·乌采洛（现译为乌切洛。——编者注），意大利十五世纪雕镂师兼画家。

② 提香，意大利十六世纪威尼斯派画家。

为题语：

'你可是等待眼泪的墓瓶？'

我在诗中又用陶匠造物的典故（永远是新鲜的）。他把每个人都塑成瓶的形状，也不知究系用来装什么的。而在诗意的冲动中我把自己比作上面所说的夜间用的瓶子。这意念，正是我对你所说的，是由于呼吸这室内的臭味自然地引起的。诗中的首句尤其是我的得意之作：

'年及四十而未患痔疮者……'

为使读者安心起见，最初我用的是'年及五十……'，但那样便有失音调的谐和。至于'痔疮'，这无疑是法文中最美丽的词……意义姑置诸不论。"他冷笑着加上这最后一句。

俄理维戚然无言。阿曼继续说：
"不用说我这夜壶承你那样的香水瓶来拜访，实在三生有幸。"
"而你除此以外再没有写别的吗？"俄理维最终绝望地问道。
"我本想把我的《夜瓶》投给你这闻名的杂志，但从你的'除此以外'这口气听来，我看出它难望得到你的喜欢。在这种情形下，诗人永远有话可说：'我写诗不是为讨别人的喜欢'，而自信他所产生的是一首杰作。但我不必隐瞒你，我自认我的诗狗屁不通。而且，我也才写成第一行。而我说'写成'，也不过是一种语气，因为我是即口而出专为礼敬你这位上宾的。……不，但真的你想发表我的东西吗？你希望我帮点忙吗？那么你不认为我不能写出一点像样的东西来吧？你能辨认出我苍白的前额上足以启示天才的烙印吗？我知道这儿单凭镜子是看不真的；但一如水仙少年①，当我在镜子中自作端详时，我看到的只是一副落魄相。也许只是光线阴暗的缘故。不，我亲爱的俄理维，不，今年夏天，我只字无成，如果你的杂志等我的稿子，那你就算倒霉。但关于我自己已谈得很不少。……那么，你在科西嘉一切都很好吧？你旅行得很快活吧？得益很不少吧？你的疲劳已大为消除了吧？你很……"

俄理维已忍无可忍：

"阿曼，少说吧；用不着取笑！如果你以为我觉得那有意思……"

"对呀，我呢！"阿曼大声说，"唉！不，我亲爱的，并不！我还并不那么蠢。我知道我对你说的全是胡扯，这点聪明我还有的。"

"那么你不能正经点说吗？"

"好吧，既然你喜欢正经，那我们就说正经话吧！我的大姊蕾雪已开始失明。最近她的目力大为衰退。两年来她看书时已非戴眼镜不可。最初我以为她另换镜片就行。但已无效。经我劝告，她才去让一位专家诊察。原因像是由于网膜感性的消退。你知道这完全是两回事，其中有的是水晶体的失调，那可以用镜片去补救。但纵使镜片已使视像离远或接近，有时视像不能充分印在网

---

① 水仙少年，指希腊神话中之美少年那喀索斯（现译为纳喀索斯。——编者注）。因对泉水中之自身映像发生爱情，憔悴而死，变为水仙花。

膜上，因此传达到脑中时，这形象就模糊不清。我这话明白吗？你几乎不认识蕾雪，所以别以为我是想使你可怜她的命运。那么为什么我对你谈起这一切呢？……就因为，想到她的情形，我感到观念和形象一样，出现在脑中时清晰的程度不同。一个资质愚钝的人，他所得的直觉是模糊的，但正因为这缘故，他不很明白自己的愚钝。非当他发现自己愚钝时，他才开始感到痛苦，但他要能发现自己的愚钝，他自己非先成为一个聪明人不可。如今，请设想这样一个怪物：一个很理解自己的愚钝的呆子。"

"那当然他已不成其为呆子。"

"但亲爱的，相信我，他是，我很知道，因为这呆子就是我自己。"

俄理维耸一耸肩。阿曼继续说：

"一个真正的呆子除他自己的观念以外一无所知。而我，我还知道'以外'。但我仍不失其为呆子，因为这'以外'的一切，我知道我永远不能达到……"

"但是，我可怜的朋友，"俄理维在同情的激动中说，"我们大家都生来想做一个完人，而我相信资质最高的人正是对他自己的限度最感痛苦的人。"

阿曼推开俄理维抚慰地放在他臂上的手。

"别人感觉到他们自己所有的，"他说，"我只感觉到自己所缺的。缺乏金钱，缺乏力量，缺乏智能，缺乏爱情。永远是缺乏，我始终兜不出缺乏的圈子。"

他走近盥洗台，用一个刷头发的刷子在盆内的脏水中打湿了，把他的头发在额前涂成一个鬼脸。

"我已对你说我只字无成；但最近这几天我有一篇论文的计

划,我想就称作:论不及。但自然,想动笔,我的力量不及。我希望能……但我使你讨厌。"

"说吧,你开玩笑我才讨厌。如今,你使我很感兴趣。"

"我希望在自然界的一切中探求这极限点,超此则万物失其存在。我试举一例你就明白。报上最近登载着一个工人因触电致死的经过。他大意地安设电线,电压并不太高,但当时似乎他身上正流着汗。大家认为他致死的原因由于皮肤上的汗湿,致使电流包围他的全身。如果他的身上干燥一点,这意外就无从发生。但注意汗珠一滴一滴地……再一滴,万事完结。"

"我不明白……"俄理维说。

"那由于例子选得不好。我的例子往往选得不合适。再举一个例子吧:一只救生船救起六个遭难的人。十天来他们受风浪的飘荡。三个已死,两个救活了。第六个已失去知觉。人们还希望把他救活。但他的体力已达极限点。"

"是的,我懂,"俄理维说,"早一点钟,也许他还能得救。"

"一点钟,你说得倒好!我则计算最后的刹那:还来得及……还来得及。再来不及了!我的心力就徘徊在这狭窄的棱角上。我随处从事探索这条及与不及间的界限。抵抗力的限度……你看,譬如我父亲的所谓诱惑。人还抵抗着,绳子已紧张成快要折断,魔鬼拉着……稍一用力,绳绷断了,人就罚入地狱。如今你明白吗?稍轻则不及。上帝可能不创造世界。一切可能不存在。……'世界可能另换一副面目。'巴斯加[①]说。但单说'如果

---

① 巴斯加,法国十七世纪作家、哲学家。

克娄巴特拉^①的鼻子稍短的话'，在我不能认为满足。我坚持着问：稍短……究竟短多少？因为很可能很微很微地缩短一点，是不是？……渐进；渐进；接着，突然一跳……'Natura non facit saltus'^②，好一个玩笑！在我，我正像渡越沙漠的阿拉伯人，他已将干渴而死。我已踏入这千钧一发之际，你知道，一滴水……或是一滴眼泪还能使他得救。……"

他的语声哽噎住了，这凄恻的情调使俄理维意外地感到痛苦。他更和缓而几乎是委婉地说道：

"你记得：'我曾为君泣泪……'"

俄理维自然记得巴斯加的句子，他还深惜他朋友的引证与原语颇有出入。但他忍住了未加改正："我曾为君泣血……"

阿曼的兴奋即时消沉。他耸一耸肩：

"这有什么办法？有些人马到成功。……你可明白如今自己始终'在界限上'的这种感觉？我永远不会有什么成就。"

他开始笑了。俄理维心想那是用来掩饰眼泪的。他也想说一番话，告诉阿曼他如何受他言语的感动以及在他这些激忿的反语后自己所体会到的沉痛。但他和巴萨房约定的时间已很紧促。他取出表来：

"我该走了，"他说，"今晚你有空吗？"

"什么事？"

"到万神庙酒家来找我。今晚亚各诺脱同人聚餐。你可以在餐

---

① 克娄巴特拉（现译为克利奥帕特拉。——编者注），古埃及女王，相继以姿色征服恺撒与安东尼。

② 拉丁文："自然界中无跃进。"

后来。很多带点狂浪的大小名人都去参加。裴奈尔·普罗费当第答应也来。这一定会怪有意思的。"

"我没有修面，"阿曼怏然说，"而且在这些名人中间你让我去干什么？但你知道吗？莎拉今天早晨已从英国回来，请她去吧！我相信这一定会使她很感兴趣。我就说是你请她的，好不好？裴奈尔可以把她带去。"

"就这样吧！"俄理维说。

八

当时约定裴奈尔与爱德华一同晚餐以后,快近十点时来接莎拉。经阿曼的通知,她很乐意地答应了。九点半光景,她回到她自己的卧室,她母亲陪伴着她。上她卧室去,先得经过她父母的卧室;但从莎拉的卧室,另有一扇看去像是封锁着的门通至阿曼的卧室,至于阿曼的卧室,我们已说过,是在后扶梯口。

莎拉在她母亲面前假托就寝,要求任她安眠。但留下她一人时,她就立刻跑近梳妆台,把自己的嘴唇与双颊修饰成益发鲜艳。这道封锁的门正隐藏在梳妆台后,台子并不太重,莎拉自己能轻轻地把它移开。她就开了那扇秘密的门。

莎拉怕遇见她的弟弟,她怕他的嘲笑。其实他姊姊一切大胆的行动,阿曼每加赞助。别人会说他也从中取乐,实际他这一时的纵肆只为事后可以下批评,下更严格的批评,因此莎拉也分不清他的乐助是否结果反在替监察官服务。

阿曼的卧室空寂无人。莎拉在一张矮小的椅子上坐下,一面等待,一面沉思。为预示反抗起见,她养成自己漠视一切淑德。家庭的束缚增强她的活力,激起她的反抗性。在英国期间,她的胆量已锻炼成熟,和那位寄宿的英国女孩子阿柏丁小姐一样,她已决心争取她的自由,不顾一切,以求解放。她甘冒一切蔑视与非难，担当任何挑衅。与俄理维的接近已使她克服天性的羞涩与固有的贞洁。她的两位姊姊正是她的前车之鉴。蕾雪虔敬的隐忍在她认为是受骗，萝拉的婚姻她只看出是一种惨淡的交易，结局成为奴役。她自认她所受的教育，她给与自己的教育，都不适于充当她所谓的贤妻良母。她不能认为她未来的丈夫能在任何方面优越于她。她不和男人们一样也通过考试？对于任何问题，她不也有她自己的观察与意见？尤其是两性间的平等；而她认为一切日常生活中，以及商业，或竟政治，女人常表现出比男人更有理智……

扶梯上有脚步声。她耸耳细听，随即轻轻地把门打开。

裴奈尔与莎拉尚未相识。走廊无灯，黑暗中两人难以辨认。

"莎拉·浮台尔小姐吧？"裴奈尔低声说。

她很自然地握住他的手臂。

"爱德华在路角的汽车上等着我们。他怕遇见您的父母所以没有下车来。在我就没有什么，您知道我就住在这儿。"

裴奈尔事先已把那道出入车辆的门半开着，以免引起看门人的注意。片刻以后，汽车把他们三人送到万神庙酒家门口。当爱德华打发车夫时，他们听到时钟正报十点。

筵席已散。盘碟已撤清，但桌上还堆满着咖啡杯、酒瓶、酒杯。人人抽着烟，室内已不堪呼吸。亚各诺脱的社长夫人台勃鲁斯太太要求流通空气。她的尖嗓子打破一切人的语声。有人把窗开了。但朱士丁尼想作一番演说，"为听音清晰起见"，又让人立刻把窗关上。起立后，他用一把茶匙敲着杯子，却仍无人理会。亚各诺脱的社长，人也称他台勃鲁斯主席，起来干涉，喧声才略告平息，而朱士丁尼沉闷的声调顺势而下。源源不绝的比喻用来遮掩他思想的庸俗。他用铺张的说法来显出他自己的机智，而对每一个人都下了一番空洞的恭维。第一段告终时，掌声四起，爱德华、裴奈尔与莎拉就在这时进入会场。有些人还不停地鼓掌，无疑在喝倒彩，像是希望演说就此中止；但朱士丁尼决不气馁，他又滔滔地继续了。如今是替巴萨房伯爵锦上添花；他谈到他的《铁杠》俨然像是一部新的《伊利亚特》①。人人举杯祝贺。裴奈尔与莎拉和爱德华一样都没有酒杯，才使他们免此一举。

朱士丁尼演说的终段是预祝新杂志及恭贺它未来的主编人"诗神之宠儿，年少英俊的莫里尼哀，不远的将来，桂冠就会落在他纯洁而高贵的头上"。

俄理维守在门口，为的可以立刻迎接他的朋友们。朱士丁尼荒诞的恭维显然使他受窘，但他无法避免随之而起的彩声。

这三位用完清淡的晚餐跑来参加的人与会场的情调自难谐和。类似的集会中，迟到者很难或很易理解他人的兴奋。他们的判断是不合时的，纵非出自心愿，他们对他人的批评也往往不留余地；至少对爱德华与裴奈尔，这是事实。至于莎拉，这环境中一切对她都是新的，她心中只想到如何去增长见识，只顾念着如何去仿效别人。

裴奈尔一无相识者。俄理维牵着他的手臂，想给他介绍巴萨房与台勃鲁斯。他推辞着。巴萨房乘机插入，他走近裴奈尔，向他伸出手去，使他不好拒绝。

---

① 《伊利亚特》，相传为荷马所作之史诗。

"常听到谈起您,实在久仰得很。"

"彼此,彼此。"裴奈尔说这话时的声调使巴萨房一番好意败兴而返。但立刻他又跑近爱德华去。

虽然爱德华常出外旅行,而且住在巴黎时和别人也很疏远,但在宾客中倒不乏相识的人,且也毫不感到局促。其实他只是性情孤僻。但同行中都以敬而远之的态度对他,他也就以高傲自认了。他乐于听人说话,自己则很少发言。

"令甥使我盼望阁下光临,"巴萨房以婉转而几乎低微的语声开始,"我不胜欣喜,因为正想……"

爱德华冷酷的眼色把他的话中途截断。巴萨房虽巧于笼络,善事奉承,但必需对方乐怀相助,他才能焕发自如。不过他也不像有些人一样,既失自信,便一蹶不振,所以很快他又恢复过来。他昂起头,以白眼相报。爱德华既不赏脸,他也自有对付的办法。

"我正想请教……"他继续说,像是追想起他原来的话,"令甥中我和文桑交谊最深,未知阁下是否知道他的消息?"

"不。"爱德华冷淡地说。

这"不"又使巴萨房陷于僵局,他不知道这意思应该是一种挑衅式的否认,还仅是对他发问的回答。但爱德华立刻加以补充,才无意间替他解了困围:

"我只在他父亲处听说他和摩纳哥的公爵同在旅行。"

"不错,我曾托我的一位女朋友替他介绍公爵。我自幸得计,这多少可以使他淡忘和那位杜维哀太太间的关系……据俄理维说,您和这位太太相识。我怕文桑会在这不幸的事件中断送他自己的前途。"

鄙夷、蔑视、垂怜，这些姿态都是巴萨房的拿手；但他只求占得爱德华的上风，胜此危局。爱德华亟图还刺。但他独乏急智，无疑由于这缘故，他对社交界最感淡漠，因为在那种场合下，他一无施展的余地。他双眉紧蹙，巴萨房立刻察觉，知道来势不妙，他急便闪避，未及更气，他随即改变风格。

"和您同来的这位可爱的孩子是谁？"他微笑着问道。

"这是，"爱德华说，"莎拉·浮台尔小姐，正是我的朋友杜维哀夫人的妹妹。"

由于想不出更好的办法，他就把"我的朋友"四字特别提高，像是一支暗箭，但它并未中的，巴萨房一任落空，随即说：

"可否请阁下代为介绍？"

他前后的话都说得相当大声，使莎拉从旁可以听到，当她向他们回过头来，爱德华再难推诿。

"莎拉，巴萨房伯爵慕名求见。"他强笑着说。

巴萨房已让人另取来三个杯子，他注满茴香酒。四人举杯向俄理维庆贺。酒瓶几乎已空，瓶底附着一些透明的糖质结晶，莎拉觉得很新奇，巴萨房便想用麦管把它们拨落下来。这时跑近一个类似傻子的人，打扮非常古怪，满脸涂着白粉，漆黑的眼珠，头发抹成像是一顶鼹鼠皮的小帽，他很费力地嚼着每个字音说：

"您取不下来的。把瓶子递给我，我来剖它的肚子。"

他抓住酒瓶，一下在窗槛上砸碎了，把瓶底献给莎拉。

"用这小小的锋利的多面体，这位温良的小姐不难钻通她的沙囊。"

"这小丑是谁？"她问巴萨房，后者已让她坐下，而自己坐在她的身旁。

"他是《于布王》的作者阿尔夫累德·雅利①。亚各诺脱同人封他为天才,因为观众瞧不上他的剧本。无论如何这是剧坛上很久以来罕见的作品。"

"我很喜欢《于布王》,"莎拉说,"而我很快活居然能遇见雅利。听人说他总是灌醉酒的。"

"今晚就靠不住。我看他晚餐时喝了两大满杯纯粹的苦艾酒。他像并不觉到什么。您抽一根烟吗?不想让别人的烟味熏死就得自己抽烟。"

他侧过身去替她点火。她口中嚼着几粒糖质的结晶。

"但这只是凝结后的糖质,"她颇感失望地说,"我还以为一定是很硬的。"

她一面和巴萨房交谈,同时却向守在她近旁的裴奈尔送着微笑。她的眼睛欣喜得闪耀出一种异样的光辉。裴奈尔在黑暗中未及细看,这时忽然觉得她和萝拉非常相似,同样的前额,同样的嘴唇……只是她面庞的风致不及萝拉的温柔,而她的目光引起他心中骚扰不安。他感到颇不自然,便把头转向俄理维。

"给我介绍你的朋友贝加吧。"

他已在卢森堡公园遇见过贝加,但从不曾和他谈过话。俄理维才把他介绍到这新环境来,这使生性羞怯的贝加颇感狼狈,每次他朋友用《前卫》的主要撰稿人之一的名义替他介绍时,他便

---

① 阿尔夫累德·雅利(现译为阿尔弗雷德·雅里。——编者注)实有其人,系法国十九世纪末至本世纪初作家。其剧作《于布王》(现译为《乌布王》或《愚比王》。——编者注)之演出,曾一时轰动巴黎。

脸红起来。实际上,他在我们的故事开端时和俄理维所谈起的那首寓意诗就要在这新杂志的卷头语后首篇的地位刊出。

"刊在我原来为你保留的地位,"俄理维对裴奈尔说,"我绝对相信你一定爱读。这是本期中最出色的一篇,而又那样地新颖!"

俄理维喜欢颂扬他的朋友们远胜于听别人对他自己的颂扬。当裴奈尔走近时,吕西安·贝加立起身来,他手中正端着一杯咖啡,但端得那样笨拙,情急中,他竟把一半泼散在他的背心上。这时在他身旁听到雅利机械式的语声:

"小贝加快中毒了,因为我在他的杯中放了毒药。"

雅利戏弄贝加的腼腆,想使他失措为乐。但贝加并不畏惧雅利。他耸一耸肩,泰然喝尽他的咖啡。

"这人是谁?"裴奈尔问道。

"怎么!《于布王》的作者你不认识?"

"想不到!他真的是雅利吗?我把他当作是个仆役。"

"啊!那可不见得,"俄理维略感困恼地说,因为他很矜夸他的大人物们,"你对他仔细看看,你不觉得他出奇吗?"

"他尽量装作那样就是。"裴奈尔说。他不喜欢他的做作,虽然对他的作品内心很表钦佩。

穿着马戏场中丑角的服装,雅利全身充分地表现出矫揉造作,尤其是他说话的腔调,顿挫字音,另创怪字,把有些字故意错用。亚各诺脱的一群中好几位都争先的摹效着;但真能运用这种不分高低,不动声色,既无抑扬,又无起伏的声调的,惟有雅利自己。

"如果你认识他,你一定会觉得他很有意思。"俄理维又继续说。

"我觉得不认识更好。他看去非常狞恶。"

"这只是他的姿态。巴萨房相信他内心非常温良。但他今晚已喝得太过度。你可以相信,不带一滴水,不带一滴寻常的酒,喝的完全是苦艾酒和强烈的酒精。巴萨房担心他会干出什么离奇的事来。"

巴萨房的名字不由主地挂在他口边,他愈想回避,愈不可能。自忿无法克制自己,企图摆脱,他便转换目标:

"你应该去和杜尔美谈谈。我怕因为抢了他主编《前卫》的位置他对我一定恨入骨髓,但这不能怪我,我没有办法不接受。你应该设法替我解释,安慰他……巴……有人说他对我非常怀恨。"

他又绊着了,但这次没有绊倒。

"我希望他已把稿子取回。我不喜欢他写的东西。"贝加说。随即他又转向普罗费当第:"但是,先生,您,我想……"

"啊!别称我'先生'……我很知道我的名字既累赘,又可笑……如果我写作,我预备另用一个笔名。"

"为什么您什么稿件也不给我们?"

"因为我没有现成的。"

俄理维留下他两位朋友在谈话,他自己便跑近爱德华去。

"您来得真难得!我多么希望着能见到您。但我愿意在任何别处而不是在这儿……今天下午,我还到您家去叩过门。他们和您说了吗?您没有在家我感到非常懊丧,如果那时我知道哪儿可以找到您……"

他自幸表达得非常流利,回忆有一时期自己在爱德华面前每局促得哑然无言。但可惜这自如只由于他所说的都是套语,而又在酒后!爱德华看得很明白,心中自觉戚然。

"我当时正在您母亲那儿。"

"这是我回家后才知道。"俄理维说。爱德华所用的"您"使他很感惊愕。他踌躇是否应该对他明说。

"是否此后您打算在这环境中生活下去?"爱德华凝视着他问道。

"啊!我决不受人牵制的。"

"您有这自信吗?"

这话说得那么认真,那么委婉,那么恳切。……俄理维的决心立刻感到动摇。

"是否您认为我不应和这些人来往?"

"也许不是说全体,但其中的一部分必然无疑。"

俄理维把这复数看作是单数,以为爱德华特别指着巴萨房而言,这在他的内心的气象中,像是一道凄冷而炫目的电光穿透了自早晨以来积压在他心头的漆黑的乌云。他爱裴奈尔,他爱爱德华,他太不能忍受他们对他的蔑视。和爱德华在一起时,他自感奋发上进。而和巴萨房相处在在都是堕落,如今他已自己承认,但过去他何尝没有认清呢?和巴萨房接近,这种盲目不纯然是他自取的吗?伯爵为他做的一切,他对伯爵的感恩,这时都转变成怨恨。他切齿地加以否认。他眼前所见的更形成他对伯爵的憎恶。

巴萨房斜倚在莎拉身上,他的手臂围着她的腰身,而且他的形势愈来愈显迫切。他和俄理维间的关系外间已有谣闻,他正想借此淆惑视听。为的更引人注意起见,他决意想使莎拉坐在他自己腿上。莎拉一直不曾做什么自卫,但她的目光正在寻找裴奈尔

的目光,当他们四目相遇时,她微笑着,像是对他说:

"您看别人对我多胆大。"

可是巴萨房深恐进攻过速。他缺乏经验。

"如果我再能灌她多喝一点,我不妨可以冒险。"他对自己说,一面把另一只闲着的手伸向一瓶蔻拉莎酒去。

俄理维从旁瞧着他,便抢先一步。他攫住酒瓶,为的不使落在巴萨房手中。但立刻他想到借酒精可以增加一点勇气,这勇气在他已渐感丧失,而他向爱德华倾诉衷曲却是必需的。

"如果早知道您要……"

俄理维斟满酒杯,一饮而尽。这时他听到在人群中逡巡的雅利从贝加身后掠过时轻声说道:

"现在我们要来解决小贝加了。"

后者突然回过脸去:

"再高声点说吧!"

雅利已经离远。他尖声反复着说:

"现在我们要来解决小贝加了!"他在绕桌一周以后便从袋中取出一支亚各诺脱同人平时常看他在玩弄的大号手枪,开始瞄准。

雅利向称射击的能手。当时抗议声四起。在他那种酩酊的状态下,谁也不敢说他会不闹假成真。但小贝加要表现自己并不畏惧,便登上一张椅子,双手交叉在背后,采取了拿破仑式的姿势。这显然有点滑稽,有些人笑了,但笑声立刻又被掌声淹没了。

巴萨房赶紧对莎拉说:

"事情不妙。他醉得很凶。快藏在桌下吧!"

台勃鲁斯想把雅利拖住,但他脱身以后也登上一张椅子(而裴奈尔注意到他脚上穿的是一双舞蹈用的小软鞋)。面向着贝加,他伸臂瞄准。

"快灭灯!灭灯!"台勃鲁斯叫着。

爱德华站在近门处,便把电门关了。

听从巴萨房的嘱咐,莎拉已先起身。当人们都在黑暗中时,她立刻偎近裴奈尔,拖着他一同藏在桌下。

枪声响了。枪中所装的并非实弹。然而人们听到一声痛叫:原来纸塞正打中了朱士丁尼的眼睛。

当灯光亮时,人人都惊叹贝加的沉着,他依然站在椅上,不动声色地保持着原来的姿势。

当时主席夫人的歇斯底里却发作了。人们围拥着。

"这样的事也值得那么动情感!"

桌上缺水,雅利从椅上跳下,把手绢浸湿了酒精替她摩擦鬓角,借作道歉。

裴奈尔在桌下仅一刹那的工夫,但那瞬间已足使他感到莎拉火热的嘴唇热情地紧贴在他的嘴唇上。俄理维也和他们在一起,出于友谊,出于妒忌。……醉意增剧他受人拥挤时所起的这种漆黑的醋意。当他也从桌下出来,他的头多少有点发晕。这时他听到杜尔美叫着说:

"快看莫里尼哀吧!他胆小得和女人一样。"

这已够受。俄理维不由主地举手向杜尔美直冲过去。他觉得像在梦中挣扎。杜尔美立即闪避,像在梦中一样。俄理维的手空无所触。

混乱已至不可收拾。当一部分人忙着照顾那位在指手划脚地尖声叫喊的主席夫人时，另一些人围着杜尔美，他则大声嚷着："他没有打中我！他没有打中我！……"再一部分人拖着怒气冲冲的俄理维，他不受解劝，直想往前再冲。

打中与否，杜尔美应该自认吃了耳光，这是朱士丁尼揉着自己的眼睛竭力替他剖解的话，因为这与体面有关。但杜尔美毫不顾及朱士丁尼的所谓体面，他仍固执地反复说：

"没有打中……没有打中……"

"由他去吧，"台勃鲁斯说，"谁也不能勉强别人去交战。"

但俄理维大声宣布说，如果杜尔美觉得还未满足，他已准备再送他一个耳光，且决意和他一决胜负，他要求裴奈尔与贝加充当他的证人。两人中对所谓"仗体面"的决斗无一内行，但俄理维不敢另求爱德华。他的领带已松解，他的头发汗湿地披散在额上，他的双手痉挛地抖动着。

爱德华执住他的手臂：

"你像个疯子。快去抹一下脸吧！"

他领他上一间盥洗室去。

一出餐厅，俄理维才知道自己喝得多么醉。当他感到爱德华把手放在他的手臂上时，他以为自己已经晕倒，才一任别人把他带走。他只听懂爱德华用"你"对他说话，别的全不知道。像一片暴风雨前的凝云消散成雨，他觉得自己的心突然融为热泪。爱德华按在他额上的一块湿手巾使他从醉意中清醒过来。究竟发生了什么呢？他只模糊地意识到自己的举动像是一个孩子，像是一匹野兽。他觉得自己可笑也复可耻……于是，在柔情与痛苦的交织中，他投向爱德华的怀抱中，紧偎着他，啜泣说：

"把我带走吧!"

爱德华自己也大为感动。

"你父母呢?"他问道。

"他们还不知道我已回来。"

当他们穿过咖啡馆正要出门时,俄理维告诉他的同伴他想写个便条。

"今晚投在邮筒中,明天第一班邮差就能送到。"

坐下在咖啡馆的一张台子前,他写道:

我亲爱的乔治:

是的,给你写信的是我,而且是为求你替我办一件小事。我不必多此一举,告诉你说我已回巴黎,因为我相信今天早晨在梭蓬附近你已瞥见过我。当时我暂住在巴萨房伯爵家里(他记下地址),我的行李还在他那儿。但我决定不再上他家去,个中原因,说来太长,而且对你也不会有什么兴趣。我惟有恳求你去代取行李。偏劳种种,日后自会图报。有一只大箱是锁着的。至于室内的什物,请你替我装在小箱内,与大箱一并带至爱德华舅父处。车钱由我付还。明天正巧是星期日,接此信后,请即代为办理,至祷,至祷!

你的二哥
俄理维

又及:我相信你一定能把这事办理得很圆满。但如果你和巴萨房亲自交涉,千万要对他非常冷淡。明晨再见。

当时没有听到杜尔美出言不逊的人们，无从解释俄理维何以突然动武。他似乎已失去理性。如果他能保持镇静，裴奈尔定能同情于他，他并不喜欢杜尔美。但他认为俄理维的举动实在像个疯子，而结果反自取其咎。裴奈尔听着旁人对他的评责颇为痛心。他跑近贝加身边，和他订了约会。虽然事情本身可谓荒谬之至，但他们两人自当按理执行。他们约定翌晨九时同去访当事人再作谈判。

他的两位朋友离去以后，裴奈尔自觉再无逗留的必要。他的目光探索着莎拉，当他看到她坐在巴萨房的膝上，愤懑立时袭上他的心头。两人显然都已带醉意，但莎拉看到裴奈尔走近时便站起身来。

"走吧！"说着她便握住他的手臂。

她愿步行回家。路程并不远，途中两人默无一言。寄宿舍中，灯光已全熄灭。深恐引人注意，他们摸索着直到后楼的扶梯，然后点擦火柴。阿曼守候着。当他听到他们上楼时，他出来站在扶梯口，手中拿着灯。

"你拿灯吧，"他对裴奈尔说（他们昨天起已相互称"你"），"莎拉屋内没有蜡烛，你照着她……把火柴交给我，我可以去点灯。"

裴奈尔陪着莎拉到间壁的房间。他们才一进门，阿曼从背后用力一吹，把灯吹灭了，他嘲弄地说：

"晚安！但夜间少出声音。父母都睡在隔壁。"

他随即退身，从他们身后把门关上，加以反锁。

九

　　阿曼和衣躺着。他自知无法入眠。他等待夜尽。他沉思。他静听。全屋悄然，城市，整个自然界，岑寂无声。

　　反光器从狭隘的天空把微光投入他的室内时，薄明中他重又辨别出自己室内的丑陋，他随即起身。他走向昨夜他所反锁的那扇门，轻轻地推开一条缝隙……

　　莎拉卧室内的窗帘未曾掩蔽。黎明已透白在玻璃窗上。阿曼行近他姊姊与裴奈尔安眠着的床前。一张被单半遮着他们紧抱的肢体。这景象多美啊！阿曼凝视良久。他自愿化作他们的沉睡，他们的甜吻。最初他微笑着，突然他在床脚前弃置的被褥间跪下了。对什么神明他能如此合掌祈祷？他沉入一种难以言喻的情绪中。他的嘴唇颤抖着……

　　他走到门口，又转回身。他希望把裴奈尔唤醒。他必须在宿舍中未见人影以前让他重返自己的卧室。裴奈尔听到阿曼轻声呼唤便睁开眼睛。阿曼乘机逸出，让门开着。他穿过自己的卧室，跑下扶梯。他愿意在任何一个地方隐藏起来。他的存在会使裴奈尔见窘，他不愿遇见他。

　　片刻以后，他从自习室的窗口可以看到他掠墙而过，像一个偷儿……

裴奈尔未得长时间的安眠。但昨夜他已经历了比睡眠更舒适的遗忘，一种全身悚然怡然的交感。他滑入在一个新的日程中，茫然无以自释：松散，轻捷，新奇，宁静，闪跃，一似天神。他不使莎拉惊醒，轻轻地从她怀中脱身。但离开她，怎么竟无一吻，竟不回顾，竟未做至情的拥抱？这是否由于他的薄情，我不知道，他自己也不知道。他竭力不去思索，困于无从使昨夜空前的一页归并在他已往的事迹中。不，这只是附录，补遗，不能在书的正文中有它的地位——这书中，他生命的故事仍将一贯地重行继续，重复开始。

他回到和小波利合住的卧室。小波利睡得正浓，真是孩子！裴奈尔打开被褥，掀乱床单，以杜疑窦。他用大量的水盥洗。但看到波利使他想及在沙费时的情景。他回忆起那时萝拉对他所说的话："我只能接受您对我的这点热诚，其余的要求非在别处取得满足不可。"

这话曾引起他的不快。至今似乎还萦绕在他的耳际。他已不去追想，但今晨他的记忆异样地清晰活跃。他的脑筋偏又转动得非常敏捷。裴奈尔排除萝拉的面影，想消灭这种种回忆，且为防止自己的胡思乱想，抓起一本课本，强勉自己准备考试。但室内令人窒息。他跑下花园去工作。他愿意走出门外，在街上任意奔跳，他愿意跑向大海，舒散胸怀。他守在门口；一待看门的人把门打开，他便溜走。

他带着书跑入卢森堡公园，在一张长凳上坐下。他的幻想袅然出现，但这脆弱的游丝，一经指触，即便折断。他一想工作，立刻在他与书本之间盘桓着夜间的回忆，并不是那些刹那而尖锐的快感的回忆，而是一些有损他自尊的卑微可笑的细节。由于这次经验，此后他不至于再那么外行了。

快近九点时，他起身去找吕西安·贝加。然后两人同赴爱德华家。

爱德华住在巴赛①一所大厦的顶楼。他卧室前面是一间很大的工作室。当俄理维黎明起身时，爱德华最初并不经意。

"我到躺椅上去休息一会儿。"俄理维曾那么说。爱德华因为怕他受凉，关照他把毛毯带走。稍后，爱德华自己也起身了。无疑其间他又一度入眠，因为这时他惊觉天色已大亮。他想知道俄理维如何安顿他自己；他想再看他一次，而也许冥冥中他已有了预感……

工作室内空无人影。羊毛毯留在躺椅跟前，并未打开。一种难闻的瓦斯气味使他顿觉有异。工作室的上端是一间用作浴室的小房子，气味无疑就是从那儿出来。他赶忙跑去，但最初无法把门推开，门后像有什么挡着，这正是屈倒在浴缸边的俄理维的躯体，衣服已脱去，满身冰凉，发青，且丑恶地污沾着呕吐之物。

瓦斯是从浴室暖水器上泄出的。爱德华便立刻把龙头关紧。这究竟是怎么回事？意外？充血？……他都不能相信。浴缸是空的。他把这奄奄一息的躯体抱回工作室，平放在敞开的窗前的地毯上。他温情地躬身跪着替他听察。俄理维仍能呼吸，但很微弱。于是爱德华不顾一切，设法挽救这行将绝灭的一息生命。他循环地举起软弱的双臂，紧压腰部，按摩胸膛，试着他记忆中救治室

---

① 巴赛，在巴黎近郊。

息的一切方法，而苦于不能同时举行。俄理维闭着眼睛。爱德华用手指把眼皮揭起，但在无神的眼珠上眼皮又随即合上，可是心脏依然跳动着。他遍觅白兰地酒与嗅盐，终无所得。他已把水煮热，替他洗了上身与脸部，然后把这失去知觉的躯体安置在躺椅上，并给盖上毛毯。他想去请医生，但又不敢离远。每天早晨来打扫房子的女仆按例到九点才来。她一来到，他便打发她去找区内的一位庸医，但深恐因此反惹出官厅的查究，临时又把她叫回。

当时俄理维已逐渐苏醒。爱德华坐在躺椅近旁，正对着他的头部。他细察这一无动静的面色，苦于无从打破其中的谜语。究竟由于什么？在夜间酒醉时也许能失慎出事，但清晨所下的决心必非无因。他决定暂时抛弃一切思索，等待俄理维清醒时自作口供。不到那时候，他决不离开寸步。他握着他的一只手，在手与手的接触中他集中他自己心头的疑问，他自己的一切思虑，他自己整个的生命。终于他似乎感觉俄理维的手在紧握中微弱地有了反应。……于是他俯下身去，在这紧蹙着无限沉痛的额前印上自己的嘴唇。

有人按铃。爱德华站起来出去开门。来客正是裴奈尔与贝加。爱德华把他们挡住在进门处，一面通知他们，然后又把裴奈尔叫到一边，问他是否知道俄理维常有昏晕或错乱之类的症象。……裴奈尔恍然忆及他俩昨夕的谈话，特别是俄理维的有些用字，当时他虽不曾注意，此刻却清晰地重现脑际。

"是我先和他谈起自杀，"他对爱德华说，"我问他是否理解人的自杀有时仅由于生命的逾量，正像特米脱里·卡拉马佐夫所谓的'由于热情'。当时我只顾到发挥自己的意见而未及注意其他的一切,但此刻我记起他对我的回答。"

"那么他回答了什么呢?"爱德华追问着,因为裴奈尔似有顾忌,不想续说。

"他说他认为自杀的可能性只在人们达到某种最愉快的阶段,而这种愉快此后只能每况愈下永不可追。"

至此两人面面相觑,不发一言。各自心中明白。爱德华终于转避目光,而裴奈尔却自恨失言。他们再回近贝加时,后者说:

"麻烦的倒是别人会相信他临阵胆怯所以才想自杀。"

爱德华早把决斗这回事忘诸脑后。

"那就装作若无其事好了,"他说,"把杜尔美找到,要求他带你们和他的见证人会面。到那时如果这桩傻事不能及时解决,你们再和那两位见证人从长解释也来得及。我看杜尔美并不想使事情实现。"

"我们决不把原因告诉他,"吕西安说,"这样可以让他去承当屈服的耻辱。因为我相信他一定会退让。"

裴奈尔便问是否能一见俄理维。但爱德华认为不如让他安静地休息为是。

裴奈尔与吕西安正要告辞,小乔治赶到了。他正从巴萨房家回来,但不曾取到他哥哥的行李。

"伯爵先生不在家,"别人那么回答他,"他没有命令留给我们。"说完这话仆人立刻把门关上了。

爱德华语调中以及其余两位态度上的某种严肃使乔治深感不安。他顿觉有异,便向他们探问。爱德华只得把实情向他透露。

"但不必告诉你父母。"

乔治得悉秘密，喜出望外。

"我决不会泄露的。"他说。那天早晨他本闲着无事，他便请求和裴奈尔与吕西安同上杜尔美家去。

三位小客人离去以后，爱德华便唤女仆把他间壁的一间客房收拾干净，以备安置俄理维。他随即蹑足回到工作室。俄理维静卧着。爱德华便又在他近旁坐下。他拿起一本书，但未经打开又把它搁下，一心注视着他朋友安眠。

十

及于灵魂或发自灵魂者，决非简单的事物。

——巴斯加

"我相信他很希望和您见面，"翌日爱德华对裴奈尔说，"早晨他问起我是否昨天您已来过。大约我以为他神志不清，而其实他已听到您的声音。……他仍然闭着眼睛，但并不睡熟。他一字不提。他屡次把手按在额上，像是非常痛楚。每当我和他说话时，他便皱眉；但我一离开，他又把我叫回，要我在他的身旁坐下。……不，他已不在工作室。我把他安置在我间壁的那间客房内，这样我有客人时可以不至于打搅他。"

他俩同入室内。

"我正来探问你的消息。"裴奈尔轻声说。

听到他朋友的语声时，俄理维的面色顿为焕发，几乎已带笑容。

"我正等着你。"

"如果我使你疲倦我立刻就走。"

"别走。"

说这话时，俄理维把一个手指放在唇边，像是要求别人不再向他说话。三天以内就要去应口试的裴奈尔，身边已无时不备着一本提要，这是为考试用的法宝。他坐下在他朋友的床头前，聚精会神地默诵起来，俄理维头面着墙像已睡熟。爱德华退守在他自己的室内，不时从开着的通至邻室的门间探视。每两小时，他让俄理维进一盅牛乳，这是从今晨才开始的。昨天整天，病人的肠胃未能容纳任何食物。

许久以后，裴奈尔起身告辞。俄理维转过脸来，向他伸出手去，并勉作笑容。

"明天你还能来吧？"

最后瞬刻间，他又把他叫回，示意让他俯下身去，好像他怕自己的语声不易远达，微弱地说：

"不，但你以为我够傻吧！"

然后，像是不使裴奈尔有分辩的余地，他又赶紧把一个手指放在唇边：

"不，不……以后我会向你解释。"

翌日。裴奈尔再来时爱德华接到萝拉的一封信，他便递给他看：

我亲爱的朋友，

我于匆遽间握管，期能防止一桩荒谬的不幸事件。如果这信能及时到达，我深信您一定能给我一臂之助。

法里克斯已出发来巴黎专程造访，意欲从您处求得我所拒绝给他的解释并探悉其人姓名以便与之决斗。我已尽力阻拦，但他意志非常坚决，我的种种解释反更增强他的决心。也许您是唯一可以劝阻他的人。他对您很信任，谅能计从。试想他平生从未手执武器，一旦为我而以生命作孤注之一掷，在我实不堪设想；而我私心所更忧惧的，惟恐因此反惹出笑话。

自我回来以后，法里克斯对我处处温存殷勤，但我不能以同等之情意相报亦系实情。由此我深感痛苦，而我相信他所以出此一途无非迫我恢复对他的重视与尊敬，此种举动在您难免认为莽率，而他则每日不忘，且自我回来以后，早具决心。他对我已加原宥，自系意中事；但对另一人则大有不共戴天之意。

我恳求您对他亲切招待，一若对我；如蒙不弃，则三生有幸焉。在瑞士期间，诸承殷切照拂，实为铭感，未及早申谢忱，深盼见谅是幸。当时生活，每一忆及，仍不禁神往，今日惟一之生趣，亦即重温此旧梦耳。

永远在忧念中而永远信任您的友人
萝拉

"您预备怎么办？"裴奈尔把信交还时问道。

"您要我能怎么办？"爱德华回答说，心中悻然不悦，但如若由于裴奈尔所提出的问题，倒不如说因为这问题先已在他心中生根。"如果他来，我便尽力招待。如果他和我商量，我便尽力劝他。而设法使他信服最好的办法莫若暂守镇静。像杜维哀这类寡能的人想出人头地结果总是失策。如果您认识他，您也一定会有同样的感想。萝拉却生来是扮演主角的人。我们每人都扮演着切合自己身份的一出戏，而承当自身悲剧的遭遇。这有什么办法？萝拉的悲剧由于嫁了一个傀儡。这是无法挽救的事。"

"而杜维哀的悲剧，则由于娶了一位优越的女性，结果在他总是望尘莫及。"裴奈尔接着说。

"总是望尘莫及……"爱德华应声说，"而在萝拉，何独不然？最有意思的倒是后者由于对自己过失的抱憾，由于忏悔，自愿向他屈膝；但不料立刻他却五体投地，比她俯伏得更低，结果反使他愈显萎小，而她则愈形伟大。"

"我对他很抱同情，"裴奈尔说，"但何以您不承认他的自逊不也就是他的伟大？"

"因为他缺乏诗情。"爱德华不容置辩地回答。

"您这话是什么意思？"

"他从不知忘身其境，因此他也永不会有崇高的感觉。别太追问我。我有我的见解，但它们不容衡量，而我也不去加以衡量。波耳·安勃洛埃惯说一切不能以数计算的在他概不思量，我相信他是在'思量'这两个字上玩花样，因为，'在这笔账上'像一般人所说似的，上帝就无从包括在内。他的用意也就在此……但注意：我相信我所谓诗情也即人在神前自愿就范的心绪。"

"那不正就是'热情'一词的原义？"

"而也许就是所谓'灵感'。是的，我的意思就是如此。杜维哀是一种无灵感的人。我赞同波耳·安勃洛埃认为灵感最足损害艺术的话；而我很相信克服诗意是任何艺术家的先决条件，但要克服诗意自身得先有这种诗意才成。"

"您以为这种神游的境界可以生理地去解释……"

"可了不起!"爱德华插言说,"类似的论调,果真郑重其事地去考虑,那也只配一些傻子们去干。无疑每种神秘的心理动机都有它相连的物质背景。再则,精神现象的显现,每有待于物质去作印证。由此,才有托身显灵之类的神秘。"

"相反,物质却决不需要精神。"

"那,我们也无从知道。"爱德华笑着说。

裴奈尔听他如此健谈,深感喜悦。平时爱德华守口如瓶。他今日的兴致显然由于俄理维在场的缘故。裴奈尔很领会。

"他对我谈话心目中仿佛已在对他谈话,"他想,"俄理维才是他所需要的秘书。一待俄理维病愈,我自当引退,另觅出路。"

他如此设想,心中并无怨恨之意,因为如今他念念不忘的惟有莎拉,昨夜他又和她幽会,今晚还打算再去。

"我们已谈得离题太远,"他也笑着说,"那末您打算和杜维哀谈起文桑吗?"

"当然不。而且那有什么用?"

"但如果杜维哀不知对方是谁,您不以为他会因疑致疾吗?"

"这也可能。但这话似乎应该向萝拉说才对。要为她保守秘密至少在我就不能开口……而且,我连那人的行止也不得而知。"

"您是说文桑吗?……巴萨房应该很知道。"

门铃声把他们的谈话打断。莫里尼哀夫人正来探问她儿子的消息。爱德华把她引入工作室内。

爱德华日记

菠莉纳来访。无以应对,一时颇感失措;但至少我不能对她隐瞒她儿子的病状。至于这蓄意不明的自杀经过觉得大可不必提起,仅称病因由于急性肝症的发作,实际这也确是受窒息后的必然现象。

"知道俄理维在您这儿已使我安心不少,"菠莉纳对我说,"我对他的看护不见得比您更能周到,因为我很知道您爱惜他的程度不下于我。"

说这最后一句话时,她异然凝视着我。我是否能猜透她在这目光中所含的用意?在菠莉纳面前,我感到俗语所谓的"负疚之心",而期期然字不成句。必须说明的是两天来过度的感情冲动已使我失去自制之力。我的窘态一定非常明显,因为她又补充说:

"您的脸红最能证明……我可怜的朋友,别等待我会责备您。那除非您不爱惜他也许我会……我能看他吗?"

我领她到俄理维跟前。裴奈尔听到我们过去,已先退出。

"他多美丽呀!"她俯在床前低声地说,然后转身向我,"请您代我向他亲吻好了,我怕使他惊醒。"

菠莉纳必然是一位出众的女性。这决不是我的一朝之见。但我未曾料到她竟能如此体谅入微。不过在她亲切的谈吐与类似游戏态度的语调后我总感觉有点勉强(也许倒由于我自己尽力想装作自然的缘故），从而我记起上次我们谈话时她所说的一句话："明知自己无法拦阻的事，我宁愿慨然允诺。"这话当时在我已不期然地认为是一种睿智卓见。菠莉纳显然竭力委曲求全，而且像是回答我的心事，当我们重又回到工作室时，她接着说道：

"由于刚才我自己的不以为意，我怕因此已得罪了您。有些思想上的自由男人们往往愿意独占。但至少我不能虚张声势地来责备您。我已从生活中得了教训。我很知道纵使是最洁身自好的孩子们，他们的纯洁也是朝不保夕的。而且我相信最贞洁的年轻人日后不一定是最模范的丈夫。"她又凄然微笑着加上说，"可惜更不一定是最忠实的丈夫。总之，他们父亲的榜样使我希望儿子们不如修点别的德行。但我怕他们在外干出荒唐的事或是与人有不名誉的结识。俄理维容易受人影响。希望您随时督促。我相信您能使他上进。他只倚靠您……"

诸如此类的言词使我益增惭感。

"您太嘉奖我了。"

除了这最平凡的套语以外，我竟想不出一句可以回答的话。她却委婉地接着说道：

"俄理维会使您受之无愧。试问什么能不受爱的感化呢？"

"俄斯卡知道他在我这儿吗？"我问这话为的使我们间的空气轻松一点。

"他连他已回巴黎也不知道。我早对您说过他对他的儿子们不太关心。所以我才托您劝导乔治。您已试了吗？"

"不，还没有。"

菠莉纳的面色立时阴沉起来。

"我愈来愈感觉不安。他那种逍遥自在的态度在我看来无非只是冷漠、傲慢与自大。他的功课不错，先生们对他都很满意。我说不上我对他的焦心从何而起……"

她突然失去镇静，语调的激昂使我几难置信。

"您能设想我的生活已到什么田地？我把自己的幸福早置度外，但年复一年，还不得不把标准降低，我把自己的希望已一一加以打消。我退让，我忍受，我对一切装作不闻不问。……但最后，人总有一个攀手之处，到这也不可能时！……夜间他到我身旁灯下来温习功课，有时当他从书本上抬起头来，我在他目光中所遇到的不是温情，而只是挑衅。这决不是我所应得的。……有时我觉得自己对他的一番热情也顿时化作怨恨，我情愿此生永不曾有过孩子。"

她的语声是颤抖着的。我握住她的手。

"我担保将来俄理维会报答您的。"

她竭力恢复镇静。

"是的，我说得太过分，好像我自己不曾有三个儿子似的。不过我想起一个来，我就顾不及别的了。……您会觉得我太不近理……但有时单借理性实在是不够的。"

"可是我最钦佩您的倒就是您的理性。"我很坦直地说，意思希望能使她安静下去，"那天您和我谈到俄斯卡时真不愧为明达……"

菠莉纳突然有点激动。她凝视着我,略一耸肩:

"当一个女人愈肯隐忍,她就愈显得合乎情理,这大概是千古如斯!"像是与人寻衅似的她呼喊着说。

这感想使我愤慨,正因为它一语中的。为的不使对方面注意到,我赶紧接着说:

"关于信件的事,可有新的消息?"

"新的?新的?……您希望俄斯卡与我之间还能再有什么新的?"

"但他等待有个解释。"

"我也等待有个解释。整个生命的途中人所等待的也就是解释。"

"总之,"我接着说,心中颇感悼然,"俄斯卡未能释然。"

"但是,朋友,您很知道,万事都能释然,世间也就永无问题。至于如何去求解决,那是你们小说家们的事。在现实生活中,一切都继续着,决不能有所谓解决。人们在茫然中生存,至死不明所以,其间生命则适若无事地永远继续,继续。对此,像对其余的事情,像对其余的一切,听其自然以外,别无他法。好吧,改日再见。"

我对于发现在她语声中的某些新有的音调深感痛楚。这种攻势使我(也许并不在当时,但当我回忆起我们的谈话来)不能不想到菠莉纳对于俄理维和我的关系决不像她所说那么地轻易听其自然,并不像她对其余一切那么地容易听其自然。我希望相信她并不完全出于非难,而显露于她语气中的,似乎她对某些方面也深自欣慰。但潜意识中,她依然免不了有所妒忌。

稍后对一个实际在她不至于如此关切的问题上竟突如其来的大作发挥,在我看,除此以外,别无解释。说来很像当初她宽宏大量地把自己所心爱的移赠给我,结果突然发现她自身竟已空无所有。由此从她那些夸张得几乎不合情理的言词中,无形间泄露出她的妒忌之心。如果事后再作回想,她自己也一定会深感惊愕。

归根结底,他不禁自问:一个不甘隐忍的女性,她能处的是什么境地?他是指一个"束身自好"的女性……像是人们所谓的"束身自好"这四个字,应用于女性时,除了她们的"隐忍"以外还连带有别的意义似的!

傍晚,俄理维的气色已开始大为转佳。但精神的恢复随即产生忧虑。我尽力设法使他安心。

他们的决斗?——杜尔美已逃避到乡间,自无追踪而去的必要。

杂志?——已由贝加负责。

他留下在巴萨房家的行李?——这一点最难掩饰。我只好直认乔治未曾取回,但答应他明天由我自己去取。他像担心巴萨房会扣留行李来作抵押,这在我认为是决不可能的事。

昨天当我写完这几页还滞留在工作室时,忽然听到俄理维在室内叫我。我直奔而去。

"如果我不是那么虚弱,应该由我跑去看你,"他对我说,"我想起床,但当我一下地,我的脑袋直晕,我怕要跌倒。不,不,我并不觉得什么;相反……但我有话想对你说。你必须答应我一件事……切勿追究前天何以我想自杀。我相信我自己也已说不上来。我很想说,但实在是不能……但你切勿因此认为我生活中有任何不可告人之处,所以不能让你知道,"然后,他把声音放得更低,"也不要以为我是由于羞愧……"

虽然我们在黑暗中,他仍用我的肩膀遮着他的头。

"或是如果我有认为可耻的,那只是那天晚上的宴会,以及我的醉态,我的咆哮,我的眼泪;再就是夏天这几个月;……以及坐失和你见面的机会。"

他又一再声明过去种种譬如昨日死;他想从自己生命中铲除这一切,而这已毕竟做到。

我觉得他的辗转不安依然是虚弱的表现,因此像对摇篮中的孩子似的我只是一言不发地轻拍着他。他所需要的是休息,我以为睡意已使他变得沉默,但最后我还听到他低声絮语:

"在你身旁,我幸福得乐而忘眠。"

他到天明才放我离开。

十一

次日，裴奈尔清早就来。俄理维尚在安眠。裴奈尔和往日一样带着一本书在他朋友床前坐下，这可以使爱德华暂时脱身并践约替俄理维到巴萨房家提取行李。在这时刻，他一定可以在家。

旭日灿烂，秋风吹落枝头的残叶，一切明净如洗。爱德华三天来足不出户，这时心中感到无限痛快，仿佛驾着清风，乘着轻舟漂浮在无际的海上。心有所钟，加以美丽的晴天诚令人飘然欲仙。

爱德华知道搬运俄理维的行李非要一辆汽车不可，但他并不急促，他喜欢暂先步行。自己与整个自然界相契合的心境使他对于和巴萨房去办交涉的事深感不能调和。他自知这样的人是应受他唾弃的，但当他在心头重温过去的种种创伤时，他已不再感到彻骨之痛。这位在昨天还是他所憎恶的劲敌，如今他已完全去而自代，自然再无对他仇视的理由。至少，今晨他不能再有这种感觉。而另一方面他认为绝对不应表现出目前造成的形势，以至泄露他自己内心的喜悦，与其无法招架，何不索性避免这次会见。真的，为什么偏是他，他自己，爱德华，特地跑去见他？再说他凭什么名义上巴比伦路去索回俄理维的行李？接受这桩使命事前实在太欠考虑，他边走边想，而且这正是暗示俄理维有搬到他家去住的意思,这又正是他自己所不愿让人知道的。……但这时他已无退步的余地。他已对俄理维有了许诺。至少,他在巴萨房面前必须显出非常冷淡,非常坚定。一辆出租汽车迎面而来,他便叫住了。

爱德华对巴萨房的认识不够透彻。他忽视了他性格中的一个特点。这位随时有所戒备的巴萨房决不肯轻易受愚。为了否认自己的败绩,他一向装作"非其所计",在他不论发生什么事情,他总表示"正符所愿"。当他一明白俄理维不再受他的驾驭,他唯一的顾虑即是隐藏自己的愤慨。他绝不更事追踪,致冒他人讪笑,相反,他勉力耸一耸肩,以一笑置之。他的情感从不曾强烈到使他自己失去控制的力量。有一部分人正以此沾沾自喜,实则他们没有辨清他们的自制力很少由于真正的修养,而只是某种个性上的贫乏所致。我不愿作笼统的论列,我以上所说的话权作对巴萨房而发。此公不难自作种种解说,诸如:他对俄理维正已发生厌倦;夏季的两个月来这桩奇遇对他已早失去原有的吸引力,如果再继续下去,反会使他自己的生活加上一重累赘。总之,他过去对于这孩子的美丽与风致,智慧与才具,都嫌估价太高;而且把主编一个杂志的责任委托给一位如此缺乏经验的少年,此中的困难,他正应及时有所觉醒。诸般考虑以后,斯托洛维鲁更适合于他的需要,当然是说当作杂志的主编人。他已给他去信并约定今晨接见。

我们不妨补充说,巴萨房并不曾认清俄理维对他弃绝的原因。他以为由于自己对莎拉的过分殷勤激起了他的醋意。这种观念与他愚顽的自负心正相吻合,这使他颇为自得,因此原来的怒恨也就从而平息了。

他等待着斯托洛维鲁,由于事前他有过立即引见的命令,爱德华适受其惠,未经通报便和巴萨房照面了。

巴萨房绝不显露出自己的惊异。幸而眼前他须扮演的角色正合他的性格,不致使他张皇无措。一待爱德华说明来访动机,他便说:

"您所说的实在使我感到万分愉快。那末,真的?您不惜亲自为他费心?那不太打扰您吗?……俄理维是一个可爱的孩子,但他在这儿使我已开始感到不胜其烦。我不敢对他表示;他是那么温厚……而我知道他不想回到他父母那儿。……可不是,人们一朝离开父母以后……但我想起他母亲和您不是异母姊弟吗?……或者多少有类似的手足之情?俄理维一定对我讲起过的。那么,他住在您那儿是最自然没有的事。谁也不会因此见笑(他说这话,实际倒也确是如此)。他在这儿,您知道,别人就说闲话。这也是使我希望他离开的理由之一。……虽然,我对所谓'舆论'一向并不挂心。不!这不如说为他的利益着想……"

谈话的开端总算不坏,但巴萨房不惜以虐人为乐,在爱德华的幸福上洒下几滴不义的毒汁。他惯于此道,谁也不易猜透……

爱德华渐感不耐烦起来。但突然他记起文桑,巴萨房应该知道他的消息。自然他早下决心,如果杜维哀来向他打听时,他绝不提起文桑,但为防备闪避起见,他认为自己愈有知道真相的必要,这可以坚定他的否定。他便乘机相询。

"文桑不曾给我写信,"巴萨房说,"但我接到格里菲斯夫人的一封信——您一定知道:就是那位后补者——信中很多是讲到他的，可不是，信就在这儿……实在，我不觉得能有不让您过目的理由。"

他便把信递给他，爱德华接看：

My dear[①],

从达喀尔以后，我们不会在大公的游艇上了。这信随艇寄发，但当您收到时，谁知道我们又在何处？也许会在卡萨蒙斯海边，文桑想在那儿采集植物，我则巡猎。我已说不上是我带领着他，还是他在带领着我；或者，在我们身后作祟的是一位好冒险的魔鬼。我们在船上时先结识了烦闷鬼，是它把我们介绍给这位冒险鬼……唉！Dear，不在游艇上生活过，决难认识烦闷为何物。有暴风时，己身与船身共起伏，那样的生活倒还有劲。但自泰纳利夫开始，风平浪静，海中无波。

"……一面令人绝望的巨镜。"

而您猜此后我以何自遣！借文桑泄恨。是的，我亲爱的，爱情对我们已太乏味，我们唯有相互泄恨。其实，这由来已久。是的，从我们上船时就已开始，最初不过偶有龃龉，心中暗怀敌意，但结果仍不免白刃相向。天气晴朗，敌忾愈盛。唉！如今我才知道对人用情之苦……

原信甚长，系八月二十五日寄发。

---

① 英语：亲爱的。

"我不必再念了，"爱德华说，一面把信交还巴萨房，"他什么时候回来呢？"

"格里菲斯夫人没有提到回来。"

爱德华不曾对这信表示更大的兴趣，使巴萨房深感不快。他既已答应让他看信，对方的漠视在他不能不认为是一种侮辱。他擅自拒绝别人的赐与，但经不起自己的也遭别人拒绝。这信曾使他窃喜不止。他对莉莉安与文桑多少怀着同情，他还自信能对他们加惠乐助，但别人无此需要，他的同情也就立即淡薄下去。和他分手以后，这两位朋友竟不曾踏入幸福之境，这是值得他去思索的；要之，这也是他们自作孽。

至于爱德华方面，晨间欢洽的心境遭遇此类粗暴的情感的描写，心中自难释然。他中途把信递还，在他绝非出于做作。

巴萨房必须先发制人：

"唉！我还忘了告诉您！您知道我曾考虑让俄理维主编一种杂志？自然，如今不必再提。"

"那还用说！"爱德华还刺说，而无意中巴萨房倒替他去了一桩心事。后者从爱德华的语气中自知已中其计，随即忍痛说：

"俄理维留下的东西全在他所住的那间房子里，您一定有汽车停着吧？可以让人搬去。对了，他健康如何？"

"很好！"

巴萨房站起身来。爱德华跟着起立。两人极度冷淡地行礼作别。

爱德华的访问使巴萨房伯爵感到极度困恼。

"嘻嘻!"看到斯托洛维鲁进来,他才吐出一口闷气。

虽然斯托洛维鲁对他颇为倔强,但巴萨房自觉不难对付,或竟绰然有余。无疑他不是不知道对手的厉害,不过他自信很有把握,且亟思有以证明。

"请坐吧!我亲爱的斯托洛维鲁,"说时把一张靠椅往他身前推去,"见到您,在我实在非常愉快。"

"既奉伯爵之召,敢不前来效劳。"

斯托洛维鲁每爱对他故意表示一种侍仆的傲慢,在巴萨房也已司空见惯。

"直截了当,大家所谓的打开天窗说亮话。您已干过各种行业……这次我倒想让您担任一个真正独裁的位置。但先得声明这是纯粹关于文学的。"

"无妨!"而当巴萨房把纸烟盒递给他时,"如果您能原谅,我倒更喜欢……"

"绝对不能原谅。您一抽那些冒牌的雪茄烟,我这房子可该遭殃了。我始终不明白人抽这些东西能得到什么乐趣。"

"啊!我倒不是说我绝对喜欢。但这可以让别人不舒服。"

"总是和人作对?"

"不过也不必把我看作傻瓜。"

斯托洛维鲁并不直接答复巴萨房的建议,他认为先作一番解释来表明自己的立场更为合宜,别的以后自有办法。他便继续说道:

"慈善一道向来不是我所擅长的。"

"我知道,我知道。"巴萨房说。

"利己主义也不是,而这大概您并不知道……一般人想让我们相信，以为唯一能避免利己主义的则是采用一种更卑鄙的利他主义！至于我，我则认为如果有比个人更堪蔑视、更为卑劣的，即是众人。任何理由不能使我信服乌合之众可以产生完美的整体。当我一上电车或火车，我没有不希望发生一种不测的意外，使这龌龊的大群化成肉浆。啊！天哪，自然连我也在内。跑进一个戏院，没有不希望屋顶上的彩灯塌下或是一枚炸弹突然爆炸，当我自己必须同归于尽，如果我别无所长，至少我情愿把这炸弹藏在我的外衣内。您刚才说？……"

"不，没有，您继续说吧，我听着。您并不是那一类演说家，必须等别人的反驳来替您打气。"

"不过我似乎听您说想敬我一杯您那珍贵的葡萄酒。"

巴萨房微笑了。

"就把酒瓶放在您手边吧！"说着他把瓶递给他，"尽量地喝，但说吧！"

斯托洛维鲁倒满自己的酒杯，舒适地躺在他的靠椅上，便又开始：

"我不知道是否我称得上人所谓的刻薄；我不能那么相信，因为自己觉得心头还有着太多的憎与恨。总之我并不在意。很久以来，我克制足以使自己动心的一切，那是真的。但我并不是不懂'敬慕'为何物，或是类似的'盲目的忠诚'，只是，生而为人，对人对己，我一律蔑视与憎恨。随时随地我不断听人反复说：文学、艺术、科学，最终都为谋取人类的福利；这已很够使我对这些东西作呕。但我不能不把这命题来作反面的考察，到那时，我才能舒一口气。是的，我衷心想象的，适得其反，整个卑贱的人类协力在建造一种惨酷的纪念物,一个为求精致的盘碟的光彩而不惜烧死他妻儿和他自己的裴奈尔·巴里西①。(这故事我们已早听厌!)我喜欢注意问题的反面。这有什么办法,我的脑筋必须头向地脚朝天才能得到平衡。而如果我不忍设想一个耶稣牺牲了自己为拯救我们日日相遇的这些忘恩负义令人骇怖的人群,至少想起这群腐臭的暴民中居然能产生一个耶稣,使我不能不感到满意,或竟某种快慰……仍然我宁愿别的,因为所有'这人'的教理不过使人类更进一步深陷在泥淖中。人间的不幸来自强暴者的自利主义。伟大的事物惟借主义的强暴才能产生。我们保护不幸者、弱者、佝偻病者、受伤者,这完全是错误;而我痛恨宗教,就因为它所教我们的尽是这些。泛爱主义者们自以为从大自然——动物界与植物界——的观察中可以发现伟大的和平,殊不知这种和平在原始时代由于强者繁荣,其余一切全是废物,只能用作肥料。但人们看不透这一点,人们不肯承认这一点。"

"正是,正是,我很承认。接着说吧!"

"您说这是否可耻也复可怜……人想尽方法使马,使飞禽,使家畜,使五谷,使花卉各存优种,惟独对他自己,为他自己,却只能设法借医药去减轻痛苦,借慈善作掩饰,借宗教求慰安,借沉醉以忘忧。真正需要努力的是改良人种。但一切选择包含不适者的淘汰,而这却是我们这基督教社会所无法解决的。它竟不知负起铲除败类的责任,而这些人偏是最多产的,我们所需要的不

---

① 裴奈尔·巴里西,法国十六世纪作家兼学者,对法国制陶术极有贡献。后以胡格诺派教徒之罪名被捕,死于巴士底狱。

是医院，而是育种场。"

"斯托洛维鲁，您说得真妙。"

"伯爵先生，我怕您也许至今对我有着误会。您把我看作是个怀疑主义者，而我却是理想主义者，神秘主义者。怀疑主义从来不曾产生什么良好的结果。而且谁都知道它所指向的路……是容忍！我把怀疑主义者看作是一些既无理想又无想象力的人们，也就是笨货。……而我不是不知道健全的人类产生的一日，一切纤弱与多情善感的细腻都将随之消失，但也决不再会有人在那儿代为惋惜，因为与纤弱同时，纤弱的人也已早受淘汰。切勿误会！我的主张即是人所谓的'文化'，而我很知道我的理想古代一部分希腊人已早有所见，至少我愿意那么设想，而我记得色列斯①的女儿高丽初下地狱时对幽魂满怀同情，但日后她嫁给普卢托②而当下界的皇后时，荷马一提到她总称为'无情的普罗瑟彼那'。这有《奥德赛》③第六曲为证。'无情的'，这正是自认为有德性的人所必不可少的。"

"而您毕竟又回到文学上来……如果我们算是离题太远了的话。那么，尚德的斯托洛维鲁，我问您，您到底能否接受做一个杂志的'无情的'主编人呢？"

"实在说，我亲爱的伯爵，我应该向您直认：一切从人类排泄出的污秽物中，文学是其中最令我反胃的。我所看到的只是恭维

---

① 色列斯（现译为克瑞斯。——编者注），罗马神话中的谷物女神。
② 普卢托（现译为普鲁托。——编者注），希腊神话中的冥王（应为罗马神话，原注似有误。——编者注）。
③ 《奥德赛》，相传为荷马所作之史诗。

与奉承。而我竟怀疑文学可以成为别的东西，除非它先把过去的一切扫除殆尽。我们借既定的情感生活，而读者自以为也有同感，因为一切印成白纸黑字的他全相信；作者借此投机，正像他以'习俗'认作是他艺术的基础一样。这些情感恰似筹码，所发的声音是假的，但竟通行无阻。而人人都知道'伪币足以消绝真币'，结果有人把真的献给大众倒反被看作废纸。在这人人欺蒙的社会中，真实的人反被看作骗子。所以我必须向您申明：如果我来主编一份杂志，先得戳破纸老虎，废止一切所谓美丽的情感，以及这些汇票——文字。"

"好家伙，我倒真想知道您用什么方法。"

"让我来办，以后您自会知道。这事情我已屡经考虑。"

"您不会被人理解，人也不会来追随您。"

"看吧，最前进最觉醒的青年如今已都预感到诗歌的通货膨胀。他们知道在这些工整的韵律以及诗句陈腐的铿锵后面其实是空无所有。如果有人提议加以摧毁，登高一呼，不难四方响应。您是否赞同我们来建立一个学派，它唯一的目的就是打倒一切？……那使您胆怯吗？"

"倒不……只要人们不踩毁我的花园。"

"其间需要挂心的事有的是……但时机不可错过。我认识很多人都在等待有人发难呼应，都是一些年轻人。……是的，我知道，那正中您的意思；但我得告诉您，他们并不轻易受愚。……我常自问由于什么奇迹，绘画能占上风，而文学竟落伍至此？一向在绘画中受人重视的所谓'主旨'，试看如今已销声匿迹！一个美的题材！那就让人觉得可笑。画家们已不敢再试人像，除非画中的人与对象绝不相似。如果我们这事情能办得好,而且只要您信任我,就决不会有问题,我敢担保不出两年,明日的诗人如果他的作品被人理解,他一定会自认是一种耻辱。是的,伯爵先生,您肯打赌吗?任何字义、任何含意都将认为是反诗意的。我建议写作应以不合逻辑为主。'铲污者',用在杂志上是一个多美的名称!"

巴萨房毫不犹豫地倾听。

"在您的信徒们中,"稍停以后他接上说,"是否您那位年轻的表弟也在内?"

"小莱昂,那是一等的,而很多杂务他都熟悉。教导他真是一种乐趣。暑前,他认为和人竞赛班中的习题或是争取一切奖品全都可笑。这次开学以后,他变作非常正经,我不知道他打的什么主意,但我很信任他,而且尤其不愿意麻烦他。"

"您可以把他带来吗?"

"伯爵先生太开玩笑了,我相信……那么,您这杂志?"

"我们以后再谈。我需要把您的计划细作考虑。目今,您必须先替我寻找一个秘书,以前的那个已不能使我满意。"

"明天我就可以把小哥勃拉勿勒送来,我正要去看他,而您的工作他定能称职。"

"他也是'铲污者'一流的吗?"

"多少是。"

"举一反三……"

"不,不要把人人和他看作一样。这是一位折中派的。对您正合适。"

斯托洛维鲁起立。

"说回来,"巴萨房乘机说,"我还没有,我相信,还没有送您我那本书。我很抱歉初版的本子已没有……"

"反正我不预备把它转卖,那就没有关系。"

"印刷倒是顶好的。"

"啊!反正我也不预备去念它……再见!衷心效劳,而深幸能对阁下致敬。"

十二

爱德华日记

把俄理维的行李取回。归自巴萨房处立即工作。心旷神怡。此乐向未曾有。写《伪币制造者》三十页,无一顿挫,无一涂改。仿佛夜色中的景物突然受闪电的照明,整个情节自黑影中屹然涌现,而与我过去耗尽心力所臆造的绝不相同。至今我所写成的书想来颇似公园中的水池,轮廓非常整齐,也许称得上完美,但其中的止水一无生命。如今,我愿让水随其自然,顺势而流,时缓时急,形成无数水脉,绝不预事布置。

X认为一个好小说家当写作之前即应知道他的书以何收局。在我,我任我的书自由发展,我认为生命呈现在我们眼前的一切原无始终。所谓终者,未有不能看作是另一个新的起点的。"堪续……"我就想用类似的词来结束我的《伪币制造者》。

杜维哀来访。这必然是一位老实人。

由于我过分表示自己对他的同情,反使我不能不勉强忍受对方的感激。一面对他说话,我心中却复述着拉罗什富科所说的话:"我不善对人悯怜,且愿自己绝无此种情感。……我认为能体会已足,但必须随时避免自己有这种情感的发生。"可是我对他的同情是真实的,无法否认的,我自己感动得竟至下泪。实际我觉得我的眼泪所给他的安慰远胜于我的言辞。我竟相信当他看到我流泪时,他自己的悲哀已烟消云散。

我早坚决决定不向他道破诱惑者的姓名;但出我意外,他竟不曾问起。我相信当他不被萝拉的目光追随时,他的妒意也就立即淡忘。无论如何,他这次跑来看我,一路奔波,倒反使他消失了一部分的勇气。

他这事件中显有不合逻辑之点。他愤慨那人抛弃了萝拉。我向他点破,如果萝拉不遭抛弃,在他也决难旧巢重圆。他自愿爱那孩子一若己出。谁知道,如果没有那诱惑者,他还能尝到做父亲的滋味?这一点我避免使他注意,因为记起自身的缺陷,他的妒意便又发作。但这完全是从自尊心出发的,所以不再使我感到兴趣。

像奥赛罗[①]的妒忌,那是可以解释的。自己的太太和别人逍遥,这幅印象尽够使他刺心入骨。但是杜维哀那种人,如果也起妒意,那他早应自认命该如此。

而无疑他支持这种热情,潜意识中仅为掩饰自身个性的贫乏而已。幸福应该对他是自然的,但他必欲逞强,因此

---

① 莎士比亚悲剧《奥赛罗》中之主人公。

不尊重自然的，而尊重获得的。我不得不竭力向他解释简纯的幸福得之非易，且也远胜于烦恼。直等他平心静气才和他作别。

性格的矛盾。小说或戏剧中人物的行动自始至终不出吾人的意料。……人让我们来赞赏这种一致，我则认为这适足表示这些人物是不自然的，造作的。

我并不以为矛盾就一定是自然的表现，因为我们遇到，而特别在女人间，很多的矛盾都是故意的；另一方面，我很赞叹在极少数人确有人所谓"一贯的精神"，但最普通的，则是其人的一致，非借自然，而仅由于矜持。愈是内心善良的人，他的可能性愈大，他愈善变，他很少让过去来决定自己的将来。人们拿来给我们做模范的："Justum et tenacem propositi virum"①，其实这种人往往只是一片不受垦殖的瘠土。

我还认识另一种人，他们一心有意立异，他们所最关心的，即是对于某些习惯，既经认定以后，从此便一执不变，处处留神，决不放松。（我想到 X，当我请他喝一九〇四年酿的蒙特拉舍酒，他便拒绝。"我只爱波尔多酒。"他说。但我说那就是波尔多酒时，立刻他把蒙特拉舍酒也看作非常美味了。）

当我更年轻的时候，我常立下一些自以为高超的决心。我不很注意自己曾"是何种人"，我所关心的是自己"应成

---

① 拉丁文："正直与固执的人即是力的表示。"

何种人"。如今，我几乎觉得"听其自然"才是防止衰老的秘诀。

俄理维问我工作的是什么。我不禁和他谈起我的书，他似乎那样地感到兴趣，我竟把刚写成的一部分也念给他听。我怕他发表意见，知道少年时代的心理每趋极端，最难容忍别人可以有和他不同的观点。但他偶然小心地从旁所说的话在我都认为非常合理，且使我获益不浅。

其实我的一思一动无不由他而决定。

他对原定由他主编的那份杂志仍不放心，尤其是巴萨房嘱他写的那篇短篇小说，如今他已不能承认。我对他说巴萨房既已另拟计划，创刊号的稿件必有更动，他可以把他的原稿索回。

接待法官普罗费当第先生，他的来访，实在出我意外。他擦着额上的汗，呼吸非常紧张，我觉得与其由于爬到我的第七层楼使他喘不过气，毋宁说是他自感局促的缘故。手中握着他的帽子，我请他坐时他才坐下。这人仪表端正，身材适中，且极有风度。

"我想阁下是法院院长莫里尼哀的姻弟，"他对我说，"我来拜访阁下是为他孩子乔治的事情。我这举动可能在您认为冒失，但凭我对我同事的景仰与关切，我希望不难得到您的谅解。"

他略作停顿。我知道每天给我来打扫的女仆这时正在邻室，便站起来把室内的一扇门帘放下。普罗费当第报以会意的微笑。

"站在法官的立场，"他接着说，"我必须处理一桩对我非常棘手的案件。令甥上次已被牵涉到某一案件……——自然这只是您我间能说的话——而且是一桩相当不很名誉的案件，但以他那么年轻，我总希望他能善意改悔，束身自爱。而我不能不承认那一次在我已煞费苦心，一面必须不使事件扩大，同时又须不违背公理。如今再犯……但我还须声明，这次与上次性质完全不同……我不敢说乔治还能那么容易幸免。虽然以我和令姻兄的友谊，我几乎怀疑是否有让他幸免的必要。总之，我试着办，但我手下的属员，您知道，他们很出力，而我不准能阻拦他们。或是，您认为需要的话，现在我还有办法，但一到明天就再无能挽救。所以我想到您应该和令甥一谈，使他知道他所冒的危险……"

普罗费当第的来访——我想无须隐瞒——最初使我万分不安，但当我认清他此来既非怀有敌意，又非自居于制裁者的地位，我反觉颇饶兴趣。当他再说下去时，我的兴致也越发增加。

"市上伪币的流通已有相当时候。我接到报告。我还无从发现它们的来源。但我知道年轻的乔治——我愿意相信他是无心的——是使用与传布这些假钱中的一个。与这可耻的交易有关的一共有好几个，年龄都和令甥相仿。我并不怀疑，别人利用他们的无知，而这些别无知识的孩子们便落入在几个年长的作恶者的手中，上了他们的圈套。我们早可以把这些附和的孩子们加以逮捕，而且也很容易使他们招认这些假钱的来源。但我太知道，一件案子如果超过某一种程度，我们就再无法控制……也就是说一经审讯，再无后退的余地，到那时候即是我们所不想知道的，也势非让我们知道不可。以眼前的案子来说，我总想不借这些孩子们的口供，即能拘获其中真正的罪犯。因此我下令不必惊动他们。但这道命令不过是暂时的。我深愿令甥不至于强迫我另出主意。他应知道别人都睁眼瞧着。您即使恐吓他一下也未始不可，他已走入邪道……"

我保证说我尽力给他警告，但普罗费当第似乎不曾听到。他的目光茫然似有所失，他反复说了两次："正是人所谓走入邪道。"接着便不再作声。

我不知道他的沉默保持多久。不待他构思，我似乎已看出他的心事，而他自己尚未出口，我已先听到他所要说的话：

"先生，我自己也是做父亲的人……"

而他最初所说的一切已早消失，我们间只剩下裴奈尔一人的问题。其余的全是托辞，他来看我原来为的是他。

如果我不惯别人对我倾诉衷曲，如果种种情感的夸张令我厌烦，相反，这一种有节制的情绪最足打动我的心坎。他尽力遏制自己情感的冲动，过度的紧张，竟使他的嘴唇与双手发颤。他不能继续说下去。突然他以手掩面，吞声啜泣起来。

"您看，"他口吃着说，"您看，先生，一个孩子可以使我们变成非常不幸。"

何须再事规避？我自己也极度受到感动：

"如果裴奈尔看到您，"我大声说，"我敢担保他不能不怦然心动。"

可是实际我感到非常为难。裴奈尔几乎从不曾和我谈起他的父亲。我既知他脱离家庭，立刻我把类似的出奔看作非常自然，且认为这对孩子是最有益的。尤其，以裴奈尔的情形而论，同时还连带私生子的关系。……但眼前这一位虽非他生父，但所发的情感，由于不是理智所能遏制，愈显强烈，由于自然流露，愈感真切。而站在这份爱心、这重悲伤之前，我不能不自问裴奈尔的出走是否出于合理。我自觉再不忍对他表示赞同。

"如果您认为我可以对您有点帮助，或是认为我有和他一谈的必要，"我对他说，"尽管请不必客气地告诉我。他的心地很好。"

"我知道。我知道……是的，您的力量很大。我知道今年夏天他和您在一起。我的消息不能不算灵通。……我还知道他今天去应口试，我知道他正在梭蓬，所以特意选这时候跑来看您。我怕和他遇见。"

当时我的情绪突然中落，因为我发觉在他每一句话中几乎都带着这个动词"知道"。立刻我关心他的语意已不及我关心于观察这带有职业性的口语。

他对我说他也"知道"裴奈尔的笔试成绩非常出色。其中一位主试员，正好是他的朋友，还特意使他知道他儿子的作文，而那似乎称得上是其中最杰出的一篇。他谈起裴奈尔时虽带赞赏，但语气颇有分寸，这使我怀疑，归根结底，是否也许他并不相信自己不是他真正的父亲。

"主啊！"他又加上说，"千万别和他提起这一切！他的性格是那么高傲，那么多疑！……如果他猜到自他出走以后，我仍不断地想念他，注意他……但您不妨对他说，您曾见到了我。（每一句话都使他透不过气来。）——唯有您可以对他说的，就是我对他并无怨恨，（随又用更低微的语声）就是我始终爱他……像爱一个儿子一样。是的，我很知道您知道……这您也可以对他说……（这时他的目光回避着我，嗳嚅难出，似在一种极度狼狈的情状下）即是他母亲已永远地……是的，今年夏天，离开了我；而如果他愿意回来，我……"

他未能把话说完。

一个魁梧健朗、遇事积极、在社会上有地位有声望的男子，而突然抛弃面具，使自己赤裸裸地和一个陌生人相对，这给当事人的我一种非常特殊的印象。这场合使我再次感到一个熟稔的人对我倾诉衷曲远不如一个不相识者的更易使我感动。此点当容后再作探解。

普罗费当第并不隐瞒他最初对我所怀的戒心，裴奈尔的脱离家庭而投奔我处在他终难自解。这也就是最初使他一直迟疑不想和我见面的缘故。我不敢和他谈起窃箱的故事，只说由于他孩子和俄理维的友谊，由于这重关系，我对他说，我们才成相识。

"这些年轻人，"普罗费当第接着说，"闯进社会去，自己并不知所冒的危险。正因为他们不识危险，所以才有胆量。但我们做父亲的，自己有这经验，反得替他们担忧。我们的挂虑使他们恼怒，而最好只能不向他们明说。我知道有时这种挂虑实在用得太笨拙而让人讨厌。与其再三叮嘱孩子说火会烫手，不如让他自己先去试试。经验的教训远胜于从旁劝告。我一向给裴奈尔最大的自由，以致使他竟信以为我对他不很关心！我怕这是他误会的起因，而结果他就出奔。事到如此，我仍相信不如任他做去；一面从旁对他注意，而不使他有所发觉。多谢上帝，这在我倒有办法。（显然此处普罗费当第又争回他的面子，他对自己手下警务组织的严密尤表自豪；这在他和我的谈话中已是第三次提到。）我认为必须使孩子的心目中不把这次的事态看作过于严重。我是否有向您申明的必要，这种不服从的举动，虽然给我留下很多痛苦，但结果反使我对他更生恋念？我自信由此正足表示他的勇气与价值……"

如今，此公自觉再无顾忌，话便滔滔不绝。我设法把话题引向我更感兴趣的方面，便直截问他是否曾看到过他最初和我所谈的假钱。我好奇地很想知道是否这些假钱和裴奈尔拿给我们看的那枚玻璃制品同属一类。我才一提到，普罗费当第面部的表情立即转变。他半合着眼睑，同时瞳孔中像是燃起一道异样的火焰；两颧显出皱纹，双唇紧闭；注意力的集中使他面部的轮廓上曳。他先前对我所说的一切，这时已全成过去。法官遮没了父亲，除了他的本行一切皆不存在。他对我追问不放，随问随录，并说拟派员赴沙费抄出旅馆登记簿中旅客的名单。

"虽然很可能,"他补充说,"这枚假钱只是过路的坏人落入在您所说的杂货商人手中。"

对此我便申说沙费地处深山,绝非出入孔道,常人于一日内不易往返。他对这最后的报道特别满意,至此他便欣然告辞,并对我深致谢意,神情若有所思,但将乔治与裴奈尔则早忘诸脑后。

十三

裴奈尔在那天早晨不能不有这样的感觉：对于一个天性高贵和他自己那样的人，最大的喜悦莫过于给另一人以喜悦。而这喜悦在他竟无缘享受。他才由会考中以成绩优等入选。苦于无从向人传达，这可喜的消息沉压在他心头。裴奈尔很知道对这消息最感愉快的应该是他父亲，一瞬间他竟踌躇是否有立刻跑去向他报告的必要；但他的自尊心阻拦了他。爱德华？俄理维？那也显得把一张文凭看作太重要了。他已是文学士①。但这于他何补！如今才真是难题开始的时候。

在梭蓬的大院子中，他看到他的一位同学，和他一样也已录取，远离着别人，独自在哭泣。他臂上缠着黑纱。裴奈尔知道他丧母不久。一种广大的同情心驱使他跑向那位孤儿。他已走近，随又觉得自己的举动太显唐突，这荒谬的心理竟使他挨身而过，佯作不见。那一位看他迎面而来，随又避开，对于自己的落泪顿感羞愧。他重视裴奈尔，误认对方的动作出于蔑视，内心益觉痛楚。

裴奈尔进入卢森堡公园。他在一张长凳上坐下，正是那天下

---

① 法国学制，结束中学课程后须通过会考。会考及格后得学士学位，也译业士学位。

午他为借宿跑到公园来寻找俄理维的那个地方。风几乎是温暖的，碧空在叶落后的大树枝间向他露出笑容。人怀疑到是否紧接着的会是冬天，连公园中的鸽子似也未曾惊觉。但裴奈尔注目的并不是公园，他看到展开在他眼前的是生活的一片汪洋。人说海上有的是路，只是未经开辟，裴奈尔不知道哪一条是他自己的路。

正沉思间，他看到一位天使迎面而来，轻轻地滑着，轻得看去像是踏在水上一样。裴奈尔从不曾见过天使，但他毫不犹疑，而当天使对他说："来吧。"他顺从地起立，跟随他走了。他也就和在梦中相仿，并不十分惊异。以后他曾追忆是否当时天使握住他的手；但实际他们间保持着一点距离，并无接触。两人一同回到裴奈尔留下孤儿的那个大院中，决心想和他一谈，但这时院中已无人影。

裴奈尔走向梭蓬的教堂，天使仍陪伴着他，天使先进去，在裴奈尔这还是初次。这儿巡游着别的天使们，但裴奈尔的肉眼无法窥见。他被笼罩在一重无限的和平中。天使走近祭坛，当裴奈尔看他跪下时，自己也跪下在他的身旁。他从来不信任何神明，因此他不懂祈祷；但他心头充满着一种由衷的奉献与牺牲之情，他以身许。他这时惶惑的心绪实非言辞所能表达。但突然教堂中的琴声响了。

"你曾同样献身给萝拉，"天使说，而裴奈尔感到自己的面颊上涔然泪落，"来吧，跟我走！"

当天使带着他时，裴奈尔几乎撞在他以前的一个同学身上，这人也才通过口试。裴奈尔平时把他看作是一个最疏懒的学生，而竟录取，在他颇为惊异。那人并不曾注意到裴奈尔，后者看他正把烛金付给教役手中。裴奈尔耸一耸肩,便跨出大门。

当他再回到街上时,他发现天使已早离去。他跑进一家烟草铺,正是一周前乔治试用假钱的那家铺子。此后他混用出去的已很不少。裴奈尔买了一包纸烟抽着。天使何以离开他呢?难道裴奈尔与他之间一无可谈吗?……正午的钟声响了。裴奈尔已饿,回到寄宿舍去,还是和俄理维去分享爱德华的午餐?……他确定自己袋中还有零钱,便进入一家饭馆。他正餐毕,耳畔听到一种轻柔的低语:

"你该付账了吧!"

裴奈尔回过头去。天使又已在他身边。

"你已该有个决定,"他说,"过去你只凭机遇生活。此后你仍愿一任命运做主吗?你有志服务,就该知道你的对象是什么。"

"教我,指导我!"裴奈尔说。

天使带裴奈尔到一个拥满人群的会场。会场的尽头是一个讲台,讲台上放着一张桌子,桌上铺着一方枣红色的桌单。一个还年轻的人坐在桌后发着议论。

"这实在是一种莫大的狂妄,"他说,"以为自己可以能有什么发现。试问我们所有的,哪一样不是继承前人的?我们乘年轻的时候都应知道自己依靠着一个过去,而支配我们的也就是这过去。我们的未来完全由它决定。"

当他把这论题发挥尽致以后,另一演说者登台,首对前一人的议论表示赞同,随即对不借信念而以一己出发的自负者施以抨击。

"我们继承前人给我们留下的一种信念,"他说,"它已历尽千百年的历史。这必然是最高的，而且也是唯一的信念；我们人人都应遵守。这是我祖先所留传，我民族所遵循，国有大难，未有不起于对这信念的否认。身为法兰西之良好公民都应有这种认识，一切成功之道，无不由此肇始。"

第二个人演说以后，接着又出来第三个。他对前两位在他称为"他们党纲的理论"作了精湛的阐述表示谢意；继谓这党纲的最大目的，即在借每一党员的努力以复兴法兰西民族。他以实行家自任，主张任何理论须借实行来贯彻它的目的，得到它的证明，而每一法兰西的良好公民都应自认是战斗中的一员。

"惜乎如许的力量，"他加上说，"都是孤立的，空费的！我国家何难不发扬光大，百业向荣，人尽其能，如果这些力量能团结起来，如果行事以法为本，如果人人各守岗位！"

当他继续演说时，台下已有一些年轻人来回散发入会单，以备听众签名加入。

"你既有献身的热诚，"天使从旁说，"还更等待什么？"

裴奈尔从散发人手中接过一张单子，纸上开头印的是："余以至诚加入……"他念下去，随又回看天使，天使正在微笑。他再向会场观望，发现那些年轻人中还有那位刚才在梭蓬教堂中敬烛谢神的新学士；而突然，稍远处，他窥见他的那位长兄。自他自己离家以后，这还是初次照面。裴奈尔对他原无好感，而后者受他父亲的重视更使他不能不略怀妒意。他慌忙把手上的纸单团皱。

"你认为我应该签名吗？"

"是的，如果你对自己仍有怀疑。"天使说。

"我已不再怀疑。"裴奈尔说着把纸团抛向远处。

这时演说者还在继续。当裴奈尔再听时,那人正在告诫青年,谓人不欲自误,最可靠的办法莫过于不以一己之判断为判断,而应以长辈之判断为判断。

"所谓长辈,他们是谁?"裴奈尔问道,他胸中顿时感到莫大的愤慨。

"如果你上台去,"他对天使说,"如果你和他角力,你不难把他打倒……"

但天使微笑着:

"我倒想和你拚一下。今晚如何?……"

"好的。"裴奈尔说。

他们一同出门。他们走到大街。街上匆匆忙忙的人群看去全像有钱的人;各人对自己都很肯定,对别人都很淡漠,但在他们的自信中仍不免带有忧色。

"这是幸福的象征吗?"裴奈尔问道,一阵心酸使他顿觉泪涌。

天使又把裴奈尔带到贫民区域,此中的穷困是裴奈尔向未猜疑到的。夜色垂临。他俩迟迟徘徊在醒醍的高楼间,那儿寄生着疾病、卖淫、耻辱、罪恶与饥饿。那时裴奈尔才握住天使的手,天使背面掩泣。

那晚裴奈尔饥腹而返,一进寄宿舍,也不和平日一样去找莎拉,便径登他和波利同住的这间卧室。

波利已上床,但还未入睡。他在烛光下重读当天早晨接到的勃洛霞给他的信。

"我怕,"他女友的信中说,"永远不能再见到你。我在回波兰时受了凉,不时咳嗽,虽然医生瞒着我,我自己知道已活不长久。"

听到裴奈尔行近,波利把信藏在枕下,赶紧将蜡烛吹灭。

裴奈尔走在黑暗中。天使跟着他进入卧室,夜色虽不十分朦胧,但波利只看到裴奈尔一人。

"睡了吗?"裴奈尔低声问道。波利没有回答,裴奈尔便以为他已睡熟。

"好,如今就剩我们两人。"裴奈尔对天使说。

波利模糊地看到裴奈尔辗转不息。他以为这是他的一种祈祷方式,才故意不打断他。但他很想和他谈谈,因为他心中有着无限的痛苦。起床后,他跪下在床前。他想祷告。但已止不住呜咽:

"啊,勃洛霞!你能看到天使,你应该做我的向导,你竟离开我!没有你,勃洛霞,我将成为什么呢?我将成为什么呢?"

裴奈尔与天使无暇顾及波利。两人相持直到黎明。天使退出时各人仍不分胜负。

稍后,裴奈尔也从室内出门,在走廊上和蕾雪相值。

"我有话和您说。"她对他说。从她凄切的语声中,裴奈尔立刻理会她想说的是什么。他不答一言,低着头,由于对蕾雪的怜恤,使他突然憎恨起莎拉,憎恨起他自己和她中间的暗夜消魂。

十四

近十点时,裴奈尔上爱德华家去,带着一个手提包,里面装的是他身边仅有的衣服、衬衫之类和书籍。他已向雅善斯老人与浮台尔夫人告辞,但行前未曾再和莎拉会面。

裴奈尔态度严肃。与天使一夜的苦斗使他变得更审慎。他已非昔日冒领提箱、一不介意的窃儿可比,以为世间一切可以全凭果敢。他开始领悟他人的幸福每是出了最高的代价。

"我来求您收容,"他对爱德华说,"如今我又无栖身之地了。"

"为什么您离开浮台尔他们呢?"

"由于一些秘密的原因……恕我不能公开。"

爱德华在那天夜间的聚餐会中已相当注意裴奈尔与莎拉,也就大体猜到了其中的隐情。

"好吧!"他微笑着说,"我工作室内的躺椅,晚上可以供您使用。但事前我必须告诉您,您父亲昨天跑来看我。"他便把在他认为足以打动他的一部分谈话告诉了他。"今晚您应安宿的地方不是在我这儿,而是您自己家里。您父亲等着您。"

裴奈尔沉默不言。

"让我考虑一下,"他最后说,"但可否暂时我把行李留在这儿。我能见俄理维吗?"

"天气那么好,我劝他去吸点空气。我本想陪他同去,因为他体质还很弱,但他喜欢一个人去。好在他出门已有一个钟点,不久就能回来。等着他吧……但,我想在……您的考试如何?"

"我已录取,这是小事。我最为难的是如今我再做什么。您知道我最不想回家的缘故是什么?那就是我不愿意用我父亲的钱。您一定会认为我拒绝这种机会是荒谬的举动,但这是我对自己曾发过誓的。我必须保证自己是一个遵守诺言的人,一个可以信托的人。"

"我看这也不过是自傲而已。"

"您爱怎么称呼都可以:自傲,自负,自足……我既定的方针决不因此动摇。但我如今最想知道的是:一个人想生活,是否必须要有一个固定的目的?"

"看您怎么解释。"

"我为这事挣扎了一个晚上。我自身中感到的力量应如何应用?如何才能善用自己?是否自己应有一个目标?而这目标,如何选择?未达到这目标以前,从何辨识?"

"无目的的生活,即是凭偶然行事。"

"我怕您还不了解我的意思。当哥伦布发现美洲时,他事先知道他飘向哪儿去吗?他的目标即是勇往直前。他的目标,就是他自己,而这目标就永远在他眼前……"

"我常想到,"爱德华打断说,"在艺术上,而特别在文学上,只有那些往未知中追求的才有价值。要发现一片新天地最初非长时间地失去一切边际,独自摸索不可。但我们的这些作家们都怕大海,他们只是一些在岸边来回巡逻的人。"

"昨天，从试场出来，"裴奈尔只顾继续自己的话，"不知受了什么妖魔的怂恿，我竟跑去参加一个公共集会。人们正在讨论国家的光荣，效忠祖国，以及无数类似的问题，不禁使我怦然心动。我几乎就在一张纸上签了名，保证我自己对这必然在我认为是高尚而纯洁的理想尽力。"

"我很高兴幸而您不曾签名。但使您中止的原因是什么？"

"无疑由于某种潜在的直觉……"裴奈尔略思片刻，随又笑着说，"我想特别是那些党员们的脑袋，先从我在会场中所瞥见的我那长兄的脑袋数起。我看所有这些青年们似乎都怀着最纯洁的心，而且以他们这点有限的见解，也就配跟人呐喊，如果真让他们去开辟一己的途径，保持一己独立的精神，结果反使他们茫无所措。同时我对自己说，国家也正需要这大群效忠的国民；但我自己却万难列入其中。于是我才自问：既然我不能盲目生活，而同时又不能接受别人的法则，如何我才能替自己建立起一种法则来。"

"我觉得这回答很简单：即是在自身中觅取这法则，即是以发展自己为目标。"

"是的……我对自己所说的也就如此。但我并不因此有了进一步的办法。如果至少我能肯定自身中最有价值的地方，我也可以循这方向做去。但我连自己的优点何在也不得而知。……我说我曾竟夜挣扎。天快亮时，我已不堪疲累，而我竟想不如先期应征，加入军队去。"

"把问题暂时抛开也不是谋解决的办法。"

"我也那么想，而且纵使暂时不管，结果军训期满以后，到那时这问题对我也许显得愈加严重。所以我来征求您的意见。"

"我没有意见可以贡献。您所需要的忠告只有从您自身中才能找到。正像您不去生活，您也就无从求得生活之道。"

"但在未能决定如何生活以前而竟生活得不好，那又如何？"

"那对您也会是一种很好的教训。只要是往上走的路，尽管走去就是。"

"不是说笑话吧？……不，我相信我懂得您的意思，而我愿意接受这信条。但像您所说，一面去发展我自己，但同时我总得找饭吃。如果在报端登一则堂皇的启事，譬如：'兹有有为青年愿就任何工作。'您看如何？"

爱德华开始笑了。

"再没有比'任何工作'更不容易找的。不如说得确切一点。"

"我常想到一份大报纸的组织下无数分门别类的机构。啊！我很愿意接受一个下级的职位：校对，监印……都成。我需要的待遇很低！"

他说话时显示出踌躇。其实，他所希望的是一个秘书的位置；但由于已往他们相互间所感到的沮丧，这事他不便向爱德华再提。实际上，如果那次秘书职务的尝试结果弄成那么狼狈，其咎不能归在他——裴奈尔身上。

"也许我可以，"爱德华说，"给您介绍进《大日报》，我认识他们的经理。……"

当裴奈尔与爱德华谈论之际，另一面莎拉对蕾雪正有一幕最难堪的争辩。莎拉恍悟裴奈尔的突然离去实由于蕾雪的告诫，心中大为愤懑，她说她姊姊不让人有丝毫的痛快，她说她的德行已够让人掩鼻，她没有权利再来强人学她的榜样。

蕾雪自认不应受到类似的谴责，因为她始终处处牺牲自己，这时面色变得非常苍白，唇间发着战栗。她反辩说：

"我不能让你堕落。"

但莎拉呜咽着咆哮说：

"我不能信从你的天堂。我不希望得救。"

她决意立刻再回英国去，那儿有她的朋友可以招待她。因为，"毕竟她是自由的，而且她必须顺她自己的意志去生活。"这一场可悲的风波徒使蕾雪心碎。

十五

爱德华特意在学生们未到以前先去学校。自从开学以来,他不曾再见拉贝鲁斯,而他所希望的就是最先想和他有一谈的机会。这位年老的钢琴教员对于他所新任的学监的职务已算鞠躬尽瘁,换言之,也即弄成一败涂地。最初他尽力想受人爱戴,但他的威望不足,孩子们乘机利用。他们把他的宽容认作是寡能,而异样地放肆起来。拉贝鲁斯再想严办,但已太迟。他的训斥,他的威吓,他的惩戒,结果只使学生们对他更起反感。如果他语声粗厉,他们报以冷笑。如果他大声拍桌,他们假装受了惊吓尖声叫喊。他们摹仿他,叫他"懒皮老人"。他的讽刺肖像挨桌传递,画中把这位柔懦的老人形容得非常残暴,握着一支巨大的手枪(这手枪是日里大尼索、乔治与费费有一次在老人的卧室中私自搜索时所发现的),正在对学生们大事屠杀;或是,在他们面前跪着,合掌哀求,正像他初期的作风,"请发慈悲,小声一点吧。"这正像一只可怜的老鹿被围困在一群凶猛的猎犬中间。这一切爱德华全不知道。

爱德华日记

拉贝鲁斯在楼下一间最小的自习室中接见我,这是我所知道学校中最简陋的一间。全副用具包括对黑板放着的四张连在书桌上的板凳,以及一张草垫的椅子,拉贝鲁斯非让我坐在椅上不可。他自己煞费一番功夫想把过长的腿伸在书桌下面,结果是歪着身子蜷曲在一张板凳上。

"不,不。您放心,我这样很好。"

而他的语调与他面部的表情却在说:

"我实在太难受,而我希望这是显而易见的;但我愿意如此。我愈受罪,您愈难听到我的诉怨。"

我想找点戏言,但无法博得他的微笑。他摆出一副正经而又像是傲然的态度,用来使我们之间保持着某种距离,而为的使我明白:"这是您的恩赐让我留在这儿。"

同时,他表示对一切都非常满意,尤其,他避开我的问话,而对我的一再坚持显出颇不耐烦。可是,当我问起他的卧室,他突然说:

"实在离厨房有点太远。"因为我的惊疑,他又说,"有时,晚上,我必须吃点东西……当我睡不着的时候。"

我离他很近。这时我更移近一步,轻轻地把手按在他的手臂上。他用更自然的语调接着说:

"您须知道,我的睡眠很坏。当我遇到睡熟的时候,我仍不忘我在睡眠。这不能称作真正的睡眠,是不是?一个真睡熟的人他不觉得自己睡着;他只能在睡醒时,才发现自己已睡熟过了。"

随后他又靠近我,局促地反复追究:

"有时我不能不承认这许是我自己的幻想,而当我不相信自己睡熟时,其实我是真睡熟了。但我并没有真正地睡熟,这证据是,如果我想睁开眼睛,我的眼睛就睁开了,通常我并不爱那么做。您明白,是不是,我没有理由要那么做。单为证明给我自己看我并没有睡熟,这有什么用处?为的希望能睡熟,我总是设法使自己相信我正睡着……"

他更靠近我一步,用着更低的语声:

"可是总有什么东西在那儿打扰我。别对人说……我并不是诉苦,因为这根本是没有办法的;而人们无法改进的事情,那又何须诉苦,是不是……试想挨着我床的墙内,正和我头一般高的地方,总有什么东西发出声音。"

他说着兴奋起来,我建议让他带我到他的卧室去。

"是!是!"说着他立即起身,"也许您能告诉我那是什么……我自己,我总明白不了。跟我来。"

我们上了两道扶梯,接着穿过一条相当长的走廊。这一部分的房子以前我从不曾来过。

拉贝鲁斯的卧室临着街,虽小,倒还像样。我注意到他床前的小桌上,在一本祈祷书的旁边,放着那盒他坚持着带来的手枪。他抓住我的手臂,把床推开一点:

"那儿。过来……贴着墙……听到吗?"

好一会儿,我集中精神侧耳细听,但用了最大的努力也无从辨别出什么来。拉贝鲁斯有点急躁。这时正有一辆卡车过去,屋子有点震动,玻璃窗也发出声音。

"在这白天的时候,"我说,意思是想给他一点安慰,"刺激您的那种细微的声音全给路上的喧嚣盖住了……"

"对您是盖住了,因为您不会把它和别的声音分隔开来;"他气愤地叫着说,"在我,可不是,我依然能听到。不论在任何情况下,我始终能听到,有时我简直不能再忍,决定想对雅善斯或是房主人去说。……啊!我并不一定想使这声音绝迹……但至少我想知道这究竟是什么。"

他似乎略事思索,随又接着说:

"这像是一种轻微的咀嚼声。为避免听到这种声音我一切方法都试尽了。我把床从墙边移开。我在耳朵中塞上棉花。我把我的表挂在我想正是水管通过的那个地方(您看,我在那儿按了一枚小钉子),为的使这嘀嗒嘀嗒的表声把那另一种声音压下去。……但这样,结果使我更疲累,因为我势必用更大的力量去把它辨认出来。这说来实在可笑,是不是?但既然我知道这声音总在那儿,我倒宁愿痛痛快快听到它。……啊!我不应该对您谈这些。您看,我只是一个老头儿。"

他坐下在床边,出神地发愣。在拉贝鲁斯,暮年的昏沉如果说影响到他的智能不如说是毁灭了他的意志。不久以前还是如此坚强如此傲然的他,而今看他堕入孩子似的垂头丧气,我不禁想:虫已腐蚀到果子的核心。我想把他从绝望中解救出来，便和他谈到波利。

"是的，他的寝室就在我的邻近。"他说，一面昂起头来，"我来指给您看。跟我来。"

他引我到走廊上，打开邻室的门。

"您看到的那另一张床就是那位年轻的裴奈尔·普罗费当第睡的。"我觉得我不必告诉他，就在那天起裴奈尔已不会再回到那儿去睡。他接着说："波利很满意他的同伴，我相信他们很能相投。可是，您知道，波利不常和我说话。他的性格很沉默……我怕这孩子有点薄情。"

他说这话时语调非常凄切，我不能不起而抗辩，向他保证他孙儿决非薄情。

"如果真像您所说，那么他很可以多有一点表示，"拉贝鲁斯接着说，"您看，这是个例子，早晨当他和别的孩子们上学时，我伏在窗口看他过去。他明知道……但他从不回过头来！"

我想试劝他，说波利无疑是怕在同学面前丢脸，而且深恐他们的讥笑；但正在这时，院子中传来大群熙嚷的喧声。

拉贝鲁斯抓住我的手臂，语声也变了：

"您听！您听！他们进来了。"

我注意着他。他开始浑身发抖。

"这些小东西使您害怕吗？"我问。

"哪有的话，哪有的话，"他慌忙说，"怎么您竟以为……"随又很快说，"我得下去。休息的时间只有几分钟，而您知道接着就是自习，我得去监堂，再见，再见。"

他简直来不及和我握手便闯入走廊。立刻我听到他在扶梯上急促的步声。我因不愿在学生们面前经过,便又静待片刻。我可以听到他们的叫声、笑声和歌声。立刻钟声响了,突然一切回复静寂。

我就预备去访雅善斯,请他准许让乔治暂离课室来和我谈话。他不久就跑到刚才拉贝鲁斯接待我的那间小教室来。

一到我面前,乔治就认为应该采取一种满不在乎的神气。这是他用来遮掩他心虚的方式。但我不敢断定说他比我更感局促。他守着防线,因为无疑地准备来受训斥。当时我觉得他正尽速搜集武器以备和我对抗,因为,我还不及开口,他就先问起俄理维的消息,但那样地带着嘲弄的语调,我简直就想送他一个耳光。他算占了上风。他那讥刺的目光、口角边嘲讽的皱纹,以及他那说话的语调,似乎都在说:"而且,您知道。我用不到怕您。"我立刻失去自信,而只求勿使自己显露出来。我原来预备好的一番议论这时使我突然感到已不合时机。我没有那种自充学监者所必不可少的声势。而且,衷心说,乔治太使我感到兴趣。

"我不是来叱责你的,"我终于那么对他说,"我只愿意给你一个警告。"而竭尽全力,我仍无法消除我面部的微笑。

"请您先告诉我,您是不是受了我妈之托而来的。"

"可以说是,也可以说不是。我曾和你母亲谈起你,但那已是几天前的事。昨天,为你的事情,我曾和一个你所不认识的人,一个很重要的人,有过一次很重要的谈话。他是专为你的事情来和我商谈的。他是检事。我是受他之托才来看你。……你知不知道什么叫作检事?"

乔治突然失色,无疑刹那间他屏住呼吸。虽然他仍耸一耸肩膀,但他的语声是发着微颤的:

"那么,就把他,普罗费当第老人,对您所说的尽管说吧!"

这小家伙的镇定使我心慌。无疑,对这事情,单刀直入是最简单不过的;但我的性情偏又不爱往最简单的做而情愿绕着大弯。为解释一种事后在我立刻认为荒谬但确是很自然的行为,我可以说我实在很受惠于和菠莉纳最后的那次谈话。由那次谈话所得的感想,我已经将对话的方式应用在我的小说中,并且与其中人物的口吻很能相称。我很少直接利用现实生活中的材料,但这一次,乔治的"历险"倒对我非常适用,似乎我的书正等着它,它在我书中找到了最合适的地位,就连其中的枝节也无须加以更动。但我并不直接叙述他的"历险"(我是指他那次偷书的故事),人们只能从对话中看到一个侧面,以及这事可能引起的后果。我曾把这对话记在一本小册子上,凑巧这小册子正在我的袋中。相反,我觉得假钱的故事,单就普罗费当第所告诉我的,对我不能有什么用处,无疑,我之不立刻和乔治提到这一点,原因也就在此,虽然我是专为这事情而去看他的。因此我避开本题:

"我希望你先念这几行字,"我说,"你可以知道为什么。"我便把我的小册子打开在与他有关的那一页,递给他。

我再次声明:这举动,如今我已觉得荒谬。但正因为在我的小说中,我也预备采取同样的方式去关照我那位最年轻的主人公。我亟需知道乔治的反应。我希望由此可以得到启示……或竟可以知道我所写成的东西的质量。

我把有关的这一段录下:

在这孩子身上隐伏着一重漆黑的阴影,而为奥地伯关切的好奇心所注意。知道年青的欧陀尔夫有偷窃的行为,这在他是不能认为满足的。他希望欧陀尔夫向他陈述如何他踏入这一地步以及他初次行窃时的感觉。孩子,纵使信任他,也决不能那样做。而奥地伯不敢质问他,深恐引起他作不诚实的抗辩。

某晚奥地伯与伊特勒朗一同晚餐,他便对后者讲起欧陀尔夫的情形,但不道姓名,而且把事实的经过安排成使对方无从辨认。

"难道您不曾注意到,"伊特勒朗便说,"对我们一生最有影响的那些行动,我是说,对我们的前途最带决定性的那些行动,往往是一些毫无考虑的行动?"

"我很承认,"奥地伯回答说,"这好像一辆火车,人乘上去时并不加以思索,也不自问这火车开往哪儿。而且往往火车已把你载走,自己还不知道,到发觉时已来不及下车。"

"但也许我们所谈的这个孩子他还根本不想下车?"

"无疑,他还不想下车。眼前他就让火车带着他跑。两旁的景物吸引着他,至于火车往哪儿开,他并不关心。"

"您预备教训他一番吗?"

"大可不必！那决不会有效。这些他早听腻。"

"为什么他偷窃！"

"我不太知道。决计不会由于实际的需要。也许为获得某种方便，为的赶上那些比他更有钱的同学们……也许由于天生的倾向，觉得偷窃是一种乐趣。"

"这才真是可怕。"

"是呀！因为那样他干了一次就又会干第二次。"

"他的资质如何？"

"我很久以为他不及他的哥哥们一般聪明。但如今我怀疑是否这是我自己的失误，是否由于他不曾认清他自己的才能才形成我这方面对他不利的印象。他至今不曾善用他的好奇心；也可以说，他的好奇心还在胚胎时期，还停止在不假思虑的阶段。"

"您预备对他说吗？"

"我想使他认清其中的利害关系，一面是他由偷窃所获得的区区小利，另一面是由于他不正当的行为使他所丧失的一切：他亲属的信任，他们的以及我的尊重……这不能以数来计算的一切，只在经过莫大的努力，失而复得时，人才能体会它们的价值。有些人因此耗尽了他们的一生。我要替他点破在他的年龄所不会注意到的一切：那就是如果以后在他周围发生任何可疑的、暧昧的事情，别人猜疑的目光必然要落在他身上。他会眼看自己蒙受不白之冤而无法替自己洗刷。他过去的行为指定了他。他成了所谓的'焦头烂额'的人。最后，我想告诉他的……但我怕他的抗辩。"

"您想告诉他的？……"

"那就是他已经创了先例，而如果初次行窃须下决心，久之便习以为常。……我也想告诉他，第一次人在不经意中所做下的事情往往无法补救地替他划定了他的面目，此后即凭最大的努力也永难磨灭这初次所留下的痕迹。我还想……但我不知道如何对他说才好。"

"何不把我们今晚的谈话记下？您就拿给他看。"

"这倒是个办法，"奥地伯说，"为什么不？"

当乔治阅读以上这段对话时，我的目光始终没有离开他；但他的面部绝不显露出他的心理。

"我应该继续念吗？"他问，一面预备翻开另一页。

"不必，他们的谈话就到这儿。"

"这很可惜。"

他把这小册子还给我，用着几乎是游戏的语调：

"我倒想知道欧陀尔夫念了这册子以后回答些什么。"

"对呀！我也等着想知道。"

"欧陀尔夫这名字太可笑。您不能替他另取一个名字吗？"

"这无关紧要。"

"他的回答也无关紧要。他以后怎么样呢？"

"我还不知道。那全凭你了。我们瞧着吧。"

"那样说来，您这本书倒需要我来帮您继续。但不，您必须承认……"

他停住了,像是有话不能直说。

"承认什么?"为的鼓励他,我紧接着说。

"您会上当,"他终于说,"如果欧陀尔夫……"

他又顿住。我自以为明白他的意思,便替他补充说:

"如果他成为一个诚实的孩子?……不,我的孩子。"而突然我的眼泪夺眶而出。我把手放在他的肩上。但他挣脱我的手:

"因为,如果他没有偷东西,您就写不出这段对话来。"

这时我才认清我自己的错误。事实是我对乔治的关切反引起他的洋洋自得,他以为自己能吸引人。我倒忘了普罗费当第,反是乔治自己提醒了我。

"那末您的那位检事,他对您说了什么呢?"

"他嘱咐我转告你:他知道你在使用假钱……"

乔治变了面色。他知道已无可否认,但还含糊地抗辩:

"那并不是我一人。"

"……而如果你不立刻停止,"我继续说,"他只好把你和你的同伴们加以逮捕。"

乔治的面色最初变得非常苍白,这时通红起来。他目不转睛地呆着,紧蹙的双眉使他前额的下部陷成两道皱纹。

"再见,"我伸手给他说,"我希望你同时转告你的同伴们。至于你,我就不必再说。"

他默无一言地和我握手,便又回到他的自习室去。

重读《伪币制造者》中我拿给乔治看的那几页,颇觉很难满意。我已在此录下乔治所念的原稿,但全章已势必重写。无疑不如直接对孩子说更为恰当。我必须想法如何能打动他。在现状下欧陀尔夫(乔治说得对,这名字有更改的必要)必然很难改过自新。但我仍希望使他纠正过来,不论乔治如何看法,总之这才是最有兴趣之点,因为最困难的也就在此。(此处我的论调倒和杜维哀相仿了!)不如把现成的故事留给写实的小说家们。

乔治回自习室后,立刻把爱德华的警告转达给他的两位朋友。所有爱德华为他窃书所发的种种议论对这孩子毫无影响;但假钱一事,很有使他们吃眼前亏的危险,自宜及早谋解脱之道。他们每人身边都还留着几枚,预备下一次有机会时混用出去。日里大尼索赶紧都拿来搜集在一起,把它们投入坑中。当晚他通知斯托洛维鲁,后者也立刻作了准备。

十六

同天，正当爱德华在那儿和他的外甥乔治谈话，这一面，俄理维在裴奈尔离去以后，又逢阿曼跑来看他。

阿曼·浮台尔已和先前大不相同：新修的面，微笑着，昂着头；一身棱角笔挺的新衣，但看去有点可笑，他自己觉得，而且也不想隐瞒。

"我早想来看你，但我实在忙！……你可知道我现在已是巴萨房的秘书？或是，你喜欢的话，就算是他所办的那份杂志的主编人。我不预备请你来帮忙，因为我看出巴萨房对你很不满意。而且这杂志断然是左倾的，所以它开始排斥贝加以及他的牧歌之类……"

"算它倒霉！"俄理维说。

"所以相反它欢迎我的《夜瓶》，而且我附带声明，如果你愿意，这诗是预备奉献给你的。"

"我认倒霉。"

"巴萨房还希望我这首天才的诗发表在创刊号的首篇，他的恭维倒使我弄得难以为情。如果你病后的听觉不怕疲累，我可以告诉你第一次我和这位《铁杠》的名作者会面的情形。这位鼎鼎大名的人物我以前只是间接从你口中得到一点印象。"

"你说好了,我很欢迎。"

"你不怕烟吗?"

"为使你安心我也抽好了。"

"你必须知道,"阿曼点上一支烟卷开始说,"你的背弃可苦了我们这位亲爱的伯爵。不是恭维你的话,这可不是容易的事,要再找你那么一位品德兼长多才多艺……"

"总而言之……"俄理维打断他说。这一大套的嘲弄已使他不能忍受。

"总而言之,巴萨房需要一位秘书。恰好他认识一个叫作斯托洛维鲁的,这人我也认识,因为他是我们学校中一个学生的老表,同时也是他的保证人。他认识约翰·哥勃拉勿勒,这人你也认识。"

"我并不认识。"俄理维说。

"好了!老俄,你应该认识他。这是一个怪特别、怪有意思的典型人物;这是一个化装成的枯皱的小娃,酒精是他生活中的必需品,醉时便能写出好诗。你可以在我们创刊号上念到。斯托洛维鲁就把他介绍给巴萨房,为的继任你的位置。你不难想象他踏进巴比伦路那所爵府时的神气。哥勃拉勿勒穿着满身污垢的衣服,一头乱麻似的头发披散在肩上,他看去像是总已有一个礼拜没有洗面。巴萨房,自命能控制一切,认为哥勃拉勿勒很使他喜欢。哥勃拉勿勒能装得温柔,喜笑,羞涩。他愿意时,他可以和庞维尔的格林古尔①相仿佛。总之,巴萨房表示很受吸引,而且几乎

---

① 庞维尔(现译为庞维勒。——编者注),法国十九世纪诗人。格林古尔是他的喜剧《格林古尔》中之主角。

决定用他。你要知道哥勃拉勿勒身无分文。……当时他起身告辞:'在离去以前,我想,伯爵先生,我最好预先通知您,我有几种缺点。''我们谁没有缺点?''我还有嗜好:我吸鸦片。'巴萨房并不在乎这点细节,便说:'那也没有关系,我可以供给您最上等的鸦片。''是的,但我抽足了鸦片,'哥勃拉勿勒又接着说,'我就完全失去对文字的观念。'巴萨房只以为是戏言,强笑着向他伸出手去。哥勃拉勿勒继续说:'而且我还吃麻醉药。''有时我自己也吃。'巴萨房说。'是的,但受麻醉以后,我便不能不犯偷窃的行为。'巴萨房才开始觉得自己在受对方的愚弄。而哥勃拉勿勒既已发动,来势益发凶猛:'再就是我喝酒精,到那时我便把一切都撕毁,把一切都砸碎……'他便抓起一个水晶花瓶装作要把它扔在壁炉内。巴萨房从他手中抢出,说:'多谢您通知我。'"

"他就把他赶走了?"

"他还在窗口观望,看哥勃拉勿勒临走时是否替他在地窖中放下一颗炸弹。"

"但为什么你的那位哥勃拉勿勒要那样做?"俄理维一度沉默后问道,"从你对我所说的看来,他很需要这个位置。"

"但老俄,我们不能不承认,天下有这种人,他们的一举一动专为和自己的利益作对。而且,你愿意我告诉你吗:哥勃拉勿勒……巴萨房的奢华使他恶心;他的风雅,他的殷勤,他的谦让,他所装的那份'优越感'。是的,这一切使他恶心。我可以补充说,我自己很理解这一点……实际,你这位巴萨房真够让人作呕。"

"为什么说'你这位巴萨房'?你早知道我已不再见他的面。

而且,如果你那么嫌恶他,为什么你要接受他所给你的位置?"

"那正因为我喜欢我所嫌恶的……鄙人自己也包括在内。而且,归根结底说,哥勃拉勿勒是个胆怯者;如果他自己不先感到踧踖不安,他决不会说出那一大套话来。"

"啊!那倒不见得……"

"那可见得。他很感局促,而又最恨让自己所瞧不起的人使他感到局促。他的傲慢完全就为掩饰他的局促。"

"我认为那也太愚蠢了。"

"老俄,人人不能都和你一样聪明。"

"这话上次你已对我说过。"

"记性真好!"

俄理维决意不再让步。

"我竭力不把你的诙谑放在心上,"他说,"但上次你总算对我说了一些真话。那些话是我忘不了的。"

阿曼的目光显出不安,他强笑着说:

"啊!老俄,上一次,我对你所说的话只为顺从你的意思。你爱听低音的曲子,于是,为使你高兴,我才用蜷曲的灵魂,用巴斯加式的呻吟,弹奏我的哀诉……你看有什么办法?我的嘲弄才真表现出我的诚恳。"

"你无法使我相信上次你对我说话时的态度会不是出于诚恳。如今,你才是开玩笑。"

"啊,你这份天真,可真不愧是一个天使的灵魂!像是我们每一个人并不都多少在有意或无意中开着玩笑。老俄,生命本身就是一出喜剧。但你我间的差别,在于我自己知道我在演戏,而……"

"而……"俄理维紧迫着。

"而我父亲,我们姑且不说你,他扮演着牧师,但他自己却完全蒙在鼓里。在我不论说一句话或是干一件事,总有一部分的我留在后面,瞧着另一部分的我在那儿受累,观察他,轻蔑他,嘲笑他,或是替他鼓掌。一个人把自己一分为二,你教他怎么再能诚恳?我几乎连这字眼作何解释也不知道了。这可说毫无办法:当我悲哀时,我觉得自己可笑,而我就笑;当我快乐时,我就那样愚蠢地打趣,结果使我自己想哭。"

"我可怜的朋友,你也使我想哭。我以前不以为你病成那样。"

阿曼耸一耸肩,另换一种语调:

"为的可以使你得到一点安慰,你愿意知道我们创刊号的内容吗?自然有我的《夜瓶》,此外有哥勃拉勿勒的四首歌,雅利的一篇对话,小日里大尼索的散文诗,最后是一篇定名为《烙铁》的长篇论评,其中声明我们这杂志的倾向。我们有好几个人共同在策划这篇杰作。"

俄理维无从插言,笨拙地辩驳说:

"没有任何杰作会是共同合作的产物。"

阿曼哄然大笑:

"但,亲爱的,我说'杰作',为的打趣就是。实际,连'作品'也称不上。而且第一,问题在于知道一般所谓'杰作'究竟指的什么。《烙铁》的任务正要来说明这一点。很多作品,人们公开地加以叹赏,原因只由于人人都在那儿叹赏,而至今没有一个人想说,或是敢说这些作品是愚蠢的。举一个例,我们预备在这期的首页印上一幅《莫娜·丽莎》①的肖像,但替她在鼻梁下粘上两撇髭须。老俄,你将来可以看到,那才教人绝倒呢!"

"是否你的意思认为这幅画也愚蠢呢?"

"亲爱的,那倒不。(虽然我也并不认为它那样值得人惊叹。)你不明白我的意思。愚蠢的是人们对它的崇拜。例如人们一提到'杰作',就觉得非五体投地不可,《烙铁》(而且这也将是杂志的名称)的目的就为使人把这种崇敬看成滑稽,使人不信……还有一个好办法,就是让读者们来叹赏一个十足无聊的作家的无聊作品(譬如我的《夜瓶》之类)。"

"这一切巴萨房都赞成吗?"

"他觉得很有意思。"

"我看我的退出倒是上策。"

"退出……老俄,人愿意也好,不愿意也好,迟早都会走到这一步。这点智慧的感想提醒我也该向你告辞了。"

"再留一会儿吧,小丑……你刚才说你父亲扮演着牧师,这话从何说起?那么你不以为他真有信心?"

"敝'令尊大人'把他的生活安排成不能不那样。是的,他是职业性的信徒。一个信心教授。他终生的目的、终生的职务即是灌输信仰。至于想知道他所谓'自己的良心'中发生什么……那就不便问他。而我相信他自己也从不曾自问过。他的方法是使自己从来没有反省的时间。他在他的生活中填满了成堆的义务,如果他的信心动摇,这一切会变成全无意义;因此他非有这些义

---

① 《莫娜·丽莎》(现译为《蒙娜丽莎》。——编者注)是意大利文艺复兴时期画家芬奇(现译为达·芬奇)的名画。

务来牵制,来维持他的信心不可。他自以为信,因为他始终做成像是他信。他已失去'不信'的自由。如果一旦他的信心幻灭,老俄,那可不得了,那可真是大难!崩溃!试想,立刻我们全家将以何为生?老俄,这是必须考虑到的事实:爸爸的信心等于我们的饭碗。我们大家都靠他的信心吃饭。所以你要问我爸爸是否真有信心,你不能不承认这问题问得有点不妙。"

"我以为你们是靠学校的收入维持生活。"

"这也多少是真的。但你用这来打断我的诗境也就不够漂亮。"

"那么你,你已什么都不信?"俄理维戚然问道,因为他衷心很爱阿曼,而对他言行的荒唐深感痛惜。

"亲爱的,你似乎已忘记我父母想让我也成为一个牧师。他们就抱着这个目标来训练我,喂了我不少虔敬的教训,为的充实我的信心,如果我敢说……但可惜我没有这种天命,否则也许我可以成为一个惊人的宣教师。我的天命,就配写《夜瓶》。"

"我可怜的朋友,如果你知道我多么替你伤心!"

"你总有我父亲所谓的'一副好心肠'……所以我也不愿太辜负你的好意。"

他拿起帽子,几乎已经出去,但突然又转回身来:

"你没有向我问起莎拉的消息?"

"因为你能告诉我的,裴奈尔已都告诉了我。"

"他对你说他已脱离学校了吗?"

"他对我说你大姊蕾雪请他走。"

阿曼一手握着门上的把手,另一只手,用手杖挡着掀起的门帘。手杖误入门帘上的一个洞中,使得洞口扩大了。

"你爱怎么解释都可以，"他说，他面部的表情非常严肃，"蕾雪，我相信是这世上我所唯一敬爱的人。我尊敬她，因为她有德行。但我的举动没有冒犯她的德行。关于裴奈尔与莎拉间的一切，她绝不知道。是我对她讲的……而眼科医生还劝告她不要流泪！这真滑稽。"

"如今我应该把你看作诚恳吗？"

"是的，我相信我自身中最称得上诚恳的，就是痛恨别人所谓的'德行'。不必去求解释。你不知道幼年清教徒的教育对我们所能留下的影响。它使你心中存着一种愤慨，使你一生无法治愈……我自己就是一个例子。"他用冷笑来总结他的话："对了，你应该告诉我，我那儿长的是什么？"

他放下帽子，走近窗口。

"你看，就在嘴唇上，在嘴唇里面。"

他靠近俄理维，用一个手指把他的嘴唇翻起。

"我什么也看不见。"

"看不见？那儿，在口角上。"

俄理维发现在接合处附近有一颗白点，心中稍觉有异。

"这是一颗鹅口疮。"他说，为的使阿曼安心。

但阿曼耸一耸肩。

"别信口雌黄！你，自命是一个诚恳的人。你知道鹅口疮吗？鹅口疮是软的，而且容易消去。这，这可是硬的，而且每周长大。它使我口中带着一种恶味。"

"这已很久了吗？"

"我自己发现已有一个多月。但像那篇'杰作'中所说：'我的病痛由来已久……'"

"阿曼,如果你不放心,你应该找医生检查。"

"还用你说!"

"那么医生说了什么呢?"

"我自己不是不知道应该去检查,但我结果还是没有去检查,因为如果这正是我自己所相信的病,我宁愿不知道更好。"

"这太蠢了。"

"可不是蠢!但多么合乎情理,我亲爱的,多么合乎情理……"

"蠢的是自己不想法去医治。"

"而且开始医治时又觉得'这已太迟'!这正是哥勃拉勿勒在他的一首诗中表达得最恰当的:

'事实如此;
因为,在这下界,往往
歌先于舞。'

这首诗以后你可以念到。"

"真是什么都可以成为文学。"

"你说:什么都可以。但是老俄,这已经够不容易。好吧,再见……唉!我还想告诉你:我接到亚历山大的消息……是的,你知道,我的大哥,他跑到非洲,起先诸事不利,把蕾雪寄给他的钱花个精光。现在他上卡萨蒙斯安顿起来。他来信说生意兴隆,而且不久可以把借款全部偿还。"

"什么生意?"

"谁知道？橡胶，象牙，也许还有黑奴……总之，应有尽有……他要我也去。"

"你打算走吗？"

"明天就走，如果要不为军役的缘故。亚历山大属于我那一类的傻瓜。我相信我们一定很能相投……你说，你愿意看吗？他的信就在我身边带着。"

他从口袋中掏出一个信封，从信封中抽出好几页来，选了一页，递给俄理维。

"不必全念。就从这儿开始。"

俄理维就念：

两周来，我在我的小屋内收容了一个怪人，我和他住在一起。这人大概是中了当地的恶暑，最初我还以为是热昏所发的谵语，实际他精神错乱的程度很深。这男子——一个三十岁上下的人，身高体壮，长得不错，而从他的态度、言语，以及两只从未做过粗工的细净的手看来，必然出自人所谓的"有身份的家庭"——他自以为着了妖魔；或是，如果我没有误解他的意思，不如说他以为他自己就是妖魔。他必然遭逢了什么险遇，因为，在梦中或是在他常犯的神志恍惚的状态下（那时他就自问自答，像是不知道我也在旁边），他不断地提到把手切下。因为在那种状态下，他每四肢不安，一对可怕的眼睛直转，我便特别注意，不使他身边留下任何武器。除此以外，平时他是一个诚实的孩子，同时也是一个和悦的伙伴——你可以相信，这对长时间在孤独中生活的我，会是多么难得——而且他替我助理事务。他从来不谈起过去的生活,因此我也无从知道他究竟是谁。他特别对昆虫与草木发生兴趣,有时他的谈话显露出他是一个很有学问的人。他似乎也喜欢我,不想离去;我决意让他留在这儿,如果他自己愿意。我正需要一位助手,他的到来,正合时机。

他从卡萨蒙斯飘来时,有一个丑恶的黑人陪伴着他,我从那黑人的口中知道另外还有一个女人和他在一起,如果我没有听错,这女人大概在他们覆舟的那一天已淹死在水中。如果说这女人的溺毙我这位同伴应受嫌疑,这在我也不以为奇。在这地方,一个人想摆脱另一个人时,各种方法都有,而决不会有任何人出来干涉。如果有一天我能知道这故事的详细情节,我一定再写信告诉你——或是等你来时,我再和你面谈。是的,我知道……你还有军役的问题……认了!我等着就是。因为,你要知道,如果你想见到我,你必须自己来。至于我自己,我对回籍的欲望愈来愈淡薄。我在这儿所过的生活使我喜欢,可说完全合于我自己的理想。我的生意兴隆,文明的领子对我已像是一个铁箍,此后碍难再套在我的头上。

信内附寄汇票一纸,你可以随意取用。上次的汇票是给蕾雪的。这次是给你的……"

"其余的对你不会有什么兴趣。"阿曼说。

俄理维一言不发地把信递还。他没有想到信中所说的凶手就是他自己的长兄。文桑已久无音信,他的父母还以为他在美国。实际上,俄理维对他并不关心。

十七

莎弗洛尼斯加夫人到学校来看波利,他才得悉勃洛霞的噩耗,但离她的死已有一个月了。波利自从接到她那封凄切的信以后,一直再没有他朋友的音息。他看见莎弗洛尼斯加夫人走入浮台尔夫人的会客室——休息的时间他自己总是在那儿——全身穿着黑色,不等她开口,他已知道一切。室内就只他们两人。莎弗洛尼斯加把波利抱在自己怀里,两人涕泪交流。她只不断地重复说:"我可怜的小东西……我可怜的小东西……"像是她尤其替波利伤心,像是当着这孩子无限的悲哀,她已消失了她自己母性的悲哀。

浮台尔夫人经人通知也赶到了。波利的呜咽还未平息,他抽噎着站在一边让两位太太谈话。他但愿别人不再提起勃洛霞。浮台尔夫人没有见过这孩子,谈起她时就像谈到一个普通的孩子一样。就连她所发的问题,在波利看来,也庸俗得太不机敏。他希望莎弗洛尼斯加不加回答,但看后者竟公然展览她自己的悲哀,使他深感痛楚。他珍藏起他自己的,像别人珍藏一件财宝一样。

必然勃洛霞所想的是他,当她临终的前几天问她母亲:

"妈,我那么地想知道……告诉我:人们所谓'青梅竹马'究竟指的是什么?"

这句刺心的话,波利希望只有他自己一人理解。

浮台尔夫人敬茶,也给波利一杯。这时休息的时间告终,他慌忙把茶吞下,辞别莎弗洛尼斯加。她因事务的关系不能久留,第二天就回波兰。

在他眼中,全世界只留下一片荒漠。他母亲离他太远,总不在身边。他的祖父,太年老。即连他可信赖的裴奈尔也已离去……像他那样纤弱的灵魂总需要一个人可以接受他所呈献的高贵与纯洁。他缺少自负。他太爱勃洛霞,失去她,在他也即永远失去了爱的必要。他所希望看到的天使,从此,没有她,他如何再能相信?如今,一切都成空虚。

波利回到自习室像人投入地狱一般。无疑他很可以把龚德朗·德·巴萨房当作一个朋友,这是一个诚实的孩子,而且两人正好都是同一年龄;但龚德朗总是埋头于他自己的工作。费立普·亚达芒第也不算坏,他巴不得能和波利接近;但他甘令自己受日里大尼索的指使,以致不敢再有一己的体验。他愈附和,日里大尼索就愈猖獗;而日里大尼索瞧不上波利。他语声的轻柔、举止的温雅、态度的羞怯,在在激动他,使他生怒。人会说他在波利面前感受到一种本能的嫌恶,这在兽群中,正是强者凌弱的表示。也许他是受他表兄的影响,而他的憎恨多少是属于理论的,因为这在他无非是一种咎责。他有理由去庆贺自己这份憎恨的情感。他很知道波利惟恐受他的轻视,他便借此取乐,故意装出跟乔治和费费共商策略,目的只在观赏波利那份惊疑的目光。

"啊!可真够妙!"乔治便说,"能告诉他吗?"

"不必,他不懂。"

"他不懂。""他不敢。""他不会。"他们不断地用类似的公式去激动他。他对自己被排斥在圈外感觉异样地痛苦。他确是不很明白别人替他所取的这一个羞辱的绰号:"空空如也",或是因明白而更增加他的愤慨。为证明自己并不是他们所设想的那种懦夫,他有什么不能牺牲!

"我不能忍受波利,"日里大尼索对斯托洛维鲁说,"为什么你让我不必惊动他?他自己并不求安静。他总跟在我身边。……那天他使我们笑痛肚子,他把'一个有胡子的女人'说成一个'带毛的女人'。乔治笑话他。而当波利发现自己的错误时,我看他快想哭了。"

日里大尼索又向他表兄提出好些问题,后者终于把波利的"护身符"交给了他,告诉他如何使用。

几天以后,当波利跑进自习室,在他自己桌上忽然发现这张在他已早淡忘了的纸条。这纸条以及由于这幼年时代的"魔术"所产生的一切,今日他已认为可耻,而且在他记忆中已早不存在。最初他竟想不起来,因为日里大尼索特意把纸上的符号"瓦斯 电话 十万卢布。"加上了一道红色与黑色的宽边,边上又画了一些猥亵的小妖魔作为点缀,而且说实话,倒是画得不坏。这一切,使这纸条愈增加一种迷幻的,或是日里大尼索所谓"地狱的"气氛,这在他认为最足以刺激波利。

也许这不过是戏谑,但这戏谑得了意外的成功。波利非常脸红,不发一言,左右顾盼,但不曾注意到隐在门后窥看着他的日里大尼索。波利无从猜疑到他,但也无从理解何以这护身符竟会在他桌上。这像是从天上飞来,或者宁说是从地狱涌现。对于同学间类似的恶作剧,波利原可以一笑置之,但这挑动他对过去的回忆。波利取了这护身符,赶紧塞在外衣内。这一整天,"魔术"演习的回忆紧缠着他。他一直挣扎着抵抗这阴险的诱惑,但到晚上,一进他自己的卧室,挣扎已归无效,他沉沦了。

他觉得自己已堕入深渊,但他自愿如此,而不惜把他自己的沉沦认作是一种乐趣。

但在不幸中,他内心仍蕴藏着如许柔情。他同伴们对他的轻蔑使他那样地感到痛苦,他甘冒任何危险,为的求得他们些许的重视。

这机会不久到来。

自从他们不得不放弃伪币的贩卖以后,日里大尼索、乔治和费费很快就另找娱乐。他们最初所发动的一些荒谬的戏谑只能算作是插曲。正戏则有待日里大尼索来准备。

"壮士同盟会"创始的目的,唯一的兴趣就为不容波利加入。但不久日里大尼索认为更恶毒的办法莫若拉波利也一同加入。这可以使他不能不遵守某些义务,而更进一步,甚或诱他陷入绝境。从此这主意在他心中生根,而且像一般发生在企业中一样,日里大尼索不很考虑事情的本身,而只顾使这事情实现的方略。这看来无所谓,但很多罪恶由此产生。加以日里大尼索是一个残酷的人,但在费费面前他觉得必须隐藏自己的残酷,因为费费完全不是这一路人,所以至终他信以为他们的举动只是一种游戏。

任何同盟会必须有它自己的箴言。日里大尼索胸有成竹,提议:"壮士视死如归。"这箴言便被采用,而且认为是西塞罗[①]的名

---

① 西塞罗,古罗马政治家、哲学家。

言。至于标记，乔治主张在右臂上刺字；但费费怕受痛苦，声言要找好的刺花匠非在港口不可。日里大尼索也反对刺字，认为留下一种无法磨灭的痕迹，以后反会使他们发生麻烦。总之，最主要的并不在乎标记，会友只须郑重宣誓就成。

过去关于伪币的交易必须以抵押品为条件，所以乔治就把他父亲的信件交了出来。而这些孩子们并无恒心，这事也就淡忘。总之，他们对于"入会条件"以及"会友资格"一无具体决定。既然只有波利一个是"局外人"，而他们三人都是"当然"会友，自然没有多此一举的必要。相反，他们议定"凡会友有退避或畏缩者即以叛徒论罪，永远开除会友资格"。日里大尼索的目的在使波利加入，他对这一点最为坚持。

如无波利，这游戏便成索然无趣，而同盟会的精神也就无从发挥。为劝诱这孩子，乔治比日里大尼索更合条件；后者有引起他猜疑的危险。至于费费，他不够奸滑，且自愿引退。

在这段可憎恶的故事中，最使我惊心的也许就是乔治所扮演的这幕喜剧。他假装对波利突然发生感情。前此，他简直从来没有把波利放在眼中，而我竟怀疑是否他自己倒先弄假成真，是否他假装的情感已快变成真切的情感，是否当波利还报他的那瞬间，他自己的已经就是真切的情感。他靠在他身上，显出非常亲切；受日里大尼索的指示，他和他谈话。……渴望求得些许尊敬与友情的波利，不上三言两语，就已中计。

于是日里大尼索就对费费与乔治宣布他所准备的计划。他已想好一种"测验"，会友中应受测验的人当由拈阄决定；而且，为使费费放心，他解释他有方法可以使阄必然落在波利身上。这测验的目的就为考查他的勇气。

至于究竟以什么来作测验,日里大尼索还未加以说明。他怕费费会持异议。

"唉!那不成,我不来。"当稍后日里大尼索开始表示"懒皮老人"的手枪很可以取来利用,果然费费反对。

"但你真笨!这只是闹着玩的。"乔治先被说服,答辩说。

"而且,你知道,"日里又加补充,"如果当笨货在你觉得有意思,你说就是。我们并不需要你。"

日里大尼索知道用类似的论调来对付费费最为有效,同时他已预备了入会单,每一会友必须在单上亲自签名。

"不过你得立刻决定,因为,如果你签了名,那就来不及反悔了。"

"好吧!你别生气,"费费说,"把单子递给我。"他就签名。

"好小子,我倒很愿意,"乔治说,他的手臂温情地挽着波利的脖子,"不愿意你的倒是日里大尼索。"

"为什么?"

"因为他不信任你。他说你会临阵脱逃。"

"他怎么知道?"

"说你第一下就受不了。"

"让他瞧吧。"

"那末你真敢拈阄吗?"

"为什么不!"

"但你知道其中的条件吗?"

波利不知道,但他愿意知道。于是对方就替他解释。"壮士视死如归"此语用意何在我们以后就能知道。

波利感觉眼前一阵昏黑，但他隐忍自己内心的紊乱，竭力显出坚定：

"你真签名了吗？"

"在这儿，你看。"乔治把单子递给他，波利可以看到上面写着三个名字。

"是不是……"他胆怯地开始说。

"什么是不是？……"乔治打断他，而语声是那样粗暴，使波利不敢再说。乔治早猜到他想问的是什么，那就是是否别人也一样遵守条件，是否有人可以担保他们也不临阵脱逃。

"不，没有什么。"他说，但从此他就开始怀疑他们，他怀疑他们别有办法，他怀疑他们并无诚意。"管它！"他自己想，"他们爱逃就逃，我要证明给他们看，我比他们更有良心。"他随即正视着乔治：

"告诉日里，叫他信我就是。"

"那末，你真签名？"

啊！这已不成问题，他决不食言。他单说：

"如果你愿意。"于是他在这张可诅咒的纸上，在三位"壮士"的签名下，用工楷签上他自己的名字。

乔治喜洋洋地把单子送还给其余两位。他们一致认为波利精神可佩。三人开始计议。

"自然不装子弹，而且我们也没有。"费费的恐惧由于他曾听人说，如果情绪过分紧张，有时也能致死。他说他父亲曾引一个假装执行死刑的例子……但乔治使他噤口：

"你父亲是南方人。"

不,日里大尼索不装子弹。这不必要。拉贝鲁斯当日并没有从枪中把子弹取出。但这只有日里大尼索一人知道,而他故意不说。

他们把四个名字放在一顶帽子内;这是四张折叠成一样的小纸条。日里大尼索担任"拈"阄,已先预备下第五张纸条,写的也是波利的名字,他把这纸条藏在手中,像是全凭偶然,拈出的正是这一张。波利疑心有弊,但他默然无言。他自知劫数已定,分辩又有何益?他决不作任何表示来替自己辩护,而且纵使中阄的是另一个人,他也自愿替代他,他已那样地对一切感觉绝望。

"我可怜的朋友,你运气太坏。"乔治觉得不能不那么说。他的语调那样地带着虚伪,波利凄然凝视着他。

"这已注定。"他说。

以后他们就决定做一次演习。因怕惹人注意,大家主张暂时不用手枪。必须到最后关头,当人演"真戏"的时候,才去把它从盒中取来。总之,一切务须保守秘密。

因此,那天只对时间与地点作了一个决定。他们把地点用粉笔在地板上划了一个圆圈,这就在自习室内靠讲台右手的一个壁角上,那儿原先有一道拱门,但如今是封锁着的。至于时间,就在上自习的时候。这必须使全班学生都能看到,那会使他们瞠目不知所措。

他们在室内无人时演习,那三位同党是当时唯一的见证人。其实这次演习说不上有什么意义,人们只证实从波利的座位到粉笔圈定的地点正好是十二步。

"如果你不畏缩，你一定可以走对。"乔治说。

"我决不畏缩。"波利说，这时刻不断的疑虑在他认为是一种侮辱。这小东西的坚定已使其余三位开始感服。费费认为不如适可而止，但日里大尼索表示不到最后关头决不放手。

"好吧，明天见！"他说，同时在口角边露出一种异样的微笑。

"我们对他亲个吻吧！"费费在热情中大声说。他想起壮士们的诀别，突然他把波利紧抱在自己的胸前。当费费在他面颊上左右亲着率直的响吻时，波利已禁不住流下热泪。乔治与日里都不理会，在乔治看来费费的举动有失尊严。至于日里，他压根认为可笑。……

十八

翌日下午，钟声把学生们齐集在自习室内。

波利、日里大尼索、乔治与费立普坐在同一条长凳上。日里大尼索取出表来，放在波利与他之间。表上正是五点三十五分。自习从五点开始，到六点才散。按规定波利应该在六点欠五分执行，正好在学生们离散之前，这很得计，因为事后他们可以躲开得更快。不久日里大尼索就对波利说：

"老波，你可只有一刻钟了。"说这话时他并不回头，声音是半高的，这在他认为更能衬托出语气的严重。

波利想起他最近所念的一本小说，其中讲到匪徒们在杀害一个女人以前，邀她祷告，为的可以使她先做死的准备。像一个外来的旅人，当他快出一国的国境时准备护照，波利在他心中，在他脑筋中搜索祷告，而竟一无所获。但他那样地感觉疲累，而同时又过分地感觉紧张，使他对这事并不特别关心。他奋力想思索，却一无足以思索的对象。手枪沉压在他的口袋中，他不必用手去摸就能觉到。

"只有十分钟了。"

坐在日里大尼索左手的乔治偷眼瞧着这一幕，但装作没有看到。他工作得非常紧张。从来自习不曾有过么宁静。拉贝鲁斯已不认识他眼前的这群顽童,而这在他第一次透过一口气来。可是费费忐忑不安,日里大尼索使他觉得可怕,他担心这戏谑可能成为憾事。他心里怦怦地跳着,不时他听到自己发出一声长叹。最后,实在忍不住,他把他手头的历史笔记撕下了半页——因为他正在预备考试,但成行的字在他眼前乱跳,史实与年代在他脑筋中混作一团——赶快在纸角上写道:"你确实知道枪中没有子弹吗?"便把纸条传给乔治,他又转递给日里。但日里读后耸了耸肩,对费费头也不回,把纸条搓成一个小球,用指一弹,正好落在用粉笔标记着的地点。像是对自己的瞄准非常得意,他微笑了。这微笑,最初出于自然,至终不退,像是已被印在他的面上。

"还有五分钟。"

这句话几乎是大声说的。连费立普也听到了,一种无法忍受的惨痛袭上他的心头,虽然自习已快退课,他装作必须外出,或者他真得了疝痛也未可知,他举起手,同时用手指击桌,这是普通学生们对先生有请求时的表示,但不等拉贝鲁斯回答,便从长凳上一跃而出。去到课室门口,他必先经过教师的讲座,他几乎是跑着,他双腿发软。

费立普出去以后,波利几乎立刻接着也站起身来。在他身后勤奋地工作着的小巴萨房这时举眼看了一下。事后他告诉赛拉菲,说波利当时脸"灰白得骇人";但在这种境遇下,人没有不那么说的。而且,他几乎立刻又低下头去,一心致力于他的工作。事后他非常后悔。如果他早知如此,他必然会加以阻拦,他流着泪说。但他当时绝不疑心。

波利便前进到指定的地点。他的步伐滞重,目光坚定,像一个机器人,也更像是一个夜行人。他的右手握着手枪,但仍隐藏在外衣的口袋内,不到最后一刻他不取出。这不幸的地点,我已说过,正在讲台右手,那儿一道封闭的门形成一个壁角,因此教员在他的讲座上必须探头才能看到。

拉贝鲁斯探出头去。最初他不明白他孙儿在做什么,虽然他的动作异常严肃已足引起他的疑虑。为替他自己壮点声势,他用大声开始说:

"波利君,我请您立刻回到您的……"

但突然他发现那支手枪,波利已把它举在鬓角上。拉贝鲁斯明白了,立刻他感觉一阵寒冷,像是血液已在他血管内凝冻。他想起立,跑过去,阻拦他,叫喊……但他唇间只发出一种沙嗄的声音;他始终坐在那儿,全身瘫软,发着抖。

枪声响了。波利并不立刻倾倒。他的身子支持了一阵,像是挂住在壁角上,然后头部的重量下沉,落在肩上,全身才倒塌。

事后警察局派员来调查时,人们惊异于在波利身旁已不见那支手枪——我是指在他倒下的那个地点,因为人们几乎立刻就把这具小尸体搬运到一张床上。在这阵混乱中,当日里大尼索坐着不动时,乔治从他的长凳上跃出,并不受人注意已把这武器窃走。最初他用脚一下把它拨在身后,当别人都围着波利,他敏捷地把它拾起,藏在他的外衣内,然后暗暗递给日里大尼索。各人的注意力都集中在一点,因此也无人留心日里大尼索,这才使他能乘机奔回拉贝鲁斯的卧室,把武器放还原处。以后警署搜索时,发现手枪依然在它的枪盒中,如果日里大尼索能想起把弹壳取出,人们可能以为波利用的也许是另一支枪。当时他必然已经心慌。一时的失误,而事后他责备自己的疏忽竟甚于忏悔自己的罪行!但拯救他的倒还得归功于这点失误。因为,当他下楼来重又混入在人群中时,一见人们抬着波利的尸体,他突然浑身发抖,显然是神经起了错乱。当时浮台尔夫人与蕾雪夺围赶来,都以为他由于情绪受了过度的激动。人们可以什么都设想,但决不敢设想这种不人道的行为可能出诸一个如此年轻的人。而当日里大尼索替自己辩白时,人都信以为真。费费交乔治转递给他的那张小纸条,当时他曾用指弹走,事后也经人从一张长凳下找到,这张团皱的小纸条也有助于他。必然,对于参与一种残暴的戏谑,这罪状他和乔治与费费都是无法脱免的;但他坚持当时他不知道武器内装有子弹,否则他是决不会发动的。只有乔治一人始终相信他应担负全部的责任。

乔治总算还能自拔,他对日里大尼索的钦佩终于一变而成极度的嫌弃。当晚当他一回到家里,他就投入在他母亲的怀中。而菠莉纳感谢上天,由于这次可怖的事件,卒使他母子重圆。

爱德华日记

正因为我不自命能对任何事物加以说明,我不愿提供一桩事实而不先充分认识它产生的动机。我不想把小波利的自杀应用在《伪币制造者》中也就由于这原因。我对这件事情实在百思不解。再是,我对一般所谓"社会新闻"并无好感。

它们给人以一种专断、真确、粗暴而又荒谬的现实的感觉。我同意借现实来支持我的思想、证实我的思想，但决不能使现实先于我的思想。我不喜欢受意外的击袭。波利的自杀在我认为是一种"非礼"的举动，因为我事前不曾料到。

不拘拉贝鲁斯作任何感想，自杀总都不免带有一点卑怯的成分，无疑他会把他孙儿看作比他自己更有勇气。如果这孩子预知他这种可怖的行动对浮台尔一家会是如何的一种灾祸，他是无法被原谅的。雅善斯不能不把学校解散。"至少是暂时的。"他说。但蕾雪担心破产。四个家庭已把他们的孩子领回。我无法劝阻菠莉纳不把乔治带走，尤其这孩子因他同伴的死受了沉重的打击，似乎已踏上自新之路。这伤逝竟引起如许意外的反响！俄理维也因这件事而受到莫大的感动。阿曼在他一贯傲世的态度下也顾惜起他一家人可能陷入的狼狈境地，而自愿把巴萨房留给他的余暇替学校服务，因为拉贝鲁斯老人显然对他自己的职务已无法胜任。

怀着危惧的心，我跑去看他。他在学校三层楼上他那间斗室内接待我。立刻他抓住我的手臂，态度神秘得几乎带着微笑，这使我非常惊奇，因为我原等待着他的眼泪：

"那闹声，您知道……那天我对您所说的那种闹声……"

"怎么样？"

"停止了。它已没有了。我不能再听到。任凭我多么专心也已无效。……"

"我打赌，"像人们准备参加孩子的游戏似的，我对他说，"如今您该后悔听不到这声音了。"

"啊！不，不。……这才真是一种安息！我是那样地渴望静寂。……您知道我在想什么？我是想我们生活在这世间永难知道什么是真正的静寂。即连我们的血液也在我们身体内不断地发出一种闹声；我们不再辨别它，因为我们从小就已养成了习惯。……但我想有些东西，活着的时候，我们无法听到，有些和谐……因为这闹声把它们淹没了。是的，我想我们真正能听到的时候，应该是在死后。"

"您曾说您不信……"

"灵魂的不灭？我曾对您说过吗？……是的，您是对的。但请您懂我的意思，反面来说，我也不信。"

由于我不作声，他摇了摇头，用着非常郑重的语调，又继续说：

"您有否注意到，在这世间，上帝总是默然无言？说话的惟有魔鬼。或者至少，或者至少……"他又说，"……不拘我们如何专心，我们所能听到的永远只是魔鬼的声音，我们的耳朵不配听到上帝的语声。上帝之道，您曾否问过自己这究竟能是什么？……啊！自然我不是指常人言语中的'道'。……您记得《福音书》上那第一句：'太初有道'。我常想'上帝之道'，即是指整个创造。但魔鬼霸占了去。如今他的喧嚣淹没了上帝的语声。啊！告诉我：您不相信最后一个字仍须归于上帝？……而如果人死后'时间'已不存在，如果从此我们立刻踏进'永恒'，您以为到那时我们能听到上帝吗……直接地？"

他开始感到一种强烈的痛苦，像是受了癫痫的击袭，而突然他呜咽起来：

"不！不！"他慌乱地叫喊说，"魔鬼与上帝原是一样东西，他们狼狈为奸。我们竭力想把世间一切的丑恶信为是由于魔鬼，因为不然我们如何能再有力量去原谅上帝。上帝捉弄我们，正像一头猫捉弄着老鼠一样。……而这以后他还希望我们感谢他。试问可感谢的是什么？是什么？……"

然后又靠近我说：

"而您知道他做得最狠的是什么？那就是牺牲了他自己的儿子来拯救我们。他自己的儿子！他自己的儿子！……残忍！这是上帝的第一种面目。"

他倒在床上，头面着墙。好一忽儿，一阵又一阵地哆嗦着，以后，他像已睡熟，我才离去。

关于波利，他对我一字不提；但我认为他这种不可思议的绝望无形中也就是他痛苦的间接的表现，这痛苦的强烈使他还不能进一步去作沉静的体味。

我从俄理维口中知道裴奈尔已回到他父亲身边；而且，凭良心说，这也是他最好的归宿。由于偶然遇到了小卡鲁，得悉老法官身体欠安，裴奈尔再不能违背他良心的驱使。明晚我们还能见面，因为普罗费当第邀我和莫里尼哀、菠莉纳以及两个孩子一同晚餐。我很好奇地想认识卡鲁。

汉译文学名著

第一辑书目（30种）

伊索寓言	〔古希腊〕伊索著	王焕生译
一千零一夜		李唯中译
托尔梅斯河的拉撒路	〔西〕佚名著	盛力译
培根随笔全集	〔英〕弗朗西斯·培根著	李家真译注
伯爵家书	〔英〕切斯特菲尔德著	杨士虎译
弃儿汤姆·琼斯史	〔英〕亨利·菲尔丁著	张谷若译
少年维特的烦恼	〔德〕歌德著	杨武能译
傲慢与偏见	〔英〕简·奥斯丁著	张玲、张扬译
红与黑	〔法〕斯当达著	罗新璋译
欧也妮·葛朗台 高老头	〔法〕巴尔扎克著	傅雷译
普希金诗选	〔俄〕普希金著	刘文飞译
巴黎圣母院	〔法〕雨果著	潘丽珍译
大卫·考坡菲	〔英〕查尔斯·狄更斯著	张谷若译
双城记	〔英〕查尔斯·狄更斯著	张玲、张扬译
呼啸山庄	〔英〕爱米丽·勃朗特著	张玲、张扬译
猎人笔记	〔俄〕屠格涅夫著	力冈译
恶之花	〔法〕夏尔·波德莱尔著	郭宏安译
茶花女	〔法〕小仲马著	郑克鲁译
战争与和平	〔俄〕列夫·托尔斯泰著	张捷译
德伯家的苔丝	〔英〕托马斯·哈代著	张谷若译
伤心之家	〔爱尔兰〕萧伯纳著	张谷若译
尼尔斯骑鹅旅行记	〔瑞典〕塞尔玛·拉格洛夫著	石琴娥译
泰戈尔诗集：新月集·飞鸟集	〔印〕泰戈尔著	郑振铎译
生命与希望之歌	〔尼加拉瓜〕鲁文·达里奥著	赵振江译
孤寂深渊	〔英〕拉德克利夫·霍尔著	张玲、张扬译
泪与笑	〔黎巴嫩〕纪伯伦著	李唯中译
血的婚礼——加西亚·洛尔迦戏剧选	〔西〕费德里科·加西亚·洛尔迦著	赵振江译
小王子	〔法〕圣埃克苏佩里著	郑克鲁译
鼠疫	〔法〕阿尔贝·加缪著	李玉民译
局外人	〔法〕阿尔贝·加缪著	李玉民译

第二辑书目（30种）

枕草子	〔日〕清少纳言著	周作人译
尼伯龙人之歌	佚名著	安书祉译
萨迦选集		石琴娥等译
亚瑟王之死	〔英〕托马斯·马洛礼著	黄素封译
呆厮国志	〔英〕亚历山大·蒲柏著	李家真译注
波斯人信札	〔法〕孟德斯鸠著	梁守锵译
东方来信——蒙太古夫人书信集	〔英〕蒙太古夫人著	冯环译
忏悔录	〔法〕卢梭著	李平沤译
阴谋与爱情	〔德〕席勒著	杨武能译
雪莱抒情诗选	〔英〕雪莱著	杨熙龄译
幻灭	〔法〕巴尔扎克著	傅雷译
雨果诗选	〔法〕雨果著	程曾厚译
爱伦·坡短篇小说全集	〔美〕爱伦·坡著	曹明伦译
名利场	〔英〕萨克雷著	杨必译
游美札记	〔英〕查尔斯·狄更斯著	张谷若译
巴黎的忧郁	〔法〕夏尔·波德莱尔著	郭宏安译
卡拉马佐夫兄弟	〔俄〕陀思妥耶夫斯基著	徐振亚·冯增义译
安娜·卡列尼娜	〔俄〕列夫·托尔斯泰著	力冈译
还乡	〔英〕托马斯·哈代著	张谷若译
无名的裘德	〔英〕托马斯·哈代著	张谷若译
快乐王子——王尔德童话全集	〔英〕奥斯卡·王尔德著	李家真译
理想丈夫	〔英〕奥斯卡·王尔德著	许渊冲译
莎乐美 文德美夫人的扇子	〔英〕奥斯卡·王尔德著	许渊冲译
原来如此的故事	〔英〕吉卜林著	曹明伦译
缎子鞋	〔法〕保尔·克洛岱尔著	余中先译
昨日世界：一个欧洲人的回忆	〔奥〕斯蒂芬·茨威格著	史行果译
先知 沙与沫	〔黎巴嫩〕纪伯伦著	李唯中译
诉讼	〔奥〕弗兰茨·卡夫卡著	章国锋译
老人与海	〔美〕欧内斯特·海明威著	吴钧燮译
烦恼的冬天	〔美〕约翰·斯坦贝克著	吴钧燮译

第三辑书目（40种）

埃达	〔冰岛〕佚名著　石琴娥、斯文译
徒然草	〔日〕吉田兼好著　王以铸译
乌托邦	〔英〕托马斯·莫尔著　戴镏龄译
罗密欧与朱丽叶	〔英〕莎士比亚著　朱生豪译
李尔王	〔英〕莎士比亚著　朱生豪译
大洋国	〔英〕哈林顿著　何新译
论批评　云鬟劫	〔英〕亚历山大·蒲柏著　李家真译注
论人	〔英〕亚历山大·蒲柏著　李家真译注
亲和力	〔德〕歌德著　高中甫译
大尉的女儿	〔俄〕普希金著　刘文飞译
悲惨世界	〔法〕雨果著　潘丽珍译
安徒生童话与故事全集	〔丹麦〕安徒生著　石琴娥译
死魂灵	〔俄〕果戈理著　郑海凌译
瓦尔登湖	〔美〕亨利·大卫·梭罗著　李家真译注
罪与罚	〔俄〕陀思妥耶夫斯基著　力冈、袁亚楠译
生活之路	〔俄〕列夫·托尔斯泰著　王志耕译
小妇人	〔美〕路易莎·梅·奥尔科特著　贾辉丰译
生命之用	〔英〕约翰·卢伯克著　曹明伦译
哈代中短篇小说选	〔英〕托马斯·哈代著　张玲、张扬译
卡斯特桥市长	〔英〕托马斯·哈代著　张玲、张扬译
一生	〔法〕莫泊桑著　盛澄华译
莫泊桑短篇小说选	〔法〕莫泊桑著　柳鸣九译
多利安·格雷的画像	〔英〕奥斯卡·王尔德著　李家真译注
苹果车——政治狂想曲	〔英〕萧伯纳著　老舍译
伊坦·弗洛美	〔美〕伊迪斯·华尔顿著　吕叔湘译
施尼茨勒中短篇小说选	〔奥〕阿图尔·施尼茨勒著　高中甫译
约翰·克利斯朵夫	〔法〕罗曼·罗兰著　傅雷译
童年	〔苏联〕高尔基著　郭家申译
在人间	〔苏联〕高尔基著　郭家申译
我的大学	〔苏联〕高尔基著　郭家申译

地粮	〔法〕安德烈·纪德著	盛澄华译
在底层的人们	〔墨〕马里亚诺·阿苏埃拉著	吴广孝译
啊，拓荒者	〔美〕薇拉·凯瑟著	曹明伦译
云雀之歌	〔美〕薇拉·凯瑟著	曹明伦译
我的安东妮亚	〔美〕薇拉·凯瑟著	曹明伦译
绿山墙的安妮	〔加〕露西·莫德·蒙哥马利著	马爱农译
远方的花园——希梅内斯诗选	〔西〕胡安·拉蒙·希梅内斯著	赵振江译
城堡	〔奥〕弗兰茨·卡夫卡著	赵蓉恒译
飘	〔美〕玛格丽特·米切尔著	傅东华译
愤怒的葡萄	〔美〕约翰·斯坦贝克著	胡仲持译

第四辑书目（30种）

伊戈尔出征记		李锡胤译
莎士比亚诗歌全集——十四行诗及其他	〔英〕莎士比亚著	曹明伦译
伏尔泰小说选	〔法〕伏尔泰著	傅雷译
海上劳工	〔法〕雨果著	许钧译
海华沙之歌	〔美〕朗费罗著	王科一译
远大前程	〔英〕查尔斯·狄更斯著	王科一译
当代英雄	〔俄〕莱蒙托夫著	吕绍宗译
夏洛蒂·勃朗特书信	〔英〕夏洛蒂·勃朗特著	杨静远译
缅因森林	〔美〕梭罗著	李家真译注
鳕鱼海岬	〔美〕梭罗著	李家真译注
黑骏马	〔英〕安娜·休厄尔著	马爱农译
地下室手记	〔俄〕陀思妥耶夫斯基著	刘文飞译
复活	〔俄〕列夫·托尔斯泰著	力冈译
乌有乡消息	〔英〕威廉·莫里斯著	黄嘉德译
生命之乐	〔英〕约翰·卢伯克著	曹明伦译
都德短篇小说选	〔法〕都德著	柳鸣九译
无足轻重的女人	〔英〕奥斯卡·王尔德著	许渊冲译
巴杜亚公爵夫人	〔英〕奥斯卡·王尔德著	许渊冲译
美之陨落：王尔德书信集	〔英〕奥斯卡·王尔德著	孙宜学译
名人传	〔法〕罗曼·罗兰著	傅雷译
伪币制造者	〔法〕安德烈·纪德著	盛澄华译
弗罗斯特诗全集	〔美〕弗罗斯特著	曹明伦译

弗罗斯特文集	〔美〕弗罗斯特著	曹明伦译
卡斯蒂利亚的田野：马查多诗选	〔西〕安东尼奥·马查多著	赵振江译
人类群星闪耀时：十四幅历史人物画像	〔奥〕斯蒂芬·茨威格著	高中甫、潘子立译
被折断的翅膀：纪伯伦中短篇小说选	〔黎巴嫩〕纪伯伦著	李唯中译
蓝色的火焰：纪伯伦爱情书简	〔黎巴嫩〕纪伯伦著	薛庆国译
失踪者	〔奥〕弗兰茨·卡夫卡著	徐纪贵译
获而一无所获	〔美〕欧内斯特·海明威著	曹明伦译
第一人	〔法〕阿尔贝·加缪著	闫素伟译

图书在版编目(CIP)数据

伪币制造者／(法)安德烈·纪德著；盛澄华译. —北京：商务印书馆，2023
（汉译世界文学名著丛书）
ISBN 978-7-100-22127-6

Ⅰ.①伪… Ⅱ.①安… ②盛… Ⅲ.①长篇小说—法国—现代 Ⅳ.①I565.45

中国国家版本馆 CIP 数据核字（2023）第 042033 号

权利保留，侵权必究。

汉译世界文学名著丛书
伪币制造者
〔法〕安德烈·纪德 著
盛澄华 译

商 务 印 书 馆 出 版
（北京王府井大街36号 邮政编码100710）
商 务 印 书 馆 发 行
北京中科印刷有限公司印刷
ISBN 978-7-100-22127-6

2023年9月第1版　　开本 850×1168　1/32
2023年9月北京第1次印刷　印张 13
定价：68.00元